应似飞鸿踏雪泥

郭 虹 著

四川民族出版社

图书在版编目（CIP）数据

应似飞鸿踏雪泥 / 郭虹著． -- 成都：四川民族出版社，2021.2（2024.2重印）

ISBN 978-7-5409-9800-4

Ⅰ．①应… Ⅱ．①郭… Ⅲ．①文艺评论－中国－当代－文集 Ⅳ．①I206.7-53

中国版本图书馆CIP数据核字（2021）第033186号

YINGSIFEIHONGTAXUENI
应似飞鸿踏雪泥
郭虹　著

出 版 人	泽仁扎西
责任编辑	周文炯
责任印制	谢孟豪
出版发行	四川民族出版社
地　　址	四川省成都市青羊区敬业路108号
邮　　编	610091
照　　排	成都天恒仁文化传播有限责任公司
印　　刷	三河市嵩川印刷有限公司
成品尺寸	145mm×210mm
印　　张	10
字　　数	300千
版　　次	2021年2月第1版
印　　次	2024年2月第2次印刷
书　　号	ISBN 978-7-5409-9800-4
定　　价	56.00元

本书如有印装质量问题，请与本社发行科调换

自序

说来惭愧，这辈子专著不多，探讨中学作文教学的两部，作家作品研究一部。究其原因，不仅因为主要精力在于教学，更在于生性懒散，又自觉才疏学浅，不到万不得已不想提笔。及至朋友建议给我出文集，重新审视这些曾公之于众的文字时，大脑忽然弹出苏轼"人生到处知何似，应似飞鸿踏雪泥。泥上偶然留指爪，鸿飞那复计东西"的感慨。人生如鸿，不计西东，这些文字，恰如雪泥鸿爪，于是便以此为书名。

文集中共收录36篇文艺批评，这些文章内容上很明显地分为两个部分：前14篇为余光中专论，后22篇为本土作家作品论。这些文字或由于喜欢，或出于责任，或二者兼而有之。是以有话则长，无话则短，于是就有了这些长评短论。

余光中是当代文坛少见的"诗文双绝"的大家，最开始喜欢的是他的诗歌，但研究起来才发现，他的诗歌不仅创作时间跨度极大，数量也极可观，而且他的诗歌先受西风影响，后回归传统，并西而化之，风格屡变，难于把握。而散文呢，虽然其创作也纵贯他的一生，但正如余光中所言，相较于绘画与诗歌，散文不易受到外来流派的影响，相对稳定，于是转而研究他的散文。余光中的散文世界，向我打开了一座现代汉语的瑰丽宝库，正如他所追求的那样，他的语言有弹性、有张力、有质感，疏密有度。他的散文想象飞腾，又收放自如；感性飞扬，又不囿于一己之私；理性坚实，见解超卓，又情理相生，意境高华，是以就有了专著《哲学与美学的诗艺合璧——余光中散文研究》（中南大学出版社，2004年4月）。又由于成书比较仓促，才陆陆续续有了本文集中的绝大部分评论，但终究是留有未尽其妙之憾。

2010年，一个偶然的机会，我开始接触本土文化圈。赫然发现，常德这片文化沃土，底蕴深厚，人才辈出。尤其先后受邀为《武陵优秀诗选》《常德小小说选集》和《武陵优秀文学作品选》三文集点评作序之后，发现常德不缺好作家也不乏佳作。便不仅是喜欢，更是责任，虽然势单力薄，不成气候，但也是一把推力，于是将重点放在本土作家作品的推介上来了。而就对本土作家作品评论而言，重点也在小说一类，虽无数次立意，但只有极少诗歌之论，散文未有涉及，是一憾。

长期从事写作学教学，那些理论就生长在意识里并影响着我的文学批评，因此，有朋友说我的评论属于学院派，本人深以为然。但是，至于评论，我还是赞成并欣赏余光中的观点，余光中曾在《十二文集·散文选集自序》中说："我的评论文字在有意无意之间避过了正规的学术论文：一来因为我不喜欢削作品之足以适理论之履，尤其不相信什么金科玉律，就算是目前最流行的，能够诠释所有的现象；二来因为我认为高明的评论在于真知灼见，而不在于引经据典，文末加注，术语繁多，并附原文；三来因为我认为，评论既为文章，就应该写得像一篇文章。如果评论家自己的文章都不够顺畅，更遑论文采生动，我们又怎能相信他评断别人的眼光？"（时代文艺出版社，1997年8月）余光中的评论也在践行他的主张，我的评论虽不能与余先生相比，但或多或少也有这些倾向。我总认为，情之为物，充盈天地之间，文学的世界是有情的世界，评论的世界也应该是有情的世界，所以，我的评论较少有学究之气，偶尔会流露一些真性情——这并不是说我品评作品会情绪化地肆意褒贬，相反，我常冷静思考，客观分析，理性评价，只是在这个过程中会无意地注入一些感情或想象，而使文章不至于枯燥无味。

这么多年，我的文章一经发表，从不敢回头再读，因为总是不满意，此刻亦如是。那些纸上烟云，恰似鸿爪印雪泥，字字行行，斑斑点点，氤氲成一片迷离。纸短情长，自愧才薄，便纵有万千遗憾，也只能留在心底了——人生哪有不留遗憾的呢？

2020年6月18日于怡心阁

目录

广采博取　兼容并包 / 001

余光中散文《听听那冷雨》美学蕴涵 / 031

玲珑剔透说《乡愁》/ 037

论余光中散文意象的个性特征 / 045

涵容宇宙与人生的话语更新 / 050

最是山水动人情 / 080

史家笔墨　诗人情怀 / 085

虚实掩映　蕴藉深沉 / 091

自然　生命　艺术 / 096

无法乃为至法 / 104

余光中关于诗与散文的创作与教学研究 / 136

走近余光中 / 147

拥有四度空间的学者 / 151

《荷莲之韵》的繁复之美 / 176

古韵新声　信笔华章 / 181

历史场域中的乡绅叙事 / 200
作家的胆识与书写的深度 / 204
触摸同学世界的温暖与苍凉 / 212
在欲海中沉沦 / 216
聆听时代的脉搏 / 221
亦庄亦谐　妙趣横生 / 228
坚守与求新 / 232
人生有戏　戏有人生 / 237
把日子酿成诗　把诗过成日子 / 242
代有才人　各领风骚 / 248
一道亮丽的风景 / 258
问渠那得清如许　为有源头活水来 / 266
钟声不常鸣　只在未敲时 / 276
不用扬鞭自奋蹄 / 282
多棱镜中的现代中国 / 286
善卷：从传说到史实 / 289
博观而约取　厚积而薄发 / 293
广角镜中的文坛风云 / 297
裁云剪水　别出机杼 / 301
虚实之间见功力 / 305
从生活到艺术 / 308

跋　雪泥鸿爪　屐齿常新 / 311

广采博取　兼容并包
——余光中对文化的批判与选择

美国著名后殖民批评家爱德华·赛义德（Edward W. Said）认为，"文化"不仅指人类的一种精神实践，而且指一个社会中具有的优秀东西的历史积淀。[1]说到底，20世纪不同民族之间的许多政治、经济、军事的冲突，其实质大半也是不同文化之间的对抗与冲突。在这样一个急剧动荡的时代，也是各种文化思潮相激相荡、激烈碰撞的时代。对文化的批判与选择，也就成了每一位大家都曾面临的重要课题。实际情形是，当人们没有选择时往往很轻松。但是，当面前有许多的选择时，就显示出一个人的智慧和勇气来。

集诗人、散文家、评论家、翻译家于一身的余光中也曾经面临着这样重大的课题。就当时文化环境来看，他所面临的不仅是政治框架内的民族文化与殖民文化的碰撞，还有中西框架内的中国本位文化与充分世界化的碰撞；不仅有民族文化框架内新文化与旧文化的碰撞，还有新文化框架内的"五四"以来的文化传统与现代文化的碰撞。这种复杂的文化环境，曾使他一度迷惘，也给他的文化批判与文化选择提供了种种可能。

"融汇中西，通变古今"，有人如是评价余光中，是很恰当的。学贯中西常被看作现代学者、现代作家不同于古代学者、古代作家的重要标志之一。现代文化不同于传统文化的基本特点就在于：

它是在西方文化思潮猛烈撞击中国传统文化的历史背景下产生并发展的。因此,学贯中西也就自然而然成为20世纪一代又一代文化人的自觉追求。但是由于所处的时代不同,各人的学养与才情不同,因此对文化的选择也就不一样了。

继"五四"时期西风席卷而来之后,新时期的"欧风美雨"正以不可阻挡之势涌入国门。就"五四"之后遭西风美雨的浸淫来说,大陆要比台湾晚了近30年。今天,当一切都趋向全球化之际,我们来研究余光中这样一位曾置身于波涛之间,凭着他的旧学、新知,终于涅槃而后生的学者,或许可以提供给国人一些有益的借鉴,至少可以少走许多弯路吧。

文化影响的多源性

相对于其他的作家来说,余光中所接受的文化影响呈现出多源性特征。有中国传统文化精神尤其是古代先哲志士和一大批性灵才子的人格精神和文化心理的影响;亦有古希腊人文精神、尼采、叔本华、卢梭、实用主义、存在主义、心理分析学说等的深刻影响。但是,在余光中的文化观念中还有一个重要的影响就是来自乡土文化的精魂——这不仅得益于他童年时代江南水声琴韵的熏染,还得益于少年时代巴蜀文化的浸润。这种文化影响的多源性,决定了余光中在文化选择上最突出的特征——广采博取,兼容并包。

广泛而持久的古典文学的阅读过程,实际上是余光中接受民族传统文化滋养的过程,也是对民族传统文化的了解和选择的过程,更是传统文化对余光中"润物细无声"的影响过程。这种良性互动的结果,形成了余光中鲜明的传统文化血统。而这种血统终他一生都产生着重要的作用。1958年10月,正值而立之年的余光中赴美深造,不仅有机会广泛地了解英美现代文学,尤其是英美诗歌,更旁汲西洋现代绘画艺术。余光中文化观念开始呈现出巨大的涵容性,在文学的道路上也越走越宽,成为当代中国文坛杰出的诗人、散文家、文艺批评家。许多年后,余光中自己也这样说道:"不幸中隐藏着幸运,当年那黑发少年已经21岁了,汉魂已深,唐命已牢,任你如何'去中国化'都摇撼不了。所以日后记忆之库藏,不,乡思之矿产,可以一凿再凿,采之不尽。丹田自有一个小千世界,齐备于我。如果当时我还是一个十三四岁甚或更小的孩童,则耿耿乡心,积薄蕴浅,日后怎么经得起弥天的欧风美雨。"[2]

还在余光中赴美之前,他就已经出版了第一本诗集《舟子的悲歌》(1949—1952),诗中洋溢着的浓郁的古典的感伤与浪漫,昭示着他受中国古典诗词的深深濡染。但是,余光中对传统的继承却不可能不受到他所生活的时代和创作的环境的影响。早在20世纪30年代,中国诗坛小有名气的现代派诗人纪弦就创办了《现代诗》季刊,在台湾文坛掀起了现代主义文学运动,并在当时充溢着政治意义的诗界提出了新诗现代化的口号。由于政治局势的影响,当时的台北文坛,充满着苦闷与茫然,神祇无龛,偶像无台。文艺青年的信仰在崩溃,并深感前途渺茫。因此,现代诗社吸引了众多诗人。尽管"现代诗"的主张有些偏颇,尤其是"现代诗"的倡导者认为新诗乃"横的移植,而非纵的继承"这一观点更显出现代主义的幼稚病。但是,这一新事物的出现却打破了中国文化传统自足封闭的体系,直接促成了中国新诗继"五四"之后又一个现代主义时期的到来。这是30年代台湾文坛上的重要事件。

当时,有一批文艺青年一方面积极投入现代主义的新诗运动,另一方面苦苦思考、寻求着中国新诗的出路。终于,1954年3月,由覃子豪、钟鼎文、余光中、夏菁、邓禹平五人自发组成蓝星诗社。针对纪弦提出的"横的移植,而非纵的继承"这一观点,蓝星同人主张中西兼容,也就是力求在"横的移植"的国际化和"纵的继承"的民族化之间寻找一种平衡乃至互动的关系。但是,尽管如此,余光中仍受现代主义思潮的深刻影响,而且,当时也没有找到真正能够融合中西的具体途径。于是,50年代中期余光中开始了他对于西方现代主义的入乎其中而窥其真谛的历程,并开始了他的现代主义诗歌创作。从《钟乳石》(1957—1958)到《万圣节》(1958—1959),就是他现代主义诗歌创作的大胆实践。诗中意象之奇特,手法之多变,语言之艰深,足以见出现代主义对余光中的深刻影响——这可以看作余光中现代主义创作(窥其真谛)的大胆实践。

不能否认,现代主义作为一种文化潮流确曾吸引了众多的优秀诗人和艺术家,他们希望借鉴现代主义的精神和方法来求得艺术上的突破,以寻求新的想象与表达方式。因此,除了诗歌之外,在倡导现代音乐与现代绘画方面,余光中也是不遗余力、功不可没的。

但是,余光中的"现代麻疹"出得快好得也快且无后遗症,和同时期的许多现代诗人比较起来,他是比较早更是比较清醒地重估传统、重新认识现代主义的——这恐怕也与他先入乎其中很有关系。

余光中何以在西方与东方、现代与传统的文化关系上求得兼容的,这应该得力于他的爱荷华岁月。1958年余光中赴美进修艺术硕士,地理上的距离,视域上的拓展,使他有机会疏远了台湾的社会、政治生活,但是却更有可能在怀乡思国的心境中获得一种蕴含着关于战争、民族、家园的忧患意识,开始真正地了解自己的国家、民族,开始思考国家、民族与文学的关系,并将自我与民族紧密融合而获得一种新的创作视野。视野扩大了,立足点提高了,对中西文化、现代与传统的思考也更加深入、深刻了。在那里,余光中不仅大量地接触并了解了西洋文化,也从西洋现代艺术中汲取养分。说起来,余光中对西方艺术的了解应始于青年时代,翻译《梵高传》时,这种了解更加深入了。加上爱荷华大学环境十分宽松和自由,学生可以选修自己喜欢的任何课程,余光中选修的现代艺术史一门,教授上课佐以上千张表现西方现代绘画发展的幻灯片。考试的方法是从其中抽出十张让学生解释,不下苦功是难以过关的。幸好有功底在,加上这样严格的训练,余光中对西洋现代绘画的体悟和了解也就自然加深了。余光中就是在这样的环境里接受现代绘画艺术的陶冶的。因此,他就有了全面向台湾读者介绍西方现代绘画艺术的冲动。于是,60年代初期,他一气写了《毕加索:现代艺术的魔术师》《现代绘画的欣赏》和《从灵视主义出发》等多篇长文,为当时台湾的读者了解西方现代绘画艺术架设了桥梁。

西方现代绘画以印象主义(Impressionism)为发端和标志,印象主义指19世纪下半叶以法国为中心风靡全欧并具有世界影响的艺术运动。论者认为:"自印象主义崛起,绘画艺术的现代风采方见端倪,导致了对传统艺术的全面突破。"也可能是这一点促使余光中探讨印象主义的。还有论者认为:"可以把印象主义看作文艺复兴以来幻觉写实主义艺术观的结束和以形式和结构为中心新艺术观的开始。"此论不谬,印象主义的发展经历了新印象主义(Neo-Impressionism)和后印象主义(Post-Impressionism)几个阶段。其代表人物分别是:马奈、德加、莫奈、雷诺阿、毕沙罗(印象主义);修拉、西涅克(新印象主义);塞尚、梵高、高更(后印象主义)。这一画派对现代欧美绘画艺术的各种流派,如立体主义、野兽派、达达主义都有极大的影响。

文化批判的科学性与文化选择的兼容性

对中国传统文化底蕴的探究和西方文化精髓的吸收,使余光中不但具有博采众长的胆识和气魄,而且善于看透中西文化对立、差别的相对性,而将其调和统一起来。现代绘画,尤其是后期印象主义的艺术观念对余光中影响很大,并促使余光中回台后自觉地汇入台湾现代主义洪流,也直接影响了他的诗歌风格向着现代精神大步挺进。是西方现代绘画艺术的长处与局限,开阔了青年余光中的国际视野,并对西方艺术有了清醒的认识,深刻反省西化的意义和作用,认识到西化只是手段,不是目的;以西化为手段西而化之,方可达到现代化;以西化为目的,则难免"恶性西化"。因此,余光中很快走出了写实与感伤,告别了虚无。

具体来说,余光中对文化的批判与选择具体表现在他的诗学观点和散文观上面。

诗学观点

从50年代初期开始,余光中毕生的努力都是为了"中国的文艺复兴"。他所设计的中国化的现代诗是:"于中国诗的现代化之后,进入现代诗的中国化。"[3]虽然余光中在现代主义文化大潮中,也曾将现代等同于西化,也曾为现代诗推波助澜。他的诗风也曾屡变。但是,综观余光中的诗歌理论和创作,其中却有着一以贯之的诗学品格。在这里,我们只需考察一下余光中诗学发展的前期,便可见一斑:

早在20年代中期,台湾新诗现代化运动就已进入全盛时期,在他开始提倡现代主义并创作现代诗之时,一方面,对于来自旧营垒的"像印第安人的战鼓一般响亮"的反对现代诗的声浪,予以坚决的反击,充分肯定现代诗"打倒偶像""反叛传统"的精神和"反理性"特征中的符合"人性"的内容;另一方面,他又在《新诗与传统》[4]一文中,明确指出现代诗不是要与传统"脱节",不是不要理性,他认为所谓现代诗不是专指从西方输入的现代主义诗歌。西方现代主义确有抛弃传统,全盘反文化、反理性的"虚无"与"晦涩"的弊病。从那时起,他的诗学视域里便不仅有现代主义的特征，还容纳着新古典主义、浪漫主义的观念与方法。但是对新古典主义和浪漫主义的滥情与感伤、直露、倾泻等特征，余光中仍然持否定态度，他所推崇的是浪漫主义的"诚实""重情"和生命的"燃烧"。但是这种诗观的确立，却也经历了一个艰难的批判与选择的过程。

首先，在对待传统上，余光中欣赏艾略特的观点，认为传统是"活"的，因此不能将它与现代对立起来，他主张既要反叛传统，也要利用传统，应该把两者结合起来。他认为"过去因现在而改变正如现在为过去所指引"。在《古董店与委托行之间》[5]一文中，他甚至用近乎尖刻的语言挖苦那些抱残守缺的诗坛"孝子"说："回头看一看另一群所谓孝子呢，那就更令人气短了。他们踏着平平仄仄的步伐，手持哭丧棒，身穿黄麻衣，浩浩荡荡排着传统的出殡行列，去阻止铁路局在他们的祖坟上铺设铁道。"他们是诗坛上"尽是悬挂（往往是斑驳）甲骨文招牌的古董店"。的确，时代在前进，科学在发展，与之相适应的汉语词汇也在不断地丰富，要使诗歌反映现代人的现代生活，适应新时代的要求，如果继续踏着古人"平平仄仄的步伐"很难取得新诗的突破。中国历来就有"以摹古始，以成家终"之训。然而，如果今天的诗人还一味地模仿古典，不仅使诗的语言陈腐，没有活力，而且诗境也往往"陈旧"，缺少魅力。为给"孝子"们以棒喝，余光中特意拿现代诗史上颇有影响的，被论者称为"开新诗节奏之先河"的戴望舒的《雨巷》来剖析，并毫不留情面地批评其诗境陷入了"旧诗的情调"。在《评戴望舒诗》[6]一文中，他还指出戴望舒虽然"上承中国古典的余泽，旁采法国象征诗的残芬，不但领袖当时象征派的作者，抑且遥启现代派的诗风"，但是其诗"接受古典的影响，往往消化不良，只具形象，未得风神。最显著的毛病，在于辞藻太旧，对仗太板，押韵太不自然"。尤其《过旧居》中"妻如玉，女儿如花"句，

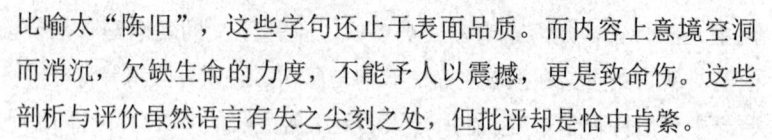

比喻太"陈旧",这些字句还止于表面品质。而内容上意境空洞而消沉,欠缺生命的力度,不能予人以震撼,更是致命伤。这些剖析与评价虽然语言有失之尖刻之处,但批评却是恰中肯綮。

那么,我们究竟应该怎样对待中国传统文化与西方现代文化呢?余光中主张既兼容并包又有所扬弃,既坚持传统又不全盘接受传统;既主张西化又反对"全盘西化""恶性西化",既看出不同文化体系的区别又看出它们的相通,这就使他超越了种种机械的思维方式,超越了把古今、中西的对比等同于好坏或进步反动的对比的误区,超越了将事物的性质和价值绝对化的误区,从而也就使他走出了许多现代中国作家始终都未曾走出的死胡同。

在《新诗与传统》一文中,余光中为现代诗人指明了方向。他说:"反叛传统不如利用传统,狭窄的现代诗人但见传统与现代之异,不见两者之同,但见两者之分,不见两者之合。对于传统,一位真正的现代诗人应该知道如何入而复出,出而复入,以至自由出入。"[7]

其次,对待文化上的"全盘西化"问题,如同对待传统一样,余光中有着清醒的认识。他认为"全盘西化"的结果"是虚无,是晦涩,是睁着眼睛说梦话,无罪自招的供词。其结果是混乱。这种混乱一日不澄清,年轻一代的价值与美感一日无法恢复,而中国的文学一日无法独立"。他甚至也毫不留情面地批评要"全盘西化"的"浪子":"这一群文化的生番,生活的逃兵,自命反传统的天才,他们的虚无国只能是永远不能兑现的乌托邦。"

但是,在食古不化的"孝子"和唯洋是崇的"浪子"之间,余光中反而更倚重"浪子"。在《古董店与委托行之间》一文中,他表明了自己的立场:"然而,真抱歉,在孝子和浪子之中,真能肩起中国文艺复兴的,仍属后者。同样看一首唐诗,经过西洋洗礼的眼睛总比仅读过唐诗的眼睛看得多些,因为前者多一个观点,有比较的机会,我们要孝子先学浪子的理由在此。孝子不识传统真面目,'只缘身在此山中'。走出山去,多接受一种西洋的艺术等于多一个立足点,如是对于山始能面面而观。"[8]这真是余光中的深切体会,如果没有在美国爱荷华大学广泛地接触西洋的文学艺术,尤其英美新诗与西方现代绘画,他怎能有如此开阔的文化视野与胸襟?这正是余光中在中西框架内对西方现代主义文化的一度迷醉和在民族框架内对中国传统文化的深情打量之后才获得的。为了证明自己的观点,在同一篇文章中,余光中还举了一个很小的例子,他说:"中国古典诗几乎没有'煞尾句'(end-stopped line),没有'待续句'(run-on line);一个孝子在自我封闭的传统中学艺一辈子,恐怕很难想到有'待续句'的可能。"

在这篇文章中,余光中还以一种融合西方现代文化精神的新视角分析了杜甫的《望岳》一诗。他认为:"凡受过现代文艺洗礼的读者,回头重读这首'旧诗',没有不惊讶于其手法之'新'的。第二句的'青未了',简直攫住了抽象表现的精髓(李易安的'绿肥红瘦'亦可做如是观)。""第四句的'阴阳割昏晓'更突出,更抽象,且富几何构图的奇趣。""至于五六两句的'荡胸生层云,决眦入归鸟',更是感觉主义(sensationalism)的极致了。物我交感,对触觉对视觉之震撼,未有如此强烈者。然而在这种动感之中,前后两句的空间之处理仍有不同。'荡胸生层云'是立体的,空间的背景至为浩阔,且具游移不定之感;'决眦入归鸟'虽也是立体的,但空间背景已高度集中,浓缩于一焦点,有驱锥直入之感。"他认为,如果读者欣赏过"梵高阿尔时期的日月星辰,再读此二句,当有更强的感受。末一句'一览众山小'中,'览'字和'小'字是不可分割的,如以英语文法分析,则'小'可视为该句的'受词补足语'(objective-complement)。'小'和'山'

的关系恐怕还不及它和'览'的关系那么密切。众山本无所谓大小,它们是给'览小'了的。凌—览—小,这种往返推移读者视点的手法,岂非现代电影的技巧?"果然,经受西方现代文学艺术洗礼的目光就是不同,它综合运用西方现代文学、绘画、摄影等多种的理论,它不再狭窄,不再老套,更不削足适履,它带给人们的是广阔而崭新的文化视野。

有鉴于此,余光中主张:"一位伟大的艺术家应该以他那时代特有的形式来表达他那时代特有的感受。"[9]而要做到这一点,首先必须打破传统,方能超越。不仅古典的要反叛,就是曾经在现代新诗史上有着开创意义的五四时代的"白话诗"也要批判,充分了解并融合西方现代艺术,创造一种新的文学形式——中国化的现代诗。

余光中认为:"对西方的深刻了解仍是创造中国现代诗的条件之一。"他甚至视"中国诗的现代化"乃"现代诗的中国化"的逻辑起点,没有"中国诗的现代化"就谈不上"现代诗的中国化"。要实现中国的文艺复兴,"创造中国的现代诗"是其必由之路。因此,他强调:"加强西化,多介绍,多翻译,最好让现代诗人从原文去吸收。"这一点也是基于他自己的深刻体验,他本人就是"从原文去吸收"西方现代艺术营养的典范。他不仅翻译而且评论了西方不少现代诗人、诗歌,从叶芝到狄金森再到弗洛斯特直到康明斯,他都有独到的见解和精辟的论述。余光中最善于把同一流派的作家放在一种大的文化背景下加以比较,以突现各自的风格,为读者比较全面地了解西方现代诗做出了不可磨灭的贡献。

同时,余光中还强调"实现中国诗的现代化"必须学习西方诗歌的表现技巧。在《徐志摩诗小论》一文中,余光中谈了他对所谓"欧化"的看法。他说:"其实五四以来较有成就的新诗人,或多或少莫不受到西洋文学的影响。问题不在有无欧化,而在欧化得是否成功，是否真能丰富中国文学的表现手法。欧化得生动自然，控制有方，采彼之长，以役于我，应该视为'欧而化之'。"为了说明自己的观点，他还以徐志摩"比较西化"的《偶然》一诗的最后一节为例，来证明成功的欧化确能丰富中国文学的表现手法。

"你我相逢在黑夜的海上，你有你的，我有我的，方向；你记得也好，最好你忘掉，在这交会时互放的光亮！"余光中剖析道，"'你有你的，我有我的，方向'一句，欧化得十分明显，却也颇为成功。不同主词的两个动词，合用一个受词，在中文里是罕见的。中国人惯说的'公说公有理，婆说婆有理'，不能简化成'公说公有，婆说婆有，理'。徐志摩如此安排，确乎大胆。但说来简洁而悬宕，节奏上益增重叠交错之感。如果坚持中国文法，改成'你有你的方向，我有我的方向'，反而噜苏无趣了。"而最后三句中"记得"和"忘掉"似乎没有宾语，细读方知"在这交会时互放的光亮"同时承受着"记得"与"忘掉"两个谓语。意思是说：你记得我们交会时互放的光亮也好，忘掉我们交会时互放的光亮最好。但是如果这样表述，不仅诗句变得冗长拖沓，而且诗味尽失了。一节诗中两次运用欧化的句式，余光中认为这样不但没有失误，而且颇能创新。因此，要使"中国诗的现代化"，应该"采彼之长，以役于我"。

一面强调中国诗的现代化的重要意义，余光中一面更是极力避免国人矫枉过正。在《古董店与委托行之间》一文中，他如是提醒人们：

"现代化"并不等于"西化"。"西化不是我们的最终目的，我们的最终目的是中国化的现代诗。这种诗是中国的，但不是古董，我们志在役古，不在复古；同时它是现代的，但不应该是洋货，我们志在现代化，不在西化。这样子的诗该是属于中国的，现代中国的,现代中国年轻一代的。在空间上我们很强调民族性。一首诗也好,一位诗人也好,唯有成为中国的,始能成为世界的。我们认为,民族性与个性或人性并不冲突,它是天才个性的普遍化,也是天才个性的特殊化。在时间上,我们强调时代性。我们认为唯时代的始能成为永恒的,也只有如此,它才不至沦为时髦。"

生活在海峡对岸的余光中曾为中国新诗的出路苦苦探索,在传统与现代、东方与西方、个人与民族、时代与文学的不同框架内,他都进行着自觉而认真的批判与选择。并站在民族与时代的高度,指出了文学的民族性与世界性、时代性与永久性的关系问题,这不仅在当时的台湾确有振聋发聩的作用,对当今的中国文坛也具有深刻的现实意义。

不仅如此,余光中认为"现代诗的中国化"还应具备主观条件。其中包括中国现代诗人应有的精神结构,更深一个层次,余光中认为中国的文艺复兴是转变价值观念与美学观念的问题。这一问题余光中曾经在他的很多论文里探讨过。1972年10月,余光中写了《现代诗怎么变》[10]一文,文章中具体谈到了文学的技巧和主题的问题——形式美与内容价值的问题。余光中指出:"一个诗人一旦迷上了所谓'纯粹经验',势必要全盘否定主题。经过60年代'恶性西化'的恶补,不少诗人直到今天仍然羞言'主题',好像一言主题,便成了宣传。正如'民族''社会''现实''责任'一样,'主题'一词早已列为现代诗的禁忌之一。不过我要在这里强调:诗无主题,是一大邪说。主题容有露骨与含蓄之分,但不发生有无的问题。"在肯定主题的重要同时,余光中阐述了主题与技巧之间的关系:"主题压倒技巧,观念抽离经验,便沦为宣传;反之,技巧淹没了主题,经验不具意义,便沦为颓废。技巧必须为主题服务,才有意义可言,正如武器虽然厉害,为福为祸,还要看人怎样使用为定。"那种为技巧而技巧，为形式而形式的"内行人的游戏"，虽然对诗人来说可能是一种"高级的过瘾"，但由于其内容不能与读者"休戚相关，忧乐与共"所以难以引起思想、情感上的共鸣。因此，余光中欣赏杜甫的主题的深厚博大。在这篇文章中，余光中还谈到了怎样处理小我和大我的关系问题。这一理论在今天中国的诗坛仍不失它的指导意义。

至此，余光中的文化选择已经基本定型。在中外古今文化中广采博取，又将其融合为我所用，是余光中文化选择的最突出的特征。

余光中文化批判与文化选择的哲学基础

笔者无意把余光中说成一个哲学家，但是余光中诗学观点中所凸现出来的哲学内核却是颇具启发意义的。下面试做具体分析。

第一，发展创新的观点

50年代末60年代初，台湾文坛就现代诗展开过激烈的论争。针对保守人士对"台湾近10年来新诗"的"误解"，余光中一连写了《文化沙漠中多刺的仙人掌》（1959年12月）、《新诗与传统》（1959年12月）、《摸象与画虎》（1960年1月）等多篇应战文章。他明确指出："崇拜传统，怀疑创造，是保守社会对待艺术的一贯态度，而事实上，一切社会莫不保守，此所以先知先觉之可贵。"并列举了世界文学史上《英国诗人列传》抑弥尔顿而扬考利，《唐璜》题词中，作者认为华兹华斯的诗不是诗，反而大捧当时的二流诗人康波与莫尔等人，而弥尔顿、华兹华斯终成文学史上光辉的名字这些事实，说明了保守社会对创新者的态度是由来有自。并运用发展的观点，针对保守人物"骤然提高""五四"时代新诗的成就，以徐志摩、朱自清等在新诗上"皆卓然有成"的论调，余光中指出：今日之新诗将取代"五四"的白话诗正如"五四"的白话诗之取代旧诗，"是必然的历史性发展"。

在《新诗与传统》一文中，余光中又以"一百多年以前，英国浪漫派第二代崛起于诗坛，当时苏格兰保守的书评家们，以文学正统的卫道者自居，对于新诗人们大肆攻击，得意之余，且以教训的口吻，劝拜伦回去议院，济慈重返药房"的史实与当时中国台湾保守人士对新诗的评价进行类比，并提醒道：嘲弄新事物者终将受历史的嘲弄。对于"高呼反叛传统"的浪子和"竭力维持传统"的"孝子"，余光中认为"传统是既不能反叛，也不能维持的。传统是活的，譬如河水倒流，或是静止不动，都是不可能的"。的确，中国现代诗历经几十年走到今天，已经融汇今古，调和中西，臻于成熟，事实证明了余光中的论断是符合事物的发展规律的。因为他本来就站在一个更高的哲学层面来思考，也是站在整个世界文学当然也包括中国文学的发展史的高度来考察新文化运动的。因此，余光中预言："新诗是以'后浪'的姿态出现的，它推倒'前浪'，当然，数十年后'后浪'也会变成'前浪'，被另一'后浪'推倒。'后浪'也会变成传统，因为传统是活的生长。"这其中也包含着相对的观念——任何新的、先进的事物都只是相对的，它必然被更新的和更先进的事物所代替。这一论断显示出一种很高的哲学层面和很开阔的文化视野。

正是基于这一哲学基础，余光中不久又树起了"散文革命"的大旗。

第二，联系的观点

在哲学领域，动态的观点与联系的观点是紧密相连的。事物发展总是一环套着一环，但其总的趋势是向前的，这也是任何力量也阻挡不了的。在事物发展的这一条长河中，它的每一阶段总是与前后左右的事物有着千丝万缕的联系。余光中不仅用纵向的发展的观点来考察现代文化运动，也用横向联系的观点来考察文学发展的潮流。在《迎中国的文艺复兴》[11]一文中，他这样说道："文学的潮流是发展而成，不是可以强行分割的。'抽刀断水水更流'，文学之流亦复如此。"纵的不可分割，同样，余光中认为文学也不能自绝于时代，一个民族的艺术家也不能孤立自己，自绝于环境。在《古董店与委托行之间》一文中，余光中指出了人与环境的关系并强调了人对于环境的作用，他说："人莫不受时代的影响，然而时代也受人的影响，也只有人才能影响时代。"在《摸象与画虎》一文中，他再次强调"一位伟大的艺术家应该以他那时代特有的形式来表达他那时代特有的感受"。这一观点的背后也有着中国传统文化中儒家思想的影子。我想，这里的所谓"时代"应该是指整个世界的大背景（当然也包括具体的环境）。中国的文艺也是整个世界文学艺术的一个组成部分。同样，余光中认为，"新诗运动"也"是广阔的现代文艺运动的一环"。[12]

正是站在这一背景上，余光中认为中国的艺术家们"必须先自中国的古典传统里走出来，去西方的古典传统和现代文艺中受一番洗礼，然后走回中国，继承自己的古典传统而发扬光大之"。这样才能建立新的活的传统。只有当"东西文化欣然会合之时，才能真正实现中国的文艺复兴"。

在艺术的创新方面，余光中同样用联系的观点来考察。在《文化沙漠中多刺的仙人掌》一文中，他指出，创新不是"枝节性的技巧问题，而在于整个价值观念，整个美学原则的全面改变"。[13]在《摸象与扪虱》一文中，他充分肯定了内容对形式的决定作用。他认为只有"新内容，新精神，始有新形式，新技巧"。只有求得内容的革新，才能有形式的革新。有了现代精神，才有现代技巧。余光中在散文理论建设与创作方面的大胆实践及其取得的成功，

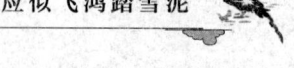

充分证明了这一哲学观点的正确性。

第三，辩证的观点

任何事物都具有它的两面性，甚至多样性。我们对事物的观察不能只顾一点不及其余。只有做面面观，方知事物全貌。无论是对待传统还是对待创新，无论是对待中国文化还是对待西洋艺术，余光中都主张辩证地去看。

余光中主张反叛传统，但同时又对传统保持崇高的敬意；他嘲讽那些卫道者，却又主张"反叛传统往往是部分的，而非绝对的，往往同时是否定和肯定"。[14]对古典诗中的情调与技巧（如严格的用韵与整齐的句式）他主张反叛，但同时又肯定了传统的博大精深，他认为"传统之中，自然没有现成的精神或技巧，可以唾手可拾，可是多思索、多认识一下，也不难发现一些营养"。[15]他在《从一首唐诗说起》一文中，通过具体分析唐代诗人贾岛的《寻隐者不遇》一诗，指出现代人应从中吸收的精华。他说，现代人没有那样闲适的生活，不可写那种诗，但在性灵之中，却可保持对那种闲适气质的向往。这就告诉我们，诗既不能脱离生活，但却又不局限于生活。现代人写诗不能局限于古诗的情调，但它可以在性灵中汲取古人的空灵和超逸。实际上这也是一种入而复出，先进入传统文化之中，弄清楚哪些是我们应该摈弃的，哪些是我们应该继承并发扬光大的，然后出乎其外，将传统中的精华化入新诗的创作之中——这一观点又明显带有中国传统的中道哲学观念的影响。

对待传统要这样看，对五四时期的白话诗，余光中同样认为既不能抹杀它在反叛传统中的历史意义，也不能任其"张口见喉""一览无余"了。对于浪漫主义，余光中也同样用辩证的眼光剖析，在《论半票读者的文学》里，他这样说道："我不完全否定浪漫主义的价值，浪漫与古典原是最基本的文学风格,与其说是截然可分之二物,不如说是浑然一物之二端。高级的浪漫主义富有独立反叛的精神,于此我惟有尊敬。我所反对的只是低级的浪漫主义——苍白的自怜,贫血的理想,廉价的悲观,空虚的道德等等。"可惜的是"浪漫主义之被输入中国的,只是这一部分"。[16]余光中这样的剖析,是把五四以来诗歌创作放在世界文学思潮的大背景上来打量的,并非囿于一孔之见,因此,为新诗反叛五四之传统提供了依据。

1962年2月,余光中就抽象画与现代诗在台湾引起的反响写了《现代诗:读者与作者》[17]一文,文章语言俏皮,格调轻松,暗喻的手法形象生动活泼,更重要的是文中闪烁着思辨的灵光。读原文的第一段,即可见一斑。

"无论你喜欢与否,现代诗和抽象画在台湾已经成为众所注目的两种问题,不,两种问题艺术。由于这两个少年'奇装异服',而且速度太大,屡闯红灯,以至一时警笛乱鸣,行人驻足。可是拦阻无效,闯者自闯,警察说这些少年不守交通规则,少年却说交通规则已经过时,必须修改。从坏处看,我们的文艺正面临空前的混乱;从好处看,则是新旧交替的过渡时期必有的现象。"余光中从一种文化现象说到整个社会历史进程中新旧交替这种特殊时期普遍规律,可见其眼光非同一般。

文中对论者批评现代诗难懂的问题亦有辩证的分析,一方面可能是作者作品的问题,"(除了有苦难言的那种)不是伪诗,便是劣诗"。另一方面,可能是读者的问题,读者修养不够,敏感不够和努力不够,对很深刻而含蓄的诗不肯下功夫多研究,由此造成了新诗与读者之间的"隔"。在此基础上,余光中向读者和作者提出了宝贵的建议。对于现代诗读者,余光中建议他们"多看,多想,多比较"。对于现代诗作者,包括对他自己,余光中提出了三条建议:第一,不写自己也不懂的作品。自己都不懂,更不用说读者了。第二，不写自己不喜欢的作品，不写一些言不由衷的诗，主张以现代的手法去处理题材（包括传统的和非传统的），并号召现代诗作者"置个性于现代主义之上，只写自己爱好的作品"。第三，不盲目接受或反对传统。他认为，"对于传统，无论接受或反对，都应该先经过了解"。"一个开明的心智，应该多接触，多比较，多批判。"无论是对读者提出的"三多"还是对作者提出的三"不"，虽然不是很全面，但对当时现代诗的发展却起到了很大的作用，对现代诗作者也产生了很深远的影响。

在此基础上来研究他的散文观。

正如余光中所说："原则上说来，一切文学形式皆接受诗的启示和领导。"他还说："要把散文变成一种艺术，散文家们还得向现代诗人们学习。"笔者之所以不惜用很长的篇幅来论述余光中的诗学观点及其哲学基础，是因为他的哲学观点指导着他对文化的批判与选择，而这种文化选择又使他把目光从诗歌转向了散文领域。在中国现当代文坛上，散文所经受的欧风美雨要比诗歌、小说少得多，散文领域也没有什么什么主义或什么什么派。自五四以来，散文的发展呈现出一种比较稳健的势头，对五四以来的散文创作所取得的成就，评论界也有一定的共识，似乎没有什么选择可言。但是，时代发展到今天，社会生活、人们的思想观念发生了很大的变化，散文创作如无视社会生活的急速变化和广大读者的阅读需求终将被文坛冷落。

而就在整个台湾文化界一片求新求变的浪潮中，台湾散文则仍然沉迷于周作人、冰心、朱自清、丰子恺、徐志摩、许地山等现代散文家的艺术模式和艺术境界，处于相对封闭的状态，缺乏开拓创新精神。在文学其他门类发生重大变革之后，散文再固守先前的模式就越发显得审美格局和表现形式的陈旧。台湾当代散文期待着变革与创新。作为现代主义文学的一员大将，在现代诗歌创作方面颇具影响力的余光中，基于以上的哲学观点，在1963年5月，把"革命"的火种引向散文领域。发表了倡导"散文革命"的纲领性文献《剪掉散文的辫子》[18]。

余光中认为，当现代诗、现代音乐，甚至现代小说，大多数的文艺形式和精神都在接受现代化的洗礼，做脱胎换骨的蜕变之际，散文这种文学样式也迫切需要经过一番洗礼才能超越五四以来的散文传统，跟上变革潮流，创造出一种讲究"弹性""密度"和"质料"的"现代散文"。

在《剪掉散文的辫子》一文中，余光中客观地分析了当时中国散文的四种形态及其得失。

"（一）学者的散文（scholar's prose）：这一型的散文仅限于较少数的作者。它包括抒情小品、幽默小品、游记、传记、序文、论文等等，尤以融合情趣、智慧和学问的文章为主。它反映一个有深厚文化背景的心灵，往往令读者心旷神怡，既羡且敬。"同时，余光中列举了最著名的散文家如钱锺书、梁实秋和李敖，并指出："这种散文，功力深厚，且为性格、修养和才情的自然流露，完全无法作伪。学得不到家，往往沦幽默为滑稽，讽刺为骂街，博学为炫耀。并不是每个学者都能达到这种美好的境界。"于是，余光中又把"学得不到家"的一类学者散文分为"洋学者的散文"和"国学者的散文"。"洋学者的散文往往介绍一些西方的学术和理论，某些新文艺的批评家属于这类洋学者。"他们的散文"内容往往是未经消化的什么什么主义，什么什么派别，形式往往是情人的喃喃，愚人的喋喋。对于他们，含糊等于神秘，噜苏等于强调，枯燥等于严肃。"而国学者的散文呢？虽然没有洋学者的散文那么冗长，可是"不文不白，不痛不痒，同样地夹缠难读。一些继往开来俨若新理学家的国学者的论文，是这类散文的最佳样品。""他们的文章，令人读了，恍若置身白鹿洞中，听朱老夫子的训话，产生一种时间的幻觉。"但是，无论洋学者还是国学者，他们共同的特点是把散文写得晦涩难懂，而忽视了文字的清畅有力。

"（二）花花公子的散文（coxcomb's prose）"，如果说学者的散文再怎么不幸，但其作者还"限于少数"，且总还剩下一点"学问的滓渣，思想的原料"。然而花花公子的散文不仅"千篇一律，它歌颂自然的美丽，慨叹人生的无常，惊异于小动物或孩子的善良和纯真，并且惭愧于自己的愚昧和渺小。不论作者年纪有多大，他会常常怀念在老祖母膝上吮手指的金黄色的童年。不论年纪有多小，他会说出有白胡子的格言来。"而且"上自名作家，下至初中女生，简直车载斗量"，到处都是，甚至"已经泛滥了整个文坛"，不仅成了"'抒情散文'的主流""更装饰了许多不很高明的小说和诗"。其危害自然比"学者散文"要大得多。余光中一针见血地指出，这类散文的致命伤就是莫名的"伤感"，加上空洞的"说教"，有违他们"热心劝善"和"醉心求美"的初衷。

"（三）浣衣妇的散文（washerwoman's prose）"，余光中指出："花花公子的散文，毛病是太浓、太花；浣衣妇的散文，毛病却在太淡、太素。"他说："这一类作者像有'洁癖'的老太婆。她们把自己的衣服洗了又洗，结果污秽当然向肥皂投降，可是衣服上的花纹，刺绣，连带着别针等等，也一股脑儿统统洗掉了。"

余光中继续指出："这些浣衣妇对于散文的要求，是消极的，不是积极的。她们但求无过，不求有功。对于她们，散文只是传达的工具，不是艺术的创造，只许踏踏实实刻刻板板地走路，不许跳跃、舞蹈、飞翔，她们的散文洗得干干净净的，毫无毛病，也毫无引人入胜的地方。由于太干净，这类散文既无变化多姿起伏有致的节奏，也无独创的句法和新颖的字汇，更没有左右逢源曲折成趣的意象。"

"这些作者都是散文世界的'清教徒'。她们都是'白话文学'的善男信女,她们的朴素是教会聚会所式的朴素。喝白话文的白开水,她们都会沉醉。"她们往往在别人的散文里发现一个文言,就像在饭碗里发现一粒沙,甚至一只苍蝇一样那么难过。针对这种现象,余光中尖锐地指出:"浣衣妇所奉行的主义,只是'独身主义'(即使文融于白也不行——笔者注),不,只是'老处女主义'。她们自己以为是在推行'纯净主义'(purism),事实上那只是'赤贫主义'(penurism)。"

针对以上三类散文,余光中提出了关于现代散文的要求。

这样的分类和剖析不能说是非常全面的,也失之尖刻。但作者在这篇文章中所表现出来的胆识却是令人敬佩的,因为作者所面对的是散文界的一个群体、一种现状或者说是一种风气。而且其中有些论断不仅对当时的台湾文坛有着振聋发聩的作用,就是在今日中国文学的大背景上去审视,仍不失为精辟。尤其是他在这篇文章中所提出的现代散文的三个条件:"密度""质料""弹性",在今天仍可作为评论散文的尺度。

余光中关于现代散文的这三个条件提出后,较早关注余光中散文观的是当时在香港中文大学任教的黄维梁(时至今日,黄先生已成为"余学"专家)。黄先生于1968年12月开始即以连载的形式在香港《中国学生周报》上辟名为"小小欣赏"的专栏,评论余光中的散文理论及其创作实践。他认为余光中乃"最出色最具风格的散文家"。自此,不断有论者把目光纷纷投向余光中的散文理论,并联系其散文创作实践,给予余光中极高的评价。

就笔者看来,这三个标准说得都比较抽象,其实,一般论者都知道,但至今仍没有人提出来。这三条中除了第二条是对"密度"的阐述之外,第一、第三条说的似乎都是语言。所异者,第一条侧重谈句法,也涉及语气、方言、俚语等,还提到了节奏(其实也是讲语言）。而第三条，则是语言中更为肌理的东西——字和词了。既然都是谈语言，为什么不放在一点里面加以阐述呢？2002年10月19日，余光中应中央电视台、中国现代文学馆之邀来两家合设的"百家讲坛"讲学，笔者有机会就此疑虑当面请教余光中，余光中所述与原文相比具体一些，转引于后，或许能弥补原文之不足。

余光中说，"密度"是指一定篇幅里给读者多少东西：包括思想、艺术和风格等方面的，小篇幅与长篇幅相比，它的内涵量（就是指他在原文中所说的分量——读者对于美感要求的分量），它给人的启迪和愉悦应该是毫不逊色的；还有意象丰盈，节奏紧凑，他主张："散文可以向诗歌学一点生动的意象，活泼的节奏和虚实相济的艺术。"[19] 余光中还提请笔者注意："密度"还指"篇无赘字"。但是，形式的重复不等于意思的重复，必要的重复不影响"密度"。用这段阐述比照原文中对"密度"一词的阐述，读者对余光中关于散文"密度"的要求，应该有了比较清楚的认识。

原文中所谓"密度"是指"这种散文在一定的篇幅中（或一定的字数内）满足读者对于美感要求的分量；分量愈重，当然密度愈大"。而稀稀松松、汤汤水水的散文，既无奇句，又无新意，完全不能满足读者的美感要求。这样说来，讲究"密度"的散文应该是有奇句而不单调，有新意而不陈旧，意象浓密而厚重。"五步一楼，十步一阁，步步莲花，字字珠玉"，能充分满足读者的美感要求的散文。

所谓"弹性"，原文中是指"这种散文对于各种文体各种语气能够兼容并包融和无间的高度适应能力"。也就是打破问题疆界，句式生动活泼，语言富于变化。表面看来，余光中所谓"弹性"与"质料"都是就现代散文的语言而言的，但是，这两点侧重点不同。

余光中说，弹性是指散文句子与段落的长短参差，因时因地因需要而变化，语序有正反，有倒装。他举例说："比如'魑魅呼应着魍魉呼应着魑魅'[20]，这是我独创的一种特殊的浓缩句式，这样浓缩之后增加了句法的弹性与效果。"怎样才有"弹性"呢？余光中认为："文体和语气愈变化多姿，散文的弹性当然愈大；弹性愈大，则发展的可能性愈大，不至于迅趋于僵化。"他主张现代散文要以"现代人的口语为节奏的基础"，也可以向诗学习一点活泼的节奏。[21]"斟酌采用一些欧化的句法"，但"不是洋学者生涩的翻译腔"；也"不妨容纳一些文言的句法"，但"不是国学者迂腐的语录体"；还可以"选用一些音调悦耳表情十足的方言或俚语，反衬在常用的文字背景上"，以达到句法活泼新鲜，简洁浑朴，生动突出，增强语言美感的效果。

关于"质料"，原文中似乎没有具体正面的阐述，但笔者与余光中的交谈，弥补了读者对原文理解的缺憾，原文说："它是指构成全篇散文的个别字或词的品质。"并认为"这种品质几乎在先天上就决定了一篇散文的趣味甚至境界的高低"。既然"质料"（一篇散文的个别字或词的品质）关乎一篇散文审美趣味的雅俗与审美境界的高低，散文家当然应该尤为重视了。就"质料"一条，余光中具体地阐述道：指字词的高雅与俚俗，精粗与软硬，文白与欧化等。这样读者就比较清楚了，它是指一篇散文遣词用字的敏感准确，充分表现出创作个体的品位和风格。但是，就原文中余光中所举"她的瞳中溢出一颗哀怨"和"她的秋波暗弹一滴泪珠"两例，一般读者则难分其文字触觉的细腻与粗俗。有机会定当面请教余先生。

在这篇现代散文纲领性的文章之后，1965年6月余光中在散文集《逍遥游·后记》里宣称："我倒真想在中国文字的风火炉中，炼出一颗丹来。在这一类作品里，我尝试把中国的文字压缩、捶扁、拉长、磨利，把它拆开又拼拢，折来并叠去，为了实验它的速度、密度和弹性。我的理想是让中国的文字,在变化各殊的句法中,交响成一个大乐队,而作家的笔应该一挥百应,如交响乐的指挥杖。"余光中是这样说的也是这样做的,他的散文大胆地打破了文体的藩篱而又不失散文的体制,他的作品为现代散文提供了成功的范例——尤其是他前期的被人称为"大品"的散文。

余光中关于现代散文的"密度""弹性"和"质料"的观点提出来后,受到了论者的一致推崇。但一般论者往往只注意他的这个理论,却忽视余光中关于现代散文的其他一些散论,而这些散论却也是构成余光中散文观的重点。

在他对中西、古今文化兼容并包的统领之下,在散文领域,余光中同样主张博采众长。不仅要采西方之长,也要采中国之长;不仅采古代之长,也采现代之长;不仅要兼容其他文类之长,也要采方言、俚语、口语之长——这才是真正的现代散文。

1968年,余光中在《我们需要几本书》一文中,首次提出并规范了现代散文这一概念的内涵。他说:"此地所谓'现代',是指作者必须具有现代人的意识和现代人的表现方式。"接着他阐述道:"所谓现代人的意识,是指作者对于周围的现实,国际的,国家的,社会的种种现实,具有高度的敏感;这种敏感弥漫字里行间,不求表现而自然流露。""至于现代人的表现方式,是指这一代的青年作者对于文字的敏感和特有的处理手法。适当程度的欧化,适当程度的文白交融,当代口语的采用,对于现代诗及现代小说适当程度的吸收,以及化当代生活的节奏为文字节奏的适应能力,这一切,都是现代散文作者在技巧上终必面临的问题。在这方面,字汇的选择是相当可靠的分别。"

余光中站在一个时代的高度,以一种哲学的深度,从内容和形式两个方面阐述了现代散文的具体内涵和审美要求。尤其是他强调现代散文要具有现代意识这一点,不仅是现代散文创作的问题,更触及了所有文学创作的内核,即文化观念的更新。这一论断对今天中国整个散文界仍具有指导作用。今天中国散文界,一些"女性散文"取材过于琐碎,思想平庸;一些"小女人散文"存在太多的小市民意识,拒绝问题意识的介入;有些"学者散文"喜谈禅释道,缺乏忧患胸襟;某些"文化散文"一味地从现实逃进历史,缺乏文化反思力;有的则津津乐道所谓绝对的"个人化写作",标榜自我却无思想的深度,等等。面对这种现状,回过头去再看余光中对现代散文这一概念内涵的阐释,尤其是他要求散文家具有对现实的敏感和表现方式上的兼收并采,我们不能不佩服余光中胸怀的宽广、目光的敏锐和文化观念的尖新。

但是,一种文体的革新一如社会的变革,它必须牵扯到多方面的问题,也需要一些时间。因此,尽管余光中在台湾文坛竭力倡导创作现代散文并身体力行,仍有不少作者和读者仍然躲在"大师"的"背影"里,散文的神龛上仍然供奉着朱自清、冰心等人。要真正超越"五四"的散文传统,必须打破一些东西。于是,1977年6月24日,余光中的一支健笔伸向了被奉为"大师"的朱自清,写下了有名的《论朱自清的散文》一文。文中对朱自清的散文从语言、修辞、意象、风格、情感等做了全面的剖析,在肯定其历史意义与价值的同时,指出其致命的不足,动摇了其"大师"的地位。余光中指出:"事过境迁,他的历史意义已经重于艺术价值了。他的神龛,无论多高多低,都应该设在二三十年代,且留在那里。"今天,仍有不少读者继续追着这一"背影",所以,当我们读这篇评论时,除了惊叹余光中的胆识和气魄之外,同样为其客观、公正的科学态度而折服。

在余光中的散文理论及其创作中,来自中国古代文化的血统是显而易见的。由于余光中古典文学的深厚学养,在博览中国古代精品散文之后,余光中惊异于中国古代散文强大的生命力在于古人在创作散文时对知性与感性的充分调和。联系某些早熟的青年作家因为缺乏对生活的思考,对人生的感悟,所以到了某一层次就难以为继的现象,1979年8月,余光中在《左手的缪斯·新版序》中首次涉及这个问题。他指出,不少散文家"一开始就走纯感性的路子,变成了一种新的风花雪月,忽略了结构和知性"。所以"发表了十数篇之后,翻来覆去,便难以为继了"。他认为:"缺乏知性做脊椎的感性,只是一堆现象,很容易落入滥感。"他为某些"开笔惊人"的"早熟的青年作家",因为"没有知性的推力",所以"到了某一层次更难攀上一分"而深感惋惜。他要求散文作家不仅具备很高的美学眼界,更需要雄厚的哲学根基,将哲学的思与美学的诗结合起来,这正是他自己创作散文时所遵循的审美原则。

1983年5月31日,余光中专门"为苏州大学当代华文散文国际研讨会"而作的《散文的知性与感性》[22]一文,具体阐述了散文的知性与感性及其关系,并就现代散文的内容提出了明确的要求。全文共分为四个部分,为方便读者全面了解其散文观,下面略作分析。

第一部分,着重阐述散文"知性"和"感性"的内涵。余光中认为:"所谓知性,应该包括知识与见解。"这个解释仍然很抽象,所以余光中接着说:"知识是静态的,被动的,见解却高一层。见解动于内,是思考,形于外,是议论。"这句话虽然解释了"知性",但还没有触及散文的本质,因为很多文体都需要知识与见解,如果一篇文章仅由作者的知识与见解组成的话,那绝对不是散文。因此,余光中更进一步提出一种新的散文境界,"知性在散文里往往要跟感性交融,才成其为'理趣'。""理趣"是我国古代文论中常常谈及的问题,并非余光中的首创。它要求作品中的议论要有理有趣,要与具体形象结合起来,与抒情交织在一起。例如：沈德潜评杜诗"水深鱼极乐，林茂鸟知归"等句"俱入理趣"（《说诗晬语》）；徐而庵则干脆说"摩诘（王维）以理趣胜"（《而庵诗话》）；相反，有理无趣则味同嚼蜡，失去艺术的审美特征，成为"理障"。诗如此，散文亦如此。因此，余光中推崇苏东坡的"感性与知性融洽相得益彰"，而贬抑王安石的"感性嫌弱，衬不起知性"，所以"质胜于文"。

那么，什么是"感性"呢？

余光中说："至于感性，则是指作品中处理的感官经验。"他认为，一个作家"如果在写景、叙事上能够把握感官经验而令读者如临其景，如历其事，这作品就称得上'感性十足'，也就是富于'临场感'（sense of immediacy）。"但是，要做一位出色的散文家，作家还得向诗人学习捕捉意象，安排声调的本领，还得学习小说家叙事生动的才能，方能做到写景出色，叙事生动，并能因景生情，随事起感，抒发感情。把生活中的感性变成笔端的感性。由此，余光中推出"感性"一词的两种意义和内涵：一种是狭义的感性即指感官经验的具体表现；另一种是广义的感性可以包括"一篇知性文章因结构、声调、意象等等的美妙安排而产生的魅力"。余光中认为，知性的散文，不管是议论文还是杂文，只要能做到声调铿锵，形象生动，文字简洁，具有饱满的逻辑张力，能满足读者的审美要求，尽管所言无关柔情美景或慷慨悲歌，仍然有其感性，能够感人，甚至成为美文。

第二部分，主要论述散文中感性与知性的关系。余光中认为，除了某些刻意经营的"纯感性"与"纯知性"的散文外，一般来讲，"文章的风格既如人格，则亦当如完整的人格，不以理绝情，亦不以情蔽理，而能维持情理之间的某种平衡，也就是感性与知性相济。"正因为如此，知性的散文中往往有感性的画面；反之，在感性的散文里，也每有知性的片段令人难忘。为了说明这个观点,余光中不惜篇幅分别以《典论论文》《与陈伯之书》《前赤壁赋》及《阿房宫赋》为例,说明二者融合之后所收到的美感效果。因此,就二者的关系他得出结论:"就像一面旗子,旗杆是知性,旗是感性;无杆之旗正如无旗之杆,都飘扬不起来。""有杆无旗,便失之硬性;有旗无杆,又失之软性。""太硬的散文,若是急于载道说教,或是矜博炫学,读来便索然无趣。""太软的散文,不是一味抒情,便是只解滥感,也令人厌烦。"而"一位真正的散文家,必须兼有心肠和头脑,笔下才能兼容感性和知性,才能'软硬兼施'。"

第三部分紧承第二部分对感性与知性关系的论述,进一步提出衡量文才之宽窄的标准。余光中指出:即使是大散文家,也有"专才"与"通才"之分,"专才"或偏于知性,如王安石,或偏重感性,(如余光中在该文后面所批评的诗人徐志摩的散文)。只有"通才"方能兼擅,如苏轼。

第四部分更以费孝通、朱光潜、徐志摩、陆蠡等人的作品为例,分析了"五四"新文化运动以来的散文创作之得失,并提出了"学者散文"的标准,即知性与感性兼擅的标准。

1984年2月,在《逍遥游·新版序》中,余光中再次谈到这个问题。他强调:"我仍认为,以诗笔来写散文,可以加强散文的感性;但要注意的是,切勿沦为高不成低不就的所谓散文诗,而且感性的背后,仍需相当的知性来支持,才不会沦为滥感。"众所周知,余光中是以诗笔来写散文的,但是,余光中却能在散文中将诗意的诗和哲学的思充分调和,在给人以美感的同时还能给人以心智的启迪。

在余光中的文化心理与审美倾向形成过程中还有很重要的一个因素,那就是吴越文化的熏染与巴蜀文化的浸润,并形成了他既具有水乡儿女的灵秀也具有大山男儿豪雄的人格。这一点在他的诗歌、散文理论中虽然没有具体的阐述，但在他的诗歌、散文创作中却有着鲜明的烙印。他作品中宏伟的气魄、奇特的想象及对时空转换变化的灵活处理，还有极度的夸张、穷极笔力的描写、丰富而多变的意象、浪漫而恣纵的情感及极富个性魅力的语言，形成了他作品壮阔飞动与清新秀逸兼备的风格。尤其是那些思亲怀乡的篇章，故乡情结深沉而迤逦。

也许是余光中诗名太盛，以至于遮蔽了其散文的光芒。但是，自从80年代余光中进入大陆学者的视野之后，学界也不断有人将目光投向他的散文理论和散文创作，并对其散文成就及其在当代散文史上的地位给予了很高的评价。楼肇明认为，在台湾文坛"首先揭橥变革'五四'现代散文旗帜的是余光中。"[23]正如余学专家黄维梁所说："余氏以其抒情彩笔，纵横捭阖，缔造了一个中西古今交融的散文新天地。在20世纪中国作家中，大概无人能出其右。"[24]

注释

[1] E.W.Said, *Culture and Imperialism*, London, 1993, pp, 12–13.
[2] 《新大陆 旧大陆》，见《参考消息》2002年8月6日《华人文苑》版面。
[3] 《左手的缪斯》，时代文艺出版社，1997年版。
[4] 《掌上雨》，时代文艺出版社，1997年版。
[5] 同上。
[6] 《青青边愁》，时代文艺出版社，1997年版。
[7] 《掌上雨》，时代文艺出版社，1997年版。
[8] 同上。
[9] 《摸象与扪虱》，见《左手的缪斯》，同上。
[10] 《听听那冷雨》，时代文艺出版社，1997年版。

[11]《左手的缪斯》,时代文艺出版社,1997年版。

[12]《文化沙漠中多刺的仙人掌》,同上。

[13] 同上。

[14]《古董店与委托行之间》。

[15] 同上。

[16] 同上。

[17] 同上。

[18] 同上。

[19]《记忆像铁轨一样长·序》《青青边愁》,时代文艺出版社,1997年版。

[20]《记忆像铁轨一样长·序》,同上。

[21]《逍遥游》,见《左手的缪斯》,同上。

[22]《蓝墨水的下游》,九歌出版社,1998年版。

[23]《台湾散文发展的一个轮廓》。

[24]《余光中选集·总序》,安徽出版社,1999年版。

(发表于《湖南文理学院学报》2009年2月、《武陵学刊》2009年3月)

余光中散文《听听那冷雨》美学蕴涵

像许多大陆读者一样，初识余光中先生，是他的精致精巧如一枚小小邮票的《乡愁》，当时很惊叹余光中言情手段的高妙，取登浅近而意蕴深远，随着两岸文化的不断交流，后来陆续读到了他的一些散文，才知道余光中执笔写散文，也是诗人本色。

余光中曾在他的《剪掉散文的辫子》中说："美国当代著名诗人格雷夫斯（Robcnt.Qarves）曾说过，他用左手写散文，取悦大众，但用右手写诗，取悦自己。对于一位大诗人而言，要写散文，仅用左手就够了。许多诗人用左手写出来的散文，比散文家用右手写出来的更漂亮。一位诗人对于文学的敏感，当然远胜于散文家。理论上来说，诗人不必兼工散文，正如善飞的鸟不必善于走路，而邓肯也不必参加马拉松赛跑，可是，在实践上，我总有一个偏见，认为写不好（更不论写不通）散文的诗人，一定不是一位出色的诗人。"余光中不仅用他的诗，更用他的许多散文精品，充分展示了他作为"一位出色的诗人"的风采。

《听听那冷雨》——我首先是被这个题目所吸引的。"雨"可听可触，听之有声，触之有感，"听"本应侧重雨的听觉意象，但作家却用触觉感受的"冷"来形容它，使听觉向触觉挪移，从而相互交通，于是赋予了"雨"这个意象以深刻的内涵。"雨"

的意象本身给人一种迷离感，着一"冷"字，更予人凄迷的感觉，并使文章笼罩在一种凄婉迷茫的氛围中，从而定下了全文沉婉幽深凝重的格调。"冷"是一种独特的体验，它需要一种环境，一份心境，"去掉一切杂念"方能达到。读这个文题，让人生出许多感想感触，使"冷雨"这个意象生发出许多"不定点"（英加登语）。

《听听那冷雨》的艺术魅力，首先在于意象的经营和感情的表达以及两者的紧密契合上。

台湾现代派诗人主张意象的繁复性和多义性，这篇散文的意象，貌似单纯，实则繁复。全文的中心意象"雨"在作者笔下得到了多角度、多侧面、多层次的刻画，既有视觉美，又有听觉美，既具形态美，又具声律美，更具神韵美。

作家要抒写如烟似雾的乡愁，并不直说，而是把满怀愁思化作沥沥冷雨。他打开心灵的双眼，把"雨"作为参照对象，将自己对乡愁的深切体验融进"听"的感受中，听雨使人觉得"连思想都是潮润润的"，让人觉得"整个中国整部中国的历史无非一部黑白的片子，片头到片尾，一直是这样下着雨的"，这种独特的感觉显然已经超出了个人的情感范围，而具有深沉的家国别离的历史厚重感了。雨丝牵着作家的思绪，一直拉到大陆，到故乡，到中年，到少年，然而记忆中的杏花、春雨、牧童遥指、剑门细雨、渭城轻尘均已不再，年华似水、往事成梦、沧海桑田，要重温也只能到"故宫博物院的壁头和玻璃柜内、京戏的锣鼓声中、太白和东坡的韵里"去寻找——而这些均非现实啊。故乡难觅，旧梦难圆，乡愁无法排解。只有"雨"是亘古不变的，要唤起对故乡的种种记忆，就只能沉入听雨的意境中了。

这一部分是作家最用心力之处，作家打通各个感官的通道，使一个感官鸣响，其他感官连锁共鸣，把本来是"实"的物象（"雨"）虚化，显得空灵，又将本来是"虚"的情感即乡愁转化为实，满腹乡愁融进了滴滴冷雨中，意境深邃，情味悠长。正如梁启超先生所说："一切物境皆虚幻，惟心所造之境为真实。"

《听听那冷雨》的魅力还在于其诗化的语言与诗意的乡愁以及两者的融合上。

语言是文学最直接的现实，文学语言的作用和意义绝不仅仅是作家表述的工具或作品内容的载体，它在描绘形象和表述感情的同时也具有自身的美感意义和美学功能，语言的组合，组合后的各种不同情调的语感，以及彩色的调配、音响、节奏及韵律的效果等，但如果语言不负载意义，这种美感会大大削弱甚至不复存在。余光中曾说："我想在中国文字的风火炉中，炼出一颗丹来，……我尝试把中国文字压缩，捶扁，拉长，磨利，把它拆开又拼拢，折来并迭去……我的理想是要让中国的文字，在变化各殊的句法中，交织成一个大乐队，而作家的笔应该一挥百应，如交响乐的指挥棒。"正因如此，他的散文的语言才呈现出多种美，有《何以解忧》的汪洋态肆，有《我的四个假想敌》的清旷豁达并时时闪现睿智的灵光，有《催魂铃》的机智幽默……总之，他语言总有一种郁然于内里，焕然于外表的气血。《听听那冷雨》可以说是语言组合方面最出色的代表。首先作者在文中大量运用叠字句，对雨做了尽情的挥洒：有料料峭峭的冷雨、缠缠绵绵的春雨、潇潇秋雨、霏霏细雨、湿湿灰雨，也有干干爽爽的白雨。雨在作家笔下，时而淋淋漓漓，时而淅淅沥沥，时而点点滴滴，时而滂滂沛沛，这些叠字句的成功运用，不仅很好地抒发了那梅雨般连绵不断的乡愁，而且使全文音韵谐婉，自然构成了文章诗的节奏。为了增强文章的韵律感，作家还运用重言复沓的手段，"听听那冷雨"这个句子在文中以不同的形式出现了11次，以此为题又以此作为全文的收束，形成了一种回环往复的内在旋律，又留有余韵。

除此之外,本文还运用长句与短句,整句与散句相结合的方式,使句式长短参差,整散交错,呈现出一种错综的美。"……不是金门街到厦门街,而是金门到厦门。不过说到广义,他同样也是广义的江南人,常州人,南京人,川娃儿,五陵少年……",长短参差的句式表达联想的跳跃与接续。"残山剩水犹如是,皇天后土犹如是,纭纭黔首纷纷黎民从北到南犹如是""只是杏花春雨已不再,牧童遥指已不再,剑门细雨渭城轻尘也都已不再",正是这种整散结合的句式蕴含那种似水流年、沧海桑田的岁月感喟。像"仓颉的灵感不灭,美丽的中文不老""白得虚虚幻幻,冷得清清醒醒""鸟声减了啾啾,蛙声沉了阁阁,秋天的虫吟也减了卿卿"就更是美丽的诗句了,这些句子或对比,或对偶,或整齐,或参差,构成了文章的一种低回婉转的旋律,读之纡徐有致,荡气回肠。

记得伍立杨先生在评价余光中时曾赞美过他文中"多得像草一样的比喻让人想到莎士比亚、苏轼和钱锺书先生",并认为这种"文人真笔墨在商业时代尤其显得珍贵"。众所周知,想象是比喻的心理基础,没有想象就没有比喻,想象力的丰富,历来就被看作是天才的标志。康德在《批判力之批判》中说:"构成天才的各种心灵的能力,是想象力和理解力。"黑格尔将想象力视为"最杰出的艺术本领"(《美学》第1卷)。余光中散文中奇巧新颖的比喻,显示了他非凡的想象力与创造力。下雨时让人觉得"整个中国整部中国的历史无非是一部黑白的片子",而公寓时代的台北凄凄切切完全是"一部黑白的默片",对故乡回忆的片断则是"安东尼奥尼的镜头""摇过去又摇过来",在游子听来,"雨,该是一滴湿滴滴的灵魂在窗外喊谁",最奇妙的当数作家将瓦屋顶喻为一张张古老的琴,并听声类形,"雨来了,温柔的灰美人来了,她冰冰的纤手在屋顶拂弄着无数的黑键啊灰键""她一张张敲过去",那细细密密的节奏,"若孩时在摇篮中,一曲耳熟的童谣摇摇欲睡,母亲吟哦鼻音与喉音""雨是最原始的敲打乐从记忆的彼端敲起,瓦是最最低沉的乐器灰蒙蒙的温柔覆盖着听雨的人",而公寓时代的来临带给人的是有如"美丽的灰蝴蝶纷纷飞走"的失落等,这些比喻有的在意象的选取上别出心裁,有的在乡愁的抒发上倾注心力,有的巧妙地化入了作者独特的人生遭际和生活体验。而这些比喻的一个突出特点是极少用明喻,诸如"像""仿佛""如"之类的点明本体与喻体关系的词基本上不用(全文仅一例)。余光中认为,"在想象文学之中,明喻不一定不如隐喻,可是隐喻的手法毕竟要曲折,含蓄一些"(《论朱自清的散文》),可谓一语中的。总之,这篇散文的语言自然典雅而有风神,体现了余光中对语言"弹性""密度""质料"的不懈追求。

最后值得一提的是这篇散文在艺术秩序的营构上的特色,它是以时间的"现在—过去—现在"为线索来显现乡愁情感流程的。文章从飘着霏霏细雨走在厦门街回家的路上而始,进入非非遐想,由厦门街想到厦门、江南、常州、南京、四川,自然而然地引出对少年时代江南杏花春雨的回忆。接着作家先从嗅觉写雨,用"古中国层层叠叠的记忆皆蠢蠢而蠕"进入听雨的回忆。接下去似乎就应该写听雨了,然而作家却宕开一笔,这一段看似闲笔,实则为后文听雨做了很好的陪衬。作家正是用他乡的无雨可听衬托雨这种"古老的音乐"属于中国,然回到台北"两度夜宿溪头"本来有机会听雨,可惜"山中一夜饱雨"却未能听到,因为"仙人一样睡去",所以"实际的印象,也无非山在虚无之间罢了"。接下去才紧扣文题,对雨进行了立体化的描摹状绘(这部分是以从春到夏到秋的时间顺序营构的),作家用瓦屋听雨的入微感觉反衬出现代工业城市的无雨可听(第三部分内容),只能握着雨伞,听那冷雨打在伞上,于是又回到厦门街(现实中),"厦门街的雨巷走了二十年与记忆等长,一座无瓦的公寓在巷底等他,一盏灯在楼上的雨窗子里,等他回去,向晚餐后的沉思冥想去整理青苔深深的记忆。前尘隔海,古屋不再,听听那冷雨"。似水流年,雨巷孤灯,古屋难再,掩卷怅想,似有隐然苦涩悲怆味自字墨间袅袅溢出,下雨至此境界曰美,行文至此境界曰美,既首尾圆合,又有悠悠不尽之意在言外。

(发表于《写作》1998年10月)

玲珑剔透说《乡愁》

典雅、精致如一枚小小邮票的《乡愁》，自发表以来，就被无数读者和艺术家广为传唱，不仅远播两岸，而且论者甚众。在去年十月，北京庆祝中华人民共和国成立五十三周年的晚会上，由著名歌唱家关牧村那浑厚圆润的女中音诠释演绎，腔调婉美、情韵悠长，更是引人遐想，低回。不久于10月20日，该诗作者余光中先生应邀来北京，到中央电视台与中国现代文学馆主办的"百家讲坛"主讲了《创作与翻译》。讲演结束后，应听众要求余光中亲自朗诵了他的《乡愁》，当饱含深情的男中音响起，听者无不心中勃勃有激流涌动，更有老者潸然泣下。

这么一首短短的《乡愁》何以有如此魅力，且能历久弥新呢？评论家李元洛曾说："余光中的乡愁诗是我国民族传统的乡愁诗在新的时代和特殊地理环境下的变奏。"又说："他的乡愁诗不仅概括了相当长的一个历史时期内具有普遍的民族感情"，而且"艺术地表现了他个人，也是为许多人所共有的具有强烈时代感的民族精神。"李元洛认为这两者是激起"人们心海波涛的原因"（《海外游子的恋歌——读〈乡愁〉与〈乡愁四韵〉》）——这应该是公论吧。

本评论当然也不外乎从其情致内蕴与艺术表现形式这两方面

来着眼。但笔者试图超越一般的泛泛之论，以期揭示《乡愁》一诗的深层魅力所在。

每个人生命本源的深处都该存在着无法消解的"故土情结"，即使鲑鱼产卵，也要逆流而跃，回到故河。古人更有诗云："石龟尚怀海，吾宁忘故乡。"乡愁这一古典、浪漫而感伤的情怀遂成为中外古今诗文不朽的主题，从莱蒙托夫到海涅，从《诗经》到《楚辞》到唐诗、宋词、元散曲，乡愁被演绎得宏富深厚，悲情万状。台湾著名散文家王鼎钧在《脚印》一文中，更是巧思妙想，说乡愁"带着像感冒一样的温柔"。这个比喻既抽象又具象，那乡愁如烟雾氤氲在你的前后左右，丝丝缕缕地缠绕着你（当然不是重感冒），总让你觉得有个地方软软的、柔柔的、酸酸的、涩涩的，要治好它吧，却是没有立竿见影的良药。正如余光中所说："据说，怀乡病是一种绝症，无药可医，除了还乡。"他还说："我的怀乡病已告不治。"（《万圣节·后记》）——这正是流落海外，空间阻隔，归期未卜的无根者的共同悲情。按理说，这种情感是有地域性与时代性的，那么，何以竟演绎成为当代中西同类题材诗歌的演唱，并被不同民族、不同年龄、不同地域的读者广为传唱呢？何以有那么多（据笔者所知，到目前为止，至少已有六位大陆或港台作曲家为之谱曲）音乐家试图以自己对乡愁的不同体验用音符的不同组合来诠释《乡愁》一诗的内涵呢？

在20世纪，这世界从未安宁过：二次世界大战、韩战、越战、苏联解体、海湾战争，直至中东流血冲突等等，由于战争与政治等原因，或放逐，或流亡，多少人有家难回——这几乎成了世界性的普遍现象。其次，随着科技的迅猛发展，地球正逐渐演变为一个大村落，外出求学、谋生的人越来越多。正如"一千个观众就有一千个哈姆莱特"一样，一千位读者、艺术家就有一千种乡愁。当夕阳西下，飞驰的列车载着你驶向一个遥远而陌生的终点，你的窗外掠过的都是异乡的风景,车厢里正流淌着《乡愁》的旋律,也许你不是真正意义的游子,但你心灵的深处未必不会涌起一种略带感伤的情绪。暮色四合,你守着一座陌生城市的一扇小窗,看窗外归飞的宿鸟,听着一首《乡愁》,你怎能不被那样凄美情怀所感动?德国作家诺瓦利斯曾把哲学理解为怀着乡愁的冲动去寻找精神的家园。个体存在的家园意识在形而上的意义上,属于一种真理或信仰,一种终极价值,一种宗教或审美的最高境界;而在形而下的意义上,它则包含对故乡的眷恋,一种彷徨的皈依感,一种回到源头的冲突。根据弗洛伊德的精神分析理论,童年的经验对一个人的一生有极为重要的影响,童年的印象往往终生萦怀。也许故土情结真的是人类最深层的文化情结之一,它能成为无意识的冲动势能,构成个体存在的情感因素。余光中的乡愁在普遍意义上乃文化心理结构的显现,也在这意义上,乡愁在不同的读者心中染上了不同的色彩,赋予不同的内涵,因此才会打动每一位读者的心灵。

然而,余光中的故土情结与乡愁意识又具有其独特的一面,那就是他以自我的生命体验为基础,加上诗人的艺术敏感与丰富想象,运用象征或隐喻,符号化地表现出来,形成了独特的形式美。因此,读者也能从审美的角度来欣赏此诗。

首先是其意象的暗示性

台湾现代主义的作品受西方现代主义,诸如意象、象征、暗示等艺术手法的强烈影响,而在运用这些手法的时候,又将其意境、比兴、含蓄等中国古典诗歌的手法冶于一炉,形成了别具特色的东方现代主义文学风格。就诗而言,西方现代主义诗歌的发展本来就有其东方的渊源。20世纪初活跃在英美诗坛的意象派主将庞德,也毫不讳言他所追求的意象艺术受到中国古典诗艺的启示。

此一诗艺被学贯中西的余光中运用起来,更是娴熟自如、匠心独具。

《乡愁》有两组意象。一组为"母亲""新娘""大陆",一般读者都能从这组意象中领悟到诗人那种沉婉的故国之思。那就是诗人组合意象的高妙所在。"母亲""新娘"都是女性意象,而且是由"母亲"过渡到"大陆",就很自然地引起读者把"大陆"当作"母亲"的联想。如果从"新娘"到"大陆",则这种联想就会消失。另一组是"邮票""船票""坟墓""海峡"。这一组意象不仅化乡愁为具象,而且意象的组合也别有深意。"邮票""船票"表示少年与母亲、青年时与新娘彼此能够沟通,而"坟墓"则天人阻隔无法沟通,"海峡"暗示宝岛与大陆彼此可能沟通。两组意象彼此关涉、浑然天成,融合了诗人自我生命的体验与感悟,既是个体的,也是集体的,于是自然而然达到一种高度和深度。

其次,时空对立

《乡愁》意象组合之妙还得力于诗中时序演进的"小时候""长大后""后来""现在"等语。这一线索从诗人记忆的最深处牵出,一直延伸至当前的现实。这种记忆饱含着诗人对以往岁月的深刻体验,穿越了时间与空间的层层蔽障,将本已依稀难辨的往日呈现为当下读者可感知的景象。与这一类时间线索纵横相交的是"邮票""船票""坟墓""海峡"。"邮票""船票"暗指可以逾越的距离,"坟墓"则是阴阳两隔无法逾越。"海峡"虽可横渡,却是遥遥无期。随着时间越拉越近,空间却越推越远。这种时空的对立形成了很大的审美架构,富于张力。诗的审美体验也就很强烈地凸现了出来。也许当年那些体验并非那么强烈而美好,但在适度的距离上,屡经物换星移的时空变迁,背景化的事物已经大多淡出,但心中那些体验最为强烈的情景却深留烙印。往日的情景是那样刻骨铭心,正因为其人其事已"不在场",所以在诗人的灵视中、作品里，就更为美好动人。反之，现实情境也因所思、所怀、所期盼之人、之事的"缺席"，而令审美主体更为感动。于是，回忆的美好，现实的感动，未来的渺茫在文章中形成一种多元的层次，交相映照，大大丰富了诗的内涵。诗中的"邮票"暗示人在他乡，"船票"则暗示人在旅途。虽然在高科技发达的今天，可以乘飞机或火车寅发卯至或夕发朝至，加以远游之人可以借电话、手机一线贯通、即发即至，然而那一枚"小小的邮票"、一张"窄窄的船票"所承载的那一份古典而浪漫的思乡情怀，都能唤起读者悠远的记忆，翩跹的联想，也因为其"不在场"而令人倍加感怀。

第三，弹性的结构

整体美是中国古典诗歌的传统，但是也有不少诗人反叛此一传统，例如余光中很推崇的李白，就在唐人已经不知汉乐府古调的时候，偏偏借乐府古题来超越近代格律，为诗体发展出弹性的自由，用参差的句式尽量配合情感开阖起伏。余光中对"五四"以来诗的格律体与自由体反思后提出总结："现代诗一面要克服自由诗的散漫，一面又要解除格律诗的刻板，在自由与格律之间走一条适中而有弹性的路子。"《乡愁》一诗正是这种主张的最好实践也是成功的证明。全诗共四节，每结四段，节与节之间相当均衡。但诗人又注意到了句式的调节：诗句最短的只有三字，最长的则达十字，这种句式的长短参差，构成了全诗流动的错综美。我们细查其中奥妙，就会发现，无论结构的整齐还是句式的错综，都是为了与情感的波澜相对应、相共鸣的。"小时候""长大后""后来呵""而现在"这几个三字句分别冠于四节之首，但其中有两个虚词"呵""而"，这两个虽然是虚词，却是省不得的，不仅因为去掉了就破坏了全诗的整体美感，更重要的是"呵"这个感叹词用在这里隐含了诗人对母亲去世的悲伤与阴阳阻隔的无奈。

"而"字亦如此,用在这里表示其"愁"情由个人而群体而民族的扩展。诗歌语言本来就是对散文语言的一种创造性破坏,它在汉语的意义最弱化的同时使其意味最强化。因此,"而"是一个很有韵味的字,很耐咀嚼。诗歌经前面三节的层层酝酿,层层推涌,至这一"而"字达到情感波澜的巅峰。此外诗中三次出现"这头""那头",而在第三节却换了"外头""里头",这小小的变化既是表情之需要,又于整体中求得变化,在约束中争得自由,因而免于呆板。

第四,音韵和谐柔婉

　　黄国彬曾如是评论余光中:"论诗的音乐性,在新诗或现代诗人丛中,直到现在我还找不到一位诗人同余光中颉颃。"(《火浴的凤凰》台湾纯文学出版社)的确,《乡愁》一诗不仅为多位作曲家谱曲传唱,而且诗体本身在押韵与节奏方面也体现出一种韵律美感。由此,很多论者之所以为《乡愁》入乐,是因为诗歌每段结尾用"头"字重复而形成了一种韵律,实不尽然。除此之外,还有一、二节中的"候"与"后"与"头"押韵。这次在北京现代文学馆听余光中自己朗诵,发觉他自己在《乡愁》的"愁"字后面略作停顿,顿觉《乡愁》音韵谐婉的奥妙所在,于是与"头"押韵的还有"愁"字。余光中认为一首诗的生命至少有一半在其声调,《乡愁》在声调方面也很讲究。"后""候"为仄声,"头"则为平声。按理说,"头"也可以改成"边",但是,这一改魔幻的力量就给抹煞掉了。"边"不仅与"候""后""愁"不押韵,而且是阴平,声调太响,太平放,太悠扬,而阳平的"头"声软而收敛,似有压抑,因此,其声韵的配合和谐柔婉,不仅听觉上造成圆融之美,更抒发了诗人深婉的感情。同样,"小小的""窄窄的""矮矮的""浅浅的"这些叠音词出现在每一节的同一位置,不仅节奏舒缓柔美,妙韵悦耳,亦满足了抒情的需要。先以"小小的邮票""窄窄的船票"来比喻"乡愁",而母亲已经躺下了,所以用"矮矮的",这些都是写实。但是,那一湾"海峡"隔断了宝岛子女与大陆母亲多少年的联系,无论就实际意义还是象征意蕴都应是"深深的",诗人反而说是"浅浅的",正是这种反常形成了诗歌饱满的张力。而这种反常又非常巧妙,因为前面的"小小的""窄窄的""矮矮的"都是小而可亲的意象,所以来一个"浅浅的"读者会觉得形象统一,浑然天成。如果用"深深的",合理是合理了,却破坏了全诗整体的美感。正因为《乡愁》一诗在音韵的运用上颇具匠心,它才同时兼有古代格律诗与现代自由诗之长,而舍去了两者之短,乃兼具回环美与流畅美,而这种美的韵律正好用来抒写那一怀淡远的乡愁。

最后,语言浅近也是《乡愁》可以广泛流传的主要原因。在现代诗歌晦涩难懂已蔚然成风之时,余光中清醒地认识到了此路不通,于是他在回归传统的同时,试图融合东西方诗歌之长,形成一种独特的风格,他成功了。《乡愁》没用一个典,没有一个生僻的字,没有一个华丽的词,纯粹出于天然——天然的美才是大美。

在谈到《乡愁》一诗的创作过程时,余光中回忆说:"当时就有一种冲动,从酝酿到成诗只用了二十来分钟,几乎是一挥而成。写完一读,发觉似乎单薄了些,想在后面再加一节,可是想来想去,还是觉得就这样好。"笔者笑说,幸好没加,否则就成蛇足了,余先生深以为然。

这十年来,余光中多次应邀回大陆讲学。纵观了让他魂牵梦萦的巴山蜀水,也饱览了洞庭秋色、岳麓红枫、齐鲁风情、桂林胜境,重温了江南旧梦。所以有人说,诗人那一怀乡愁已不复存在。当初诗人自己也说过,怀乡的绝症要用回乡来医。诚然,余光中近年作品已没有了"乡愁"的意绪,但这次听他朗诵《乡愁》,竟然惊觉那"愁"仍留存于诗人心灵的某个不被人知的角落,仍在那无法恢复的记忆深处,那"一枚小小的邮票",那"一张窄窄的船票",那"一方矮矮的坟墓"仍承载着诗人对光阴不再、物非人非的无奈与感伤。

(发表于《蓝星诗学》2003年5月)

论余光中散文意象的个性特征

明代王廷相曾说:"言征实则寡余味也,情直致而难动物也,故示以意象。"意思是说要使作品含蓄而有回味,并达到以情动人的效果,就不能实说直说,须借助意象。后来王夫之也认为诗(艺术)的本体就是意象。那么什么是意象呢?意象属于美学范畴,简言之是融入了主观情感的客观物象,就是一个包含着意蕴于自身的完整的感性世界。

作为抒情文学的散文,总在披露心灵世界的精微,其意象的创造就显得尤为重要了。每个艺术家都有其鲜明的个性,艺术家创造的意象也就有着千差万别的个性特征。余光中散文中的意象正如他的诗歌一样,既有对西方艺术的自觉追求,又渗透着与生俱来的一种东方情调,极明显地体现出一种中西融合的个性特征。

单纯与繁复的和谐

意象的相对单纯可以说是中国艺术的传统,无论是中国古典诗歌还是现当代散文创作都体现出这样的特点。古代的我们不说,只看现当代散文,无论是郭沫若的《石榴》,还是郑振铎的《海燕》;无论是杨朔的《茶花赋》,还是贾平凹的《丑石》,无一不是意象极为单纯之作。余光中在散文意象的创作上就秉承了中国艺术的这一传统，他的《地图》《听听那冷雨》《伐桂的前夕》《催魂铃》《塔》等篇目中，意象都极为单纯。然而这些单纯的意象在先生的笔下却并不显单调，相反更显出一种繁复的美。西方现代主义诗歌讲究意象的繁复，深受其影响的余光中却能将中西合璧，使单纯与繁复很好地统一起来。

地图本是无生命之物，然而当它伴随作者"在异国的大平原上咽过多少州多少郡多少的空寂"之后，"它的折缝里"便保持了他长途奔驰的心境。在异国的日子里，甚至"地图就像他的太太一样，无论远行去何处，事先都要和它们商量"。在作家笔下，地图俨然同伴、朋友甚至太太，有感情有生命。地图本是单纯之物，然而"摊开异国的地图"，就是展开一个崭新的世界，那里是"惠特曼的梦、林肯的预言，那里的眼睛总是向前面看，向上面、向外面看。当他们向月球看时，他们看见21世纪，阿拉斯加和夏威夷的延长……"这是一个没有历史的新民族，一个总是对未来满怀憧憬的新世界。但是这个世界不属于"他"。"他那个民族已习惯于回顾：当他们仰望月亮，他们看见的是蟾，是兔，是后羿的逃妻，在李白的杯中，眼中，诗中。"没有历史就没有负担，很轻松；然而也没有故事，所以不迷人。他的民族孕育了多少迷人的神话和美丽的传说，"月亮浸在一个爱情典故里"是多么浪漫美好而又引人遐思，并富有永恒的生命力。在去新大陆的行囊里，"他带去的是一幅旧大陆的破地图"，抗战时期的这张破地图，"曾伴他自重庆回到南京，自南京而上海而厦门而香港而终于到那个岛屿"。展开这张破地图，犹如走进一个破国家，那上面记录着"鸦片战争以来""所有的国耻"。凝视那张破地图，犹如凝视亡母的旧照片，她"满身的痛楚就是我的痛楚"，她"满脸的耻辱就是我的耻辱"。

一张印制精致的地图，是一种智者的愉悦，而"从一张眉目姣好的地图",却可以获得美的享受。那些蛛网一样的铁路,麦穗一样的山峦,雀斑一样的村落和市镇,雉堞隐隐的长城,叶脉历历的水系,神秘而荒凉空旷的沙漠,柔美而曲折的海岸线,迤迤逦逦的群岛:一张中国地图在作家笔下却是如此的美不胜收。正如作家所说:"走进地图,便不再是地图,而是山岳与河流,原野与城市。走出那河山,便仅仅留下了一张地图。"因此,当作家走出旧大陆的河山,仅仅留下旧大陆的一张地图时,"他的怀念渐渐从岛屿转移到大陆。那古老的大陆,所有母亲的母亲,所有父亲的父亲,所有祖先啊所有祖先的大摇篮,那古老的大陆"。

仅凭两张地图是很单纯的,然而,文中的意象却极其繁复,有时甚至纷至沓来:费城、华盛顿、巴铁摩尔、蒙特利奥、旧金山、洛杉矶、纽约,密歇根的雪夜,盖提斯堡的花香,威利罗马、恺撒和朱丽叶,那波和墨西拿、撒地尼亚……长安,洛阳,赤壁,台儿庄,汉口和汉阳,楚和湘,还有巴蜀嘉陵江、白帝城、三峡,燕子矶、雨花台、武进、漕桥、宜兴,从西方到东方,从异乡到故乡,这些意象构成一个繁复的世界,那里面有作家少年的梦想,中年的旅程以及在异国他乡对故国深深的爱恋的情怀和不能步履于其上,俯仰于其间的无奈与愁绪。让一个如此轻薄的意象承载如此厚重的意蕴,意象单纯而饱满,繁复而不驳杂,既具纯净美,又有缤纷美,极具艺术张力。

古典与现代的和谐

余光中是一个中国古典文化素养极其深厚的现代诗人。孕育他的是中国古典文化的土壤,同时他又沐浴着西方现代主义的阳光,他的诗是"纳古典于现代"的典范,他的散文亦如此。表现在意象的创造上尤其突出,"曾几何时,五陵少年竟亦洗碟子,端菜盘,背负摩天大楼沉重的阴影。而那些长安的丽人,不去长堤,便深陷书城之中，将自己的青春编进洋装书的目录。当你的情人已改名玛丽，你怎样送她一首菩萨蛮？"（《逍遥游》）"五陵少年""长安丽人""长堤""菩萨蛮"等意象无不浸透古典的情韵，而恰恰是"洗碟子""端菜盘""摩天大楼""洋装书""玛丽"这些现代意象与之对应，既显示时空的变化，历史的重组，又透出西风的无情。"中国最浪漫的一条古驿道，应该在西北。最好是细雨霏霏的黎明，从渭城出发，收音机天线上系着依依的柳枝。挡风窗上犹泥着轻尘，而渭城已渐远，波声渐渺，甘州曲、凉州词、阳关三叠的节拍里车向西北，琴音诗韵的河西孔道，右边是古长城的雉堞隐隐，左边是青海的雪峰簇簇，白耀天际，我以七十英里高速驰入张骞的梦高适岑参的世界，轮印下重重叠叠多少古英雄长征的蹄印。"（《高速的联想》）这一辆象征着现代的汽车，从唐诗出发，应着古典的节拍，在琴音诗韵里驶进深邃的文化历史……将时空压缩，映叠和交替，使古典焕发出现代的色彩，获得了永恒魅力。正如先生自己所说："真正的高手，在重现、重组古典意境之余，常能接通那么一点现代感或现实感，不让古典停留在绝缘的平面。"（《从天真到自觉》）

细小与雄伟的和谐

中国古代诗词论者早就有豪放婉约之说，虽然这是就诗词的风格而言，但其风格的形成却是与其意象的创造分不开的。我们习惯于把苏轼和柳永作为两种风格的代表人物，其实将这两种风格很好地统一起来的也是这两位诗人。余光中在他的散文里也将这两种风格统一了起来，并达到了意象细小与雄伟的和谐。"秋天。多桥多水的江南。水上有月。月里有古代渺茫的箫声。舅舅的院子里。高高的桂树下，满地落花，泛起一层浮动的清香。""莲是一种羞赧的回忆，像南宋词选脱线的零页零叶，散在地上，柳是江南长长的头发飘起。"(《伐桂的前夕》)古典的庭院,月,桂,莲,柳,细小的意象,辅以多个句号,造成语气的舒缓,有如往事从遥远的记忆深处缓缓映现,足以引发读者广邈的联想。有时作家甚至取更加细小的意象。"玉米株上稻茎上甘蔗秆上累累悬结的无非是丰年。"(《蒲公英的岁月》)意象何其秀巧。然而在诗人的眼中,大的丰收之年正是由小小的玉米株、稻茎和甘蔗秆孕育而成,在秀巧中包孕博大,圆融浑成。而"万古青蒙蒙,那么邃密的一座红杉大森林,……拔地一笋30丈,根须在地下啜水,柯臂在空中玩云,一柱柱千岁犹挺立的巨伟红杉,赤壁千矗,翠盖万张……"(《从西岸到东岸》)中的"大森林""巨伟红杉""赤壁千矗""翠盖万张"的雄伟形象,加上"拔地一笋""啜""玩""挺立"的动作,更加上时空的交错,造成雄豪的意象。"要神秘就要峨眉山五台山普陀山武当山青城山华山庐山泰山",一连无数山,山山之间并无标点,以表示联想的接续与跳跃,意象本就雄奇,更加上纷至沓来,造成不可阻挡之势。走进余光中的散文世界,就会发现:现代诗的特点常在他的散文里出现,同时,中国古典诗词的影子也时时闪烁其间,所以说,他的散文本质上是诗。

(发表于《写作》2001年8月)

涵容宇宙与人生的话语更新
——余光中散文的语言艺术

20世纪中国文学的中心问题是语言问题。从文学本体的演化来看,中国现代文学与中国古代文学最显性的区别就在于语言符号发生了重大变革,从晚清到五四实现了从传统文言文向白话文的转变。五四以后的白话语符系统是以西方语言模式为参照建立起来的。早期新文学的倡导者大都不遗余力地鼓吹语言的欧化,因此,五四以后的文学充斥着西化的文法、句法。除了少数作家能做到"善性西化""西而化之"外,许多作家笔下则不时出现"恶性西化""西而不化"的语言。三四十年代出现了文艺大众运动,提倡以鲜活的大众语言来匡正西化的倾向,但问题并未得到真正解决。中国的文学语言并未得到很好的发展。要真正做到"善性西化""西而化之""兼容并蓄"不仅需要一个新时代的到来,更需要一个作家具备学者的胆识和才情。余光中就是这样的一位作家。

一个作家对语言的重视,正如一个画家对色彩和线条的重视一样,余光中以当代中华民族的淋漓元气和饱满的创造力,与他作为一个诗人对语言的敏感,作为一位智者对中西方语言的兼收并蓄,极大地拓展了散文语言涵容宇宙间和人世间各种现象、幻想和情思的创造空间,他的散文语言使汉语言所蕴含的许多潜力都激活了。要知道兼容并采之后所具有的奇妙,不可不读余光中。

在与汉语形式特性有很大关系的文体上,余光中当然喜欢诗歌的篇章自由度,但同时也喜欢运用散文的形式挥洒生命的力度和思想的深度。在自然、自由、自在中显现一种极具才情的风范,在散文文本中从事着意象调度(另有专门章节探讨其意象的经营)、情景互生、气势流转、声情相称的审美工程,于纵笔所至之处往往予人别开生面之感。他以现代白话文为基础,同时从中国古典文学中汲取丰厚的滋养,而又巧妙地吸收西方语言中的精华,并将其巧妙地熔于一炉,创造了一种迥异于他人的语言。

一、文化修辞

所谓文化修辞,是相对于政治修辞而言的。他的迥异于他人的修辞特色具体表现在他对比喻等修辞手法的运用上。

余光中确有"以诗为文,以文为论"[1]的倾向。他本质上是一个诗人,因此,他的散文往往予人一种诗美的品质,这种美来自他语言形象中所蕴含的生命力——大量比喻的运用。比喻虽为中国传统诗歌散文所惯用,但在余光中的一支妙笔之下,却又赋予这种手法以新鲜的活力。第一,他的比喻既不为某种创作目的所指引,也不为某种政治教化所局限,而完全是出自对生命的深刻体验。第二,他比喻的取象既有着鲜明的中国传统文化色彩,又有着突出的时代特征和个性特征。

"我的办公室在太古楼。寂静亦如太古。"[2]

"太古"即远古、上古,本言年代久远,而此处的"太古"则要读者充分发挥联想和想象,由"远"想到"深",由"深"到"幽"到"静","太古"一词传达出办公室的特点和作者的独特体验。"寂静如太古"又与办公室之名"太古楼"暗合。信手拈来,便成妙喻。

美国现代美学家苏珊·朗格认为:"在艺术中,形式之被抽象仅仅是为了显而易见,形式之摆脱其通常的功用也仅仅是为了获致新的功用——充当符号,以表达人类的情感。"(Susanne.K.langer, Feeling&Form, New York and London, Harper& Bros)这一看法存在其合理内核,参照这一观点来解读余光中的散文语言,我们则可以发现,作者所用的比喻常常选取不同的意象作为情感的符号象征。

众所周知,比喻是以联想为媒介,以意象为表征的。"纽约是一只诡谲的蜘蛛,一匹贪婪无厌的食蚁兽,一盘纠纠缠缠敏感的千肢章鱼。"[3]

这一组比喻对准一个焦点——纽约,但我们发现这组比喻的重点并不在纽约这个国际大都会的外观,而是在于这个充分现代化的大都市给一个东方游子的整体的感觉,用个体生命的体验赋予纽约以个性。"蜘蛛""食蚁兽""章鱼"等意象都属于多肢动物,再用"诡谲""贪婪无厌""纠纠缠缠"来分别形容,予人一种强大的心理压力,让人无法逃遁。不仅纽约,台北给作者的感受也是如此。现代工业社会的"贪婪无厌"所带来的是"这膨胀的城市将吞噬摩肩接踵的行人和川流不绝的车群,像一只消化不良的巨食蚁兽。"[4]

余光中对现代工业社会吞噬人性的批判不是诉诸理性,也不借助直陈的方式,而是充分运用意象的调度来完成。在审美意象中蕴含深沉的忧郁和深刻的哲理思考。

"……火山猝发一样迸出了日头,赤金晃晃,千臂投手向他们投过来密密集集的标枪。失声惊呼的同时,一阵刺痛,他的眼睛也中了一枪。"[5]

用"火山猝发"的比喻并辅以动词"迸",准确地描绘出太阳跃出地平线的速度和力度。"赤金"状其色,"晃晃"状其光,而"标枪"则是喻旭日的光芒强劲。因为有这个比喻,后面的"刺痛"和"眼睛也中了一枪"就来得自然而有趣了。

余光中散文中的比喻,有时典雅如诗,有时通俗如话。

"夜凉如浸,虫吟如泣。"[6]这本身就是优美的诗句,意境凄清淡远。"迷失的五陵少年,鼻酸如四川的泡菜。"风度翩翩的"五陵少年"和皱皱巴巴的"四川泡菜",两个意象,一雅一俗,一美一丑,因为反差太大而形成了一种审美的张力,启人联想。现代工业社会的"莲是一种羞赧的回忆,像南宋词选脱线的零页零叶,散在地上。"[7]正如布洛克所说:"凡艺术品都有某种意义,这实际上也是艺术品的一种确定性质。""莲"是余光中所钟爱、崇拜甚至迷信的文化象征,是作者寻求古典的一种精神代码,就如他在《莲的联想》中所深情咏叹过的一样。然而,在现代文明的冲击之下,这一古典美的文化已经支离破碎,再也无法拼拢来了,而人类,在这种强大的力量面前又是多么无奈。

余光中的比喻,大多是传达一种体验,一种心境。如《蒲公英的岁月》,文题就是一个比喻,以蒲公英的流浪比喻自己的漂泊无根,而且全篇处处都是妙喻。

余光中曾三度赴美,第一次是1958年10月,获亚洲协会奖金赴美研修;第二次是1964年应美国国务院之邀赴美讲学;《蒲公英的岁月》是1969年他应美国教育部之聘第三次赴美时写成。短短十年,三次离乡,感受一次比一次强烈。

"在他走后……当然,人们还会咀嚼他的名字,像一枚清香的橄榄,只是橄榄树已经不在这里。对于另一些人,他的离去将如一枚龋齿之拔除,牙痛虽愈,口里空空洞洞的,反而好不习惯。真的,每一次离开是一次剧烈的连根拔起,自泥土,气候,自许多熟悉的面孔和声音。"

经历过新文化运动,经历过台湾关于新诗的论争,余光中成了很多文化人的朋友,同时也是很多文化人的对手(这些论争大多形诸文字)。对友人而言,他对现代诗、现代音乐和现代绘画不遗余力地倡导给予他们极大的鼓舞,人虽走了,但言犹在耳,记忆里他的名字就如咀嚼清香的橄榄,余香满口。而对于那些论争对手,虽然当初各执己见,为的是整个台湾文坛的前景,可余光中论锋犀利,让人有如口中的一枚龋齿,欲拔之而后快。但一旦对方没了主辩手,论坛顿然沉寂,你想通过论争辩出真理,却是没有对手,这就像拔掉龋齿一般,牙是不痛了,但会有种不习惯甚至空洞的失落感。比喻清新而蕴含丰富,就如一枚清香的橄榄,富含咀嚼的余韵。

"记忆,冉冉升起一张茫茫的白网。网中,小盆地里的这座城,令他患得患失时喜时忧的这座城,这座城,钢铁为骨水泥为筋,在波涛浸灌鱼龙出没蓝鼾蓝息的那种梦中,将遥远如一钵小小的盆景,似真似幻的岛市水城。"

"钢铁为骨水泥为筋"比拟比喻套用,言这座小城的现代化程度,而且用"一钵小小的盆景"喻其遥远得真幻难辨。人的记忆,因为所有的经历、体验息在其中,所以犹如一张"茫茫的白网"。

"……三去新大陆,记忆覆盖着记忆之下是更茫然的记忆,像枫树林中一层覆盖一层水渍侵蚀的残红……当喷射机忽然跃离跑道,一刹那告别地面又告别中国,一柄冰冷的手术刀,便向岁月的伤口猝然切入,灵魂,是一球千羽的蒲公英,一吹,便飞向四方。再拔出刀时,已是另一个人了。"

明喻、暗喻连用,同中求变。那种"像枫树林中一层覆盖一层水渍侵蚀的残红"的"更茫然的记忆",极言记忆之深。这种深远的记忆,很容易让人联想起作者年少时在大陆的往事。这样,下面"告别中国"时的感受就有着落了。虽然海峡阻隔,宝岛孤悬,但她毕竟属于中国,感情的脐带是无法割断的。对于应邀赴美,余光中的心情是复杂的,一方面他认为这是"文化充军",心有不甘。但另一方面，这在当时的台湾（甚至今日的台湾或者大陆）在别人看来，应该是一种荣幸，而更为重要的是他要去那遥远的国度吸收西洋文化而传播中国文化，所以他又不能放弃。但想到自己要去效力的不仅不是自己的祖国，而且，离祖国愈来愈远。从此祖国只能藏在灵魂深处，藏在遥远的记忆里。所以当作者"告别祖国"的"一刹那"，这种痛楚就有如"一柄冰冷的手术刀""向岁月的伤口猝然切入"，而灵魂也一如"一球千羽的蒲公英"被吹向四方，无法一一收拾。这一明一暗两个比喻，打上了鲜明的个体生命体验的烙印，蕴藉着对宝岛、大陆以及"文化充军"的复杂情感、情绪。这种复杂的情感在本文中还有更明确的描述。

"每次走下台大文学院的长廊，他像是一片寂寞的孤云，在青空与江湖之间摇摆，在两个世界之间摇摆。他那一代的中国人，吞吐的是大陆性滂滂沛沛的气候，足印过处，是霜是雪，上面是昊昊的青天灿灿的白日，下面是整张的海棠红叶。他们的耳朵熟悉长江的节奏黄河的旋律，他们的手掌知道杨柳的柔软梧桐的坚硬。江南，塞外，曾是胯下的马发间的风沙曾是梁上的燕子齿隙的石榴染红嗜食的嘴唇，不仅是地理课本联考的问题习题。他那一代的中国人，有许多回忆在太平洋的对岸有更深长的回忆在海峡的那边，那重重叠叠的回忆成为他们思想的背景灵魂日渐加深的负荷，但是那重量不是这一代所能感觉。旧大陆。新大陆。旧大陆。他的生命是一个钟摆，在过去和未来之间飘摆。而他，感觉像一个阴阳人，一面在阳光中，一面在阴影里，他无法将两面转向同一只眼睛。他是眼分阴阳的一只怪兽，左眼，倒映着一座塔，右眼，倒映着摩天大厦。"

年少的经历已经成为深刻的烙印，战争烽火始终燃烧在深深记忆里，胸中激荡着的永远是一种家国情怀。那不是太平洋的海水可以冲淡的，也不是一湾浅浅的海峡可以阻隔的，更不是这一代所能理解的。

这一段文字语速迅疾,意绪不断地跳跃流转。比喻并不见多,比较明显的是"孤云""钟摆"和"怪兽",但作者用"孤云""钟摆"等意象所强调的是自己在"青空与江湖"("青空""江湖"也是两个比喻),即超然物外和十丈红尘之间的尴尬处境。接着记忆里旧大陆的意象纷至沓来,而身则已在新大陆,眼里充塞着新大陆的现代文明,所以,作者用"钟摆""怪兽"来比喻自己复杂的心态。值得注意的是这段文字中还有很多修辞手法的巧妙运用,且虚中有实,实中有虚,虚实相映。比如"霜""雪""昊昊青天""灿灿白日""胯下的马发间的风""梁上的燕子齿间的石榴染红嗜食的嘴唇"是既虚且实。而"长江的节奏黄河的旋律"和"杨柳的柔软梧桐的坚硬"则前者为实,后者为虚。虚实掩映,蕴藉深沉。尤其是那一张海棠红叶,始终烙印在作者的心中,成为所有回忆的背景,就像他在《乡愁四韵》中所歌咏的那样。

伍立扬在评价余光中时曾赞美其文中"多得像草一样的比喻让人想到莎士比亚、苏轼和钱锺书先生",并认为"这种文人的真笔墨在商业时代尤其显得珍贵"[8]。众所周知,想象是比喻的心理基础,没有想象就没有比喻,想象力的丰富,历来被看作是天才的标志。康德在《批判力与批判》中曾说过:"构成天才的各种心理能力,是想象力和理解力。"黑格尔将想象力视为"最杰出的艺术本领"[9]。余光中散文中奇巧而新颖的比喻,显示了他非凡的想象力与创造力。余光中喜欢自己驾车,他喜欢自己掌握自己的命运,更喜欢速度带来的那份感觉。有时"公路,像一条有魔术的地毯,在车头前面不断舒展,同时在车尾不断卷起"。同样是在公路上驾车,而"直线的超级大道变成一条巨长的拉链,拉开前面的远景蜃楼摩天绝壁拔地倏忽都削面而逝成为车尾的背景被拉链又拉拢"[10]。贴切新颖的比喻来自作者对客观外物的细腻感觉，也来自对这种感觉的及时捕捉和准确表达。正如余光中在《论情诗》中所说："诗人的能事，一半敏于感受，一半巧于表达。"

在新大陆回忆起从台中回台北的一段旅程，那"阡阡陌陌从平畴的彼端从青山的麓底辐射过来，像滚动的轮轴迅速旋转""这样的风景是世界上最清凉的眼药水"。这个比喻承前面的描写而来，作者充分运用视觉艺术技巧，线条和色彩的组合增加了空间感和立体感，前一个比喻以作者自己的感觉为主，随着列车前进，那"辐射"而来的"阡阡陌陌"不断地从前面滑来，又迅速地没入车尾，因速度太快，让人觉得就像"滚动的轮轴迅速旋转"，而轴心就在那"平畴的彼端青山的麓底"，似幻似真，疑幻疑真，富于视觉的美感。而后一个比喻则因为"平畴"的空旷造成视野的开阔，而"青山"的冷色调就带给人以清凉之感，而这种感觉又来自于视觉，因此作者用"眼药水"来比喻，把视觉上的美丽奇幻和感觉上的美妙愉悦融合在一起，形成妙喻，表达出一种生命的美好感觉。

余光中散文的成就，如论者所言，与其丰富的生活经历有关，尤其是他生命最初二十年的大陆生活，香港十二年，美国四年以及遍游欧洲多国。但是，有此经历者并非余氏一人，而且，余光中笔下的所见所闻所历所感他人笔下绝无。就其比喻手法而言，余光中散文中的比喻富含生命的意蕴。最有名也最为人知的应该要数"大陆是母亲，台湾是妻子，香港是情人，欧洲是外遇"[11]了。"母亲""妻子""情人""外遇"等意象串起一个男人温馨而浪漫的一生。但是，这篇散文最动人处却是作者借这个比喻传达了一种迤逦而又尴尬、困窘、为难的心境，并且透出一种深婉的爱国情怀。

"海峡虽然壮丽，却像一柄无情的蓝刀，把我的生命剖成两半，无论我写多少怀乡的诗,也难将伤口缝合。母亲与妻子不断争辩,夹在中间的亦子亦夫最感到伤心。我究竟要做人子呢还是人夫,真难两全。无论在大陆、香港、南洋或国际,久矣我已被称为'台湾作家'。我当然是台湾作家,也是广义的台湾人,台湾的祸福荣辱当然我都有份。但是,我同时也是,而且一早就是,中国人了:华夏河山、人民、文化、历史都是我与生俱来的'家当',我怎么当也当不掉的,而中国的祸福荣辱也是我鲜明的'胎记',怎么消也不能消除。"

母亲和妻子,一个男人一生中最重要的两位女性,母亲给"我"以生命,妻子伴随"我"走完一生。以这两类女性来比喻作者与大陆的血缘关系和与台湾的亲密关系,既深情,又旖旎。由"母亲"和"妻子"的意象派生出"儿子"与"丈夫",再派生出关于"家当"和"胎记"的比喻。这一连串的妙喻,作者同样是以自己对生命的体验出发,不断地进行联想,把自己与大陆难以割舍的血脉之情、孺慕之情以及自己的两难处境做了形象的传达。而作为"情人"的香港却是一位"真性情的"的"混血美人"——这个比喻基于对香港地理与民情、历史与现状的深刻体验,因此形象之中又透出几分真实。作者以50岁才遇的欧洲,因有其"历史的回响",文化的悠久与多元,而"令人兴奋",但她虽是"美人",毕竟已"迟暮",所以更"使人低回"。因此"外遇"虽很偶然,时间也不长,但"滋味远非美国的单调、浅薄可比"。余光中以一个诗人对美和历史的敏感来选择他所需要的意象,他对没有历史没有回忆的美国向来不太喜欢,因此在另一篇散文中他竟绝情地把美国比喻成"弃妇"。

本文题为《从母亲到外遇》,全篇都围绕这个核心的比喻而派生,这在余光中的散文中并不鲜见。除了《蒲公英的岁月》《从母亲到外遇》《我的四个假想敌》《催魂铃》《记忆像铁轨一样长》

等篇目之外，就连写理论性文章，他也喜用这种手法，比如《古董店与委托行之间》和《论二房东批评家》等。

读者皆知，读余光中的散文，有时感觉有一种强烈的冲击力扑面而来，一种气势流注其间。而造成这种气势的，除了作者联想的跳跃与接续之外，与余光中常借助多种修辞手法不无关系。有时是排比，谈到速度，人真是可怜，"奔腾不如虎豹，跳跃不如跳蚤，游泳不如旗鱼，负重不如蚂蚁……"[12]

"自己竟然诞生在重九，他也暗暗感到自豪。因为这也是诗和酒的日子，菊花的日子，茱萸的日子。登高临风，短发落帽，老诗人悲秋亦自悲的日子。"[13]

"蛛网一样的铁路，麦穗一样的山峦，雀斑一样的村落和市镇，雉堞隐隐的长城啊，叶脉历历的水系。"[14]

比喻和排比套用，既形象生动，又语势强劲。

"茫茫的风景，茫茫的眼眸。茫茫的中国啊，茫茫的江南和黄河。"[15]

排比手法的运用，加上句式或整齐或参差的不同变化，造成一种气韵飞动之势。而且，取象带有鲜明的民族文化色彩。

有时则综合运用几种修辞手段。

"山背后是平原是沙漠是海，海那边是岛，岛那边是大陆，旧大陆上是长城是汉时关秦时月。"[16]

由眼前的山想到山那边的平原，平原外的沙漠，沙漠边上的海；海已经是够远的了，但作者的思绪则由海想到了四面环海的宝岛——台湾；岛已是够远的了，但作者的思绪则伸向了更远的大陆；想到大陆，有关大陆的历史记忆就纷至沓来。

解读余光中的作品，就不能忽视他的修辞。他的修辞无论是修辞的目的还是审美意象的选择，都摒弃了一种带有政治说教的意味，是带有鲜明个体生命体验色彩的，同时又打上了深深的中国传统文化的印记,给人以美学意义上的启示,是一种文化意义上的修辞——这是他超出余秋雨的地方之一。

二、七色光谱

余光中不是画家,但他对色彩的敏感绝不亚于对语言的敏感。这不仅来自天赋,更与他早年留学美国期间学习西洋绘画有关,还可能得自于作者童年的生活经历。童年的江南,春花秋月,葱绿的大地,金黄的菜花,大自然本身就是一幅色彩繁复的画面。加之后来接触到的西洋现代绘画艺术,众所周知,中国画与西洋画由于产生发展的背景与基础不同,在手法上呈现出迥异之态。这一点,我国著名的哲学家、美学家宗白华先生曾予总结,他说:"中国画运用笔法墨气于外物的骨相神态,内表人格心灵,不敷彩色而神韵骨相已足。西洋画则各人有各人的'色调'以表现个性所见色相世界及自心的情韵。"[17]因此,西洋绘画不仅讲究凹凸明暗的处理,更讲究色彩的运用,并形成了各殊的色相世界和各自的个性风格。

宗白华先生认为,人类在生活中所体验的境界和意义,有的用逻辑体系加以规范、条理,表达出来,这成为科学与哲学。有的在人生实践行为或人格心灵的态度里表达出来,就成为道德与宗教。也还有那实践生活中体味万物的形象,天机活泼,深入"生命节奏的核心",以自由谐和的形式,表达出"人生最深的意趣",这就是"美"与"美术"。余光中以个体对宇宙与生命的体验,以绘画的色彩与光线,以散文的形式传达出了一种"人生最深的意趣",用七色光谱奏响了生命的乐章。

"书斋外面是阳台,阳台外面是海,是山,海是碧湛湛的一弯,山是青郁郁的连环。山外有山,最远的翠微淡成一袭青烟,忽焉似有,再顾若无,那便是大陆的莽莽苍苍了。"[18]

"碧湛湛""青郁郁""翠微""青烟""莽莽苍苍",整个画面以冷色调为主,景物由近而远,色彩由浓而淡。这种凝重的冷色调与作者对大陆深长的情思相应和,画面给人以厚重之感。尤其是那"一袅青烟",正是印在作者心幕上"忽焉似有,再顾若无"的大陆的影像,正是作者所有记忆的背景,也正是作者绵长的故国情怀。

"一瞬间,万顷的蓝——天的柔蓝,湖的深蓝——要求我盈寸的眼睛容纳它们。这种感觉,若非启示,便无以名之了。如果你此刻拧我的睫毛,一定会拧落几滴蓝色。不,除了蓝,还有白,珍珠背光一面的那种银灰的白。那是属于颇具芭蕾舞姿但略带性感的热带的云的。还有绿,那是属于湖这面山坡上的草地、椰林和木瓜树的。椰林并不美,任何椰树都不美;美的是木瓜树,挺直的淡褐色的树干,顶着疏疏的几片叶子,只要略加变形,丹锋说,便成为甚具几何美的现代画了。还有紫,迷惘得近乎感伤的紫,那自然属于湖那边的一带远山,在距离的魅力下,制造着神秘。还有黄,全裸于上午十点半热带阳光下的那种略带棕色的亮晃晃的艳黄,而那,是属于塔阿尔湖湖心的几座小岛的。"[19]

海天一色,白云飘荡,草木丰美,远山带紫,小岛亮晃晃的艳黄略带棕色。作者俨然一名画家,手中托着调色盘,妙笔则不停地涂抹、点染。但作者并非只注意到色彩的调配,还有线条,那顶着疏疏的几片叶子的木瓜树"挺直"的树干,撑起了整个画面。直到这么一幅生机盎然、色彩明丽的油画呈现在读者眼前。但是它还有油画所不能及之处,那就是作者在静态描绘中注意了物的动态的捕捉。草地、树木、远山、小岛,都是静的,过于静难免让人觉得呆板,于是,作者在"柔蓝"的天空中点缀了"颇具芭蕾舞姿"的云。这样赋予了整个画面以灵动的神韵。不仅如此,作者还将自己对大自然、对宇宙的深刻体验融汇于对色彩的调配之中，将个体生命向外移，使客观景物灵化、生命化——无论是"性感"的白云，还是"迷惘得近乎感伤的紫"的"制造着神秘"的一带远山，于情景互渗、虚实相化、真幻兼备之中，增强了散文的诗性品质。整个画面从上至下，由远而近，极具层次的美感。余光中在捕捉色彩的同时从来就不忽视对光的捕捉，因为这幅画面全裸于上午十点半热带的阳光下，所以，只用"亮晃晃"来形容。

余光中对自然色彩的敏感有时完全来自对生命的敏感，对历史的敏感，对乡愁的敏感。"在纯然的蓝里浸了好久。天蓝蓝，海蓝蓝，发蓝蓝，眼蓝蓝，记忆亦蓝蓝乡愁亦蓝蓝复蓝蓝。天是一个珐琅盖子，海是一个瓷釉盒子，将我盖在里面，要将我咒成一个蓝疯子，青其面而蓝其牙，再掀开盖子时，连我的母亲也认不出是我了。我的心因荒凉而颤抖。台湾的太阳在水陆球的反面，等他来救我时，恐怕我已经蓝入膏肓，且蓝发而死，连蓝遗嘱也未及留下。"在这大西洋"一片蓝蒙蒙的虚无里"，连敞篷车的吆喝声都是"蓝色"的。令人无法逃遁的蓝眼巫的咒语，神秘而崇人。[20]

将一种生命灵性注入一种色彩之中，在这里，"蓝"不仅仅是一种色彩，它更是某种文化的象征，某种人生体验的代码。它大得铺天盖地，因住一切，它的力量足以浸入人的骨髓，它像魔咒一样，令人无法逃遁。从"天"到"海"到"发"到"眼"到"记忆"到"乡愁"——具体描写"蓝入膏肓"的过程——由客体到主体，由具象到抽象，由外物到心灵。而"蓝入膏肓"使人一望便知从成语"病入膏肓"化用而来，但因为有了前面的步步逼近，所以不仅使人觉得自然而然，更叹服作者运笔之神奇。尤以"青其面而蓝其牙"让人称奇，古人云：青出于蓝而胜于蓝。因在"蓝"里浸得太久，"牙"质坚亦已蓝，"面"因不耐浸染而"青"就很自然了。因此，这种化用不仅使作品具有一种审美张力，而且见出余光中对中国传统文化继承中的大胆创新。

杰出的作家不仅善于用文字捕捉感官经验,更长于用生命体验自然。

"快烧完了。日轮半陷在暗红的灰烬里,愈沉愈深。山口外,犹有殿后的霞光在抗拒四周的夜色,横陈在地平线上的,依次是惊红骇黄怅青惘绿和深不可泳的诡蓝渐渐沉溺于苍黛。怔望中,反托在空际的林影全黑了下来。"[21]

作者对日落时天际"红""黄""青""绿""蓝""黛""黑"诸色彩的准确捕捉已是足以让人称奇,而在这些色彩之前分别状以"惊""骇""怅""惘""诡"等带有强烈主观情感色彩的词语,将主观融入客观,使自然之色打上了鲜明的主体生命的烙印。用"惊"和"骇"来形容"红"和"黄"这两种暖色,颇具视觉冲击力。而"青""绿"两种冷色给人近乎感伤的情绪,所以作者用"怅""惘"来修饰。尤其是"蓝",一触到蓝色,就让人想到南太基无边无际的蓝,所以作者用"深不可泳""诡"来形容。将茫茫宇宙中无生命的物类与有生命的物类的界限模糊化,从而使其生命灵性超越自然规则而相类联通。让人不知究竟是客观之色浸染了主观之感,还是主观之感涂抹了客观之物,主客难辨了。

余光中对人造之景的色彩捕捉一点也不逊色于自然之色。《梵天午梦——泰国记游之一》中那一派鲜黄和亮绿可见一斑。

"粉白的宫墙延伸如一列幻象,忽然浮现在眼前,关不住满宫的塔尖和甍角,一片亮金和暖眼的橘红,已经在半空照耀着我们的眼睛了。以后的三小时,我们就迷失在一场灿烂的午梦里,至今尚未全醒过来。"

"最夺目的色调是金黄,来自一排排一簇簇的纪念塔。最显赫的一座是倒钟形的圆锥体,上面贴满了金叶,据说是锡兰传来,叫做吉地(chedi),乃泰王蒙谷拉玛四世所建。另有两座金塔,像刻成石阶的金字塔,叫做窣堵坡(stupa)。这三座擎天巨塔衬着天蓝,十分光灿,在近午的艳阳下,更绚灿得耀人眼花。"

"金色之外是橘黄色,那层层交叠的圆瓦,像整齐而精致的鱼鳞,在高峻的屋顶一路泻了下来,极有气派。巨幅的橘色瓦四周,更镶了翠绿的边,对照得异常鲜丽。有时那组合倒过来,屋顶的百尺长坡尽是稚嫩的绿瓦,四周却衬以烘眼的亮橘。小乘佛寺的配色高妙之至,明艳到了含蓄的边缘,而能恰好避免庸俗。梵宇的殿堂亭塔,金闪闪的主色底下,往往衬以嫩绿或宝蓝,匹配的悦目效果,令仰观的信徒不能移目。玉佛寺正殿的三角墙上,那一丛金叶的下面覆盖着的,正是高雅圣洁的宝蓝。"

作者于1988年初夏携夫人范我存女士游览了泰国境内多处胜景,有《梵天午梦——泰国记游之一》《黄绳系腕——泰国记游之二》《耶释同堂——泰国记游之三》等三篇记游为证,这是其中的第一篇。余光中夫妇虽然什么信徒都不是,但特好瞻仰寺庙。也许是寺庙中那种庄严肃穆的气氛令人神情为之肃然,也许是它的远离尘世让人获得心灵的宁静,也许是它历史的久远让人低回,也许是它能牵出作者对大陆深远的回忆……由于作者泼墨彩笔如虹,曼谷玉佛寺中的塔群那一派金碧辉煌摄人心目。有暖烘烘的亮金、金黄、橘红、橘黄;有凉沁沁的翠绿、嫩绿;还有高雅圣洁的宝蓝;还有让人疑幻疑真的白色。其中又以金、黄为主要色调,并衬以绿、蓝两色。冷暖搭配,最易流于庸俗。然而,大俗即大雅。更何况这种搭配已经"明艳到了含蓄的边缘"而"恰好避免庸俗",所以让人觉得十分高妙,于色彩的描绘中渗入生活的哲理,富含画外余韵。尤其作者在其背景上敷以蓝蓝的天色和明艳的阳光,使画面更加绚丽夺目。

"诗的问题就是生命(生活)的问题。"[22]余光中对色彩的理解是带有生命本体论色彩的,以生命体验指向自然,指向历史。

因此他笔下的色彩无论是自然之景还是人造之物都濡染着他生命的色调，情感的色调，洋溢着蓬勃的生机。

三、生命节奏

派脱（Walter.pater）曾说："一切艺术都是趋向音乐的状态。"的确，所有的艺术表现的都是生命的内核，是生命内部最深处的动，是至动而有条理的生命情调。因此，它的美也在于节奏。画家用色彩和线条来表现，而诗人则以语言组合的方式来表现这种律动。余光中本质上是个诗人，而且爱好音乐绘画。无论是古典的还是现代的，凡是美的他都喜欢，因为那种节律与和谐最能表现人类心灵深处的情调和律动。那么，当他的生命节奏在散文中叩响时，会是什么效果呢？

众所周知，语言在造成语音和谐结构上有着无限的潜能。正如清人吴乔所言，与酒在发酵过程中使米的形质尽变有些类似，正如海德格尔所说："艺术的本性是诗。"[23]诗在特殊的精神状态中是语言的发酵，因而出现词性变化、语序跳跃或颠倒错综。所以，它常以语言的非常态，体现生命的新鲜活跃或躁动不安，换句话说，非常态的语言形式成了作者生命的证明。余光中自称是以诗为文的，然而，他同时又是散文家，深谙散文之道与为诗之异，在叙述、描写中又充分发挥汉语言的常态功能，常出现叠字句、长短参差、整散交错等语言形式，将其非常态与常态结合起来，使他散文的语言超越了汉语言的基本功能，而形成一种独特的韵律美。

A.非常态语言

这里所谓非常态语言是指作者为着某种目的，故意打破汉语的语法规则，创造出一种读者完全陌生的语言形式。在一篇文章中奏响生命内核的多种节奏，在错综中取得和谐。

a. 重字句

文学语言尤其是诗歌语言是崇尚简练的。传统散文的写作也有所谓"削尽繁冗留清瘦"训条。把单音成义的汉字加以重复,是对追求简练的诗歌文体风尚的挑战,一种变异。"以诗为文"的余光中更是将其运用到散文创作中,赋予这种重叠形式以声情之美。叠字句本来就能充分体现汉语言的音韵节奏美感,所以汉语言的重叠形式很受历代文人重视。但是余光中散文中的重字句,却呈现出多种形式。除了传统的两音节、三音节、四音节,而最长者达六音节。说明他以此进行着多姿多彩的语言试验,甚至由此尝试着一种"重字美学"。为了方便解读,我将这类重叠句式放在一起来探讨,并统称为非常态句式。

余光中散文中的这类句式,有时重在意义的传达,有时则意在感觉的捕捉。节奏有时铿锵,有时柔婉;有时紧凑,有时舒缓。完全与作者的情感波澜相对应、相激荡。因此颇富变化。

"树树带雨,山山带云。"[24]

这种重叠形式虽是常见的两音节重叠,但汉语习惯上却很少这么用甚至不这么用。

"一道眈眈的白光从横里霍霍地扫来,把夜色腰斩成两半,旋斩旋合,旋合旋斩,有如神话的高潮。"[25]

如果说第一句重叠重在传达一种意义,"树树"即每一株树,"山山"即每一座山。云雾缭绕的群山,雨气蒸腾的树林,是眼前之景,是一种客观存在。这么重叠后就使景物有了一种连绵不断的美。但是第二句则不尽然,虽然写的是台湾鹅銮鼻灯塔的灯光,但其描写的重点则在这灯光给人的感受,侧重点在于审美主体。一句话由一个暗喻和一个明喻构成,前一个暗喻将一道白光比喻成刀剑之类的利器。本来光是诉诸视觉的,但作者将视觉向听觉挪移,打开了视觉与听觉的通道,一起参与审美。那光太强烈,给视觉造成强烈的冲击因而导致对心理的巨大震慑力。速度太快，夜色又太浓，"眈眈"白光有如一柄利刃，扫来时竟"霍霍"有声，"眈眈""霍霍"音韵铿锵有力。加上那种"旋斩旋合，旋合旋斩"的快捷变幻，让人疑幻疑真。灯塔本为我们常见之物，然而作者却将其威势和速度对视觉与心理的巨大冲击力有如电影画面般呈现在读者眼前，读者不知该赞叹灯光的奇幻还是该叹服作者笔法的奇妙。

余光中散文中的叠字句常常出现多种变化。

"正想着，脚下踩着一样东西，厚笃笃的，原来又是一只蒴果。俯拾起来，沿着裂缝剥开，里面一包包尽是似绢若棉的纤维，安排得非常紧凑。再把棉絮剥开，里面就包着一粒豆大的光滑黑子。就着唇边猛力一吹，飘飘忽忽，一朵懒慵慵的白云就随风而去。只可惜吹的是口气，不是山风。午日寂寂，一点风都没有。"

这段文字综合运用ABB、AABB、AA等重叠形式，并交错运用，节奏纡徐舒缓，显示出一种游览的逸兴与闲情。同时，据心理学研究表明，人的大脑在中午时分尤其是夏日的中午，细胞不是很活跃，因而，在这时，人往往有种昏昏欲睡的感觉。这种舒缓的语言节奏呼应着心理情绪的节奏感，正适合表现那种慵懒之状，成了诗学与心理学想沟通的语言形式。可是下面一例则又是另一番景象了。

"那树，绿油油凉阴阴的一大片，或蔚然成林而漫山，或密匝成丛而横野。"[26]

两个ABB式连用，意思相近而绝非重复。"绿油油"重在客观之景（树林）的"绿"之色、"油油"之光，言树林之生机盎然，油油生光。而"凉阴阴"则重在主观感觉，但是这种感觉又是由"绿油油"所引发的。因为"绿"为冷色，是那"绿"之色予人"凉"之感，于客观景物描写中注入生命的感觉。值得注意的是，在这种由客观到主观的过程中有一个中介——那就是想象和联想。加上后面的两个整句,不仅节奏整齐中有参差而又和谐,同时,那"漫山""横野"的绿树应和了阴凉之感。

余光中散文中的叠字句俯拾皆是。他手中握的是一支乐队的指挥棒,那些词语在他的指挥下依据传情达意之需组成变化各殊的阵势,给予读者不同的审美感受。以美的多姿多彩而论,《听听那冷雨》最为典型。单是传统的AA式重叠就数不胜数,除了"看看""听听""嗅嗅""闻闻"等动词重叠之外,还有"霏霏"不绝的黄梅雨,有"绵绵"春雨,"潇潇"秋雨;有"纭纭"黔首,"纷纷"黎民;有"淡淡"的土腥气,"高高"的丹佛山,有"簇簇"耀目的"皑皑"雪峰,"苍苍"交叠的山影;下雨时,"鳞鳞"的瓦瓣上浮漾着"湿湿"的流光,从瓦槽与屋檐泻下的是"潺潺"的雨水;有弥漫在空间的"凉凉"的水意。小雨来时,是"轻轻"地奏"徐徐"地叩,骤雨来时是"沉沉"地弹"达达"地打。清明时的雨下在零落的坟上是"冷冷"的挽歌。而七月的台风台雨有时让人直觉得仿佛千寻海底的热浪"沸沸"被狂风挟来,掀翻太平洋向矮屋檐"重重"压下,整个海在屋顶上"哗哗"流过,屋瓦也惊悸"腾腾"欲掀起。现代的台北,古典的瓦有如灰蝴蝶般"翩翩"地"纷纷"飞走。因此,雨来的时候,叶丛不再闪动"湿湿"的绿光迎接,鸟声减了"啾啾",蛙声沉了"咯咯",秋天的虫吟也减了"唧唧"。还有"潮潮"的天,"湿湿"的地,"宽宽"的雨衣,等等。

但是,在这篇散文中作者除了大量运用这种AA式的叠字句外,还综合运用了ABB、AABB、AABBAA以及AABBCC等形式。

ABB式:"潮润润""白茫茫""湿漓漓""绿油油""灰蒙蒙"等。

AABB式:"料料峭峭""淋淋漓漓""淅淅沥沥""点点滴滴""滂

滂沛沛""层层叠叠""清清醒醒""干干爽爽""细细密密"等。

如果说这几种形式的重叠乃得力于作者对中国古典文学的传统营养的吸收，还未超出常态的话，那么还有几种则是作者基于对个体生命、对历史文化的感悟而独创的，属于非常态了。

比如："清清爽爽新新""细细琐琐屑屑""轻轻重重轻轻""滴滴点点滴滴""忐忐忑忑忐忑忑"。而这几个词的重叠方式也不尽相同，不仅摹状拟声有别，结构也有异。一、二属AABBCC式，为一类。三、四属AABBAA式，为一类。"忐忐忑忑忐忑忑"属AABBABB式则另成一类了。细细咀嚼，我们会发现每一组词语之间也有细小的差异。"清清爽爽新新"作者要传达的是审美主体对美的一种感受。经过一冬的干枯之后，一场又一场的春雨将万物从沉寂中唤醒。到清明雨季，小草、树木已是满眼新绿，泥土里的生命也在蠢蠢而蠕，这样的雨嗅起来当然就感觉特别清新、清爽了。而"细细琐琐屑屑"连用六个齿音，不是拟声词却能很自然地让人联想起春蚕咀嚼桑叶的那种细细碎碎的声响，非常巧妙。第二组，结构相同而意蕴有异。"轻轻重重轻轻"是由雨声的大小给人的轻重之感想到雨阵的缓急。"滴滴点点滴滴"是由雨的嘀嘀嗒嗒之声想到雨阵的疏密。二者的心理过程相同，都是客—主—客，但其侧重点则不同。"忐忐忑忑忐忑忑"七个舌尖音连用，223的节奏不仅富有音乐的美感，与上文的"滂滂沛沛"相呼应，双声重叠更增强了气势和力度。这不仅是对用词的脱俗处理，而且，是对散文文体风格、文体形式的脱俗做了处理。比起双声、叠韵的音素重复来，重字具有字面重复的直观性，在散文中，它对文章的声调、节奏和意义的影响也就更为明显和直接。我们知道，重字的源头在于民间，在于民歌，在于古体诗，因此这种似乎直率多于修饰的修辞方式，包含了转俗为雅、化古为新、变拙为妙的功能，其间存在着某种审美情调复合和转化机制。

浓厚的语言试验兴趣，使余光中的重字方式往往不是单一的，而是复合的。往往把参差重复和回环重复于句中复合起来。参差重复的自由度较大，有时在句子特定的地方重复。"即使有雨，也隔着千山万山，千伞万伞。"说台湾与大陆隔千伞万伞是实，但说隔千山万山则是虚了。意象一实一虚，化客观距离为心理距离，不仅富有节奏感和节拍感，更像是歌声的结尾，余韵悠长。

　　而回环重复则是一种比较复杂的重复方式。它把相同的字词与意象散落于全文，如珠落玉盘，圆转自如，又相互联通、推衍、撞击和呼应，产生了众音共鸣、声情并茂、气韵浑融的审美效果。在这篇文章中，仅"听听那冷雨"一个句子，在文中就变幻出各种形式的重叠与重复。文章以"听听那冷雨"为题，又以"听听那冷雨"收束，在具有回环美的音韵中渗透一种苍凉的愁情。作者在文中将这五个字时而拆开，时而拼拢，时而略加变化，在音韵的整体回环美中又有部分的参差美。

　　"听听，那冷雨，看看，那冷雨，嗅嗅闻闻，那冷雨，舔舔吧那冷雨。"

　　"雨不但可嗅，可观，更可以听。听听那冷雨。听雨，只要不是石破天惊的台风暴雨，在听觉上总是一种美感。"

　　"一打少年听雨，红烛昏沉。两打中年听雨，客舟中，江阔云低。三打白头听雨僧庐下，这便是亡国之痛。"

　　"在日式的古屋里听雨，春雨绵绵听到秋雨潇潇，从少年听到中年。雨是一种单调儿耐听的音乐是室内乐是室外乐，户内听听，户外听听，冷冷，那音乐。雨是一种回忆的音乐，听听那冷雨……雨是潮朝润润的音乐下在渴望的唇上舔舔吧那冷雨。"

　　全文以这五个字的重复造成了一种回环重复的音乐感，吟出了一种苦涩的乡情、乡愁。而且，这种重字还不止是音节上的回环，也是一种意象的回环往复或错落有致的重复，尤其是"雨"意象，散落于全文,其轻灵飘逸和沉郁滞重,都是作者乡愁的代码,渲染的是一种生命的体验。因此,使文章获得了双重的审美效果。

一篇文章中,交错运用多种形式的重叠,节奏或柔婉,或强劲,或参差,或回环,总体又呈现出一种饱满的生命力度与生命内核的和谐之美。

b. 长短句

论句式之变化多姿,石苇所编的《小品文讲话》中有过一段生动的描述:"短句促而严,如斩钉截铁,如一柄晶莹的匕首。长句舒缓而流利,如风前的马尾,拂水的垂杨。张句婉转而腾挪,如夭矫的游龙,如回环的舞女。弛句曼衍而平实,如战场上的散兵线,如依山临水的错落的楼台。对句停匀而凝练,如西湖上南北两峰,如处女的双乳。"在句式的设计方面,历代文人都很重视将句子装扮得很繁缛或很精简,但却无人做过如此大胆尝试。余光中做了,且做得很成功。因为他对语言的调遣不仅仅是一种形式上的追求,更重要的是在寻求一种与特殊情感波澜相对应、相共鸣的句式。

"白。白。白。白外仍然是白外仍然是不分郡界不分州界的无疵的白,那样六角的结晶体那样小心翼翼的精灵图案一英寸一英寸地接过去接成了千里的虚无什么也不是的美丽,而新的雪花如亿万张降落伞似的继续在降落,降落在落矶山的蛋糕上那边教堂的钟楼上降落在人家电视的天线上最后降落在我没戴帽子的发上。当我冲上街去张开双臂几乎想大嚷一声结果只喃喃地说:冬啊冬啊你真的来了我要抱一大捧回去装在航空信封里寄给她一种温柔的思念美丽的求救信号说我已经成为山之囚后又成为雪之囚,白色正将我围困。"[27]

"白。白。白。"三个单字之间用句号隔开,表达出眼前色彩的无比单调。然后作者故意将标点略去,以强调淹没了郡界和州界的一望无际的浑浑茫茫的白色,与下面"落矶山上""钟楼上""电视天线上"和"发上"等语具体描述开头那三个单字句"白。白。白"。用这样的长句来铺展景物的广度,收到了一种特定的效果,给人一种喘不过气来的挤压感觉,同时又为下面的两个"囚"字做了铺垫。如此上下连成一气,语势强劲,无论对读者的视觉还是心理都颇具冲击力。这段文字中还有一个结构很特殊的句子,"白外仍然是白外仍然是不分郡界不分州界的无疵的白。"本来这个句子应该是"白外仍然是白,白外仍然是不分郡界不分州界的无疵的白",但作者故意将上一句叠在下一句之上,让"白"同时兼作上句之尾下句之首,造成一种堆挤的感觉,暗合着"一寸一寸接过去"一句的意思,摹写雪花一朵一朵密密匝匝密不可分密不透气之状。这种句式《鬼雨》中也曾用到:"魑魅呼喊着魍魉回答着魑魅。"与上例相似,其中的"魍魉"关涉着上下两句,句子本来应该是"魑魅呼喊着魍魉,魍魉回答着魑魅",让第一句叠在第二句之上,造成一种稠密之感,似乎有许许多多的魑魅魍魉,此呼彼应,此未落彼又起。这种句式属余光中所独创。

值得注意的是,这篇散文写于1970年1月,当时余光中受聘于美国教育部,在科罗拉多州任教育厅外国课程顾问及寺钟学院客座教授。作者不仅正值盛年,精力健旺,而且已经成名,又是第三次赴美,心理上没有前两次对环境的陌生感。但是生命力愈是强盛,欲望也就愈丰富,痛苦也就愈深刻。作者借丹佛城这种无边无际的"白"表现自己异国生活的单调和被压抑的生命欲望,于非常态的长句中蕴含着意识的滑动和精神状态的跳跃以及情绪的骚动不安,蕴含了深致的生命哲学意味。

读余光中的散文,仅仅当作散文读是不够的,不仅其中的天文地理知识之丰富,更关涉历史人文。而仅就语言一项,其宝藏就够读者采撷了。"当我死时,愿江南的春泥覆盖在我身上,当我死时。"[28]这样的句子用语法规则去衡量肯定是"违法"的，但它却最能表现作者对江南故土的深挚感情。生不能还乡，只能寄希望于身后。对故国故土的孺慕之情尽在言外。

又如"天上，秋夜的星座在人家的屋顶上电视的天线上在光年外排列百年前千年前第一个万圣节前就是那样的阵图。"[29]由"人家的屋顶上"到"电视的天线上"到"光年外"，空间由近而远的推移，一直推到"百年前千年前第一个万圣节前"时间也由近而远的回溯，都是由"秋夜的星座"引起的，这种密集的语言形式和紧凑的节奏，表现的是由视觉到联想的跳跃和接续，时空推得愈是久远，作者宇宙永恒的感慨也就愈加深沉。

美学家苏珊·朗格认为，生命形式具有有机统一性、运动性、节奏性和生长性，而这些都可以在艺术中找到。[30]语言是作家生命状态最直接的体现。余光中散文风格呈现出多元的风格，有时严肃，有时诙谐；有时飞扬跋扈，有时典雅细致；有时豪放雄浑，有时温柔迤逦。前期散文中的语言常常表现出一种有序的无序，无序的有序等非常态形式。尤其是反映在美国生活的抒情散文，一向跳跃颇大且速度迅疾，句式相当恣纵。而这些句式恰恰是作者新鲜活跃又躁动不安的情绪的直接反映。因此，文本内核又是极和谐的。所以，这类句式恰恰又是对人的内在生命和谐运动最直接有效的表现。因此可以说，这种特殊的自由而又和谐的句式昭示的恰恰是人的生命的内在本质和奥秘。这也正是为什么余光中的散文语言呈现出前期的飞扬跋扈和后期的沉潜内敛的不同风格的缘由。

B. 常态语言

a. 长短参差

余光中对句式的经营处处见出匠心。这里所谓长句，不是前文所论过的作者刻意经营的那种非常态的长句,而是一种常态的语言形式。这种常态语言并不刻意打乱汉语的语法规范,追求陌生化的感觉。

"青春常在,而青年不常在。Freshmen 来。Seniors 去。如潮来潮去。海犹是海,而浪非前浪。抽足入水,无复前流。大一的青青子衿,大四的济济多士。浪来。浪去。像校园里开开谢谢,谢谢开开的夹竹桃和樱花。我是廊外的一株花树。花来。花去。而树犹在。十二年前,我也是一朵早春的桃花,红得焚云的桃花,美得令武陵人迷路的桃花,开在梁实秋的树上,赵丽莲的树上,曾虚白的树上。然后我也迅疾地谢了。然后我开始孤独而且流浪。"[31]《莎诞夜》文末注明写于1964年4月22日,为莎士比亚诞辰400周年纪念之夜。全文写这个特殊夜晚的所见所闻所感,但如果仅仅当作一般的记叙文来读是不够的,它应该是一篇抒情散文。文中联想不断跳跃,多处近乎醉态语言或梦呓。就这段文字,最短的句子才两个字,最长者11字。如果把一个句号看成一个完整的句子,那长句就更显其长了。"浪来。浪去。""花来。花去。"四个短句传达出人生的变异不居,蕴含着作者对宇宙与人生的哲学思考,尤其是关于动与静的关系的思考。"青春常在"是静止的,但是"青年不常在"又是变化着的。于是"青春"也因为"青年"的"不常在"而改变了。海是静的,而浪却是动的,海就因为浪的变化而呈现出不同的景象,因而海也是动的。"我"是一株"花树",看花去花来,但花却不是原来的花,正如这株花树,12年前也是花一样,无论怎么美,怎么迷人,都得凋谢。西方生命学家西美尔认为:"没有无内容的生命过程和生命形式。我们在自身的生活中'体验'到生命的内容,这种体验(Erlebnis)实际上是心灵把握生命的活动。每一当下直接的体验把这一内容与别的内容联系起来,把个人的整个生活历程连接起来。每一个生命的形式都是独一无二的,因此,这种体验只能是直觉的,不可能从别的形式中推论出来。"[32]如西美尔所言,作为创作主体,余光中往往依赖个人的直觉活动,以心灵的领悟去把握生命形式和生命存在,感知生命的价值和意义。但是,余光中又并非完全如西美尔所说,在生命体验中纯粹依赖非理性的心灵直觉,他往往在一定程度上凭借理性思维和逻辑思辨,深入探究宇宙万物与心灵世界,只不过这种理性的探究往往用诗的语言来表达,所引上例即是。句式的长短参差,意思由人而己,造成节奏纡徐缓急的变化。

b. 整散交错

所谓整句,是指两两相对的偶句,而散句则不受字数的限制。偶句呈现一种整齐的美,散句具有一种流畅之美。这两种句式都从中国古典诗词歌赋中继承而来,两者并用,就呈现出一种错综之美。

余光中的散文常常运用到一些两两相对的句式。在散文句式中夹杂着相对的整齐句式,不仅调节了音韵节奏,而且意思往往新颖奇巧。比如《思台北,念台北》一文,是作者香港时期的作品。正如作者所说:大陆是母亲,台湾是妻子。台湾生活几十年,把台北的那条厦门街住成了家,家在彼,相对在香港工作的他,台北自然也就是另一种意义上的家乡了。作家隐地寄来的他的新书《欧游随笔》的扉页上有"尔雅在厦门街113巷,每天,我走过您走过的脚步"这样一句话,撩起作者许多"乡愁",从而引出对台北生活的回忆。其中有一段描写台北的街道,颇富意味。

"该来的,什么也挡不住。已去的,也无处可招魂。当最后一位按摩女的笛声隐隐,那一夜在巷底消逝,有一个时代便随她去了。留下的是古色的月光,情人、诗人的月光,仍祟着城南那一带灰瓦屋,矮围墙,弯弯绕绕的斜街窄巷。以南方为名的那些街道——晋江街、韶安街、金华街、云和街、泉州街、潮州街、温州街、青田街,当然,还有厦门街——全都有小巷纵横,奇径暗通,而门牌之纷乱,编号排次之无轨可循,使人逡巡其间,迷路时惶惑如智穷的白鼠,豁然时又自得如天才的侦探。几乎家家都有围墙,很少巷子能一目了然。巷头固然望不见巷腰,到了巷腰,也往往看不出巷底要通往何处。那一盘盘交缠错综的羊肠迷宫,当时身陷其中,固曾苦于寻寻觅觅,但风晨雨夜,或是奇幻的月光婆娑的树影下走过,也赋给了我多少灵感。于今隔海想来,那些巷子在奥秘中寓有亲切,原是最耐人咀嚼的。黄昏的长巷里,家家围墙飘出的饭香,吟一首民谣在召归途的行人:有什么比这更令人低回的呢?"

斜街窄巷,弯弯绕绕;奇径暗道,纵横交错;门牌编号,无轨可寻。有如一盘交缠错综的羊肠迷宫。所以常使人逡巡其间,苦苦寻觅,"惶惑"一如"智穷的白鼠"。白鼠是一种高智商的动物,且终年生活在暗道幽径之中,最精于寻找通道。作者用"智穷"来修饰,不仅衬托出小巷结构之复杂,而且非常形象地描写出迷路人的"惶惑"之态。但这些巷道往往又是奇径暗通,所以一旦走出迷宫,似乎突然明白了什么。因此,作者用"天才的侦探"来比喻走出迷宫式小巷的豁然之状。这一对句子夹在一段散句之间,不但生动形象,而且颇富幽默的情趣,更重要的是调节的文章的节奏。加上前文的"笛声隐隐""弯弯绕绕""奇径暗通""无轨可寻"和后文的"交缠错综""羊肠迷宫""寻寻觅觅""月光婆娑"等四音节的词语,整散交错,音韵谐婉。

正像一位学者所说的那样,汉语言具有"诗性资质"[33],余光中散文的话语表现,潜心复活了古典语言的内在生命与绵延的激情,那就是古典文本之中所遮蔽的诗性精神。文化哲学家卡西尔说:"在人类文化的早期,语言这种诗意的或隐喻的特征似乎比逻辑的或推理的更占优势。德国思想家赫尔德的老师乔治·哈曼（Georg Hamann）有言，诗是人类的母语。"[34]而余光中对这一语言的潜心探索和运用，其中重要的特点即在于，他发掘传统语言的诗性精神和审美特性，并吸收西方语言之长，融合现代文化的语境的语言表现形式，以自我的审美体验，以一种典雅绵密又大气的话语方式呈现出来，从而获得自我的话语权利和话语风格。海德格尔认为，语言是存在的家园，是人存在的领域，艺术、语言和诗意是基本统一的存在。[35]余光中的散文似乎无意识地验证了这一理论，它将诗意、语言、审美和谐地统一于散文之中，以自我的散文"话语"融合了中外古今，表现了诗意的审美情怀。因此，当代中国文学史是不能不给余光中以重要的一席的（余光中散文语言的风格他文另述）。正如姚斯所说："一部作品的潜在意义不会也不可能为某一时代的读者所穷尽，只有在不断发展的接受过程中才能逐步为读者所挖掘。"[36]也许余光中对现代汉语言创造性的贡献，经过时间之流的冲洗会更显出其光华和价值。

注释

[1]《逍遥游·后记》《左手的缪斯》，时代文艺出版社，1997年版。
[2]《三间书房》，见《凭一张地图》，时代文艺出版社，1997年版。
[3]《登楼赋》《大美为美》，季羡林主编《中国当代散文八大家》，海天出版社，2001年版。
[4]《伐桂的前夕》《听听那冷雨》，时代文艺出版社，1997年版。
[5]《山盟》，见《听听那冷雨》，时代文艺出版社1997年版。
[6]《逍遥游》，见《左手的缪斯》，同上。
[7]《伐桂的前夕》，见《听听那冷雨》，同上。
[8] 伍立扬：《鉴赏的误区》，《名作欣赏》1993年第1期第4页。

[9] 《美学》第一卷。

[10] 《高速的联想》，见《青青边愁》，同上。

[11] 《从母亲到外遇》《日不落家》，九歌文库513，1998年版。

[12] 《高速的联想》，见《青青边愁》，同上。

[13] 《下游一日》，见《听听那冷雨》，同上。

[14] 《地图》，同上。

[15] 《四月，在古战场》，见《左手的缪斯》，同上。

[16] 《丹佛城——新西域的阳关》，见季羡林主编《大美为美——余光中散文选》，海天出版社，2001年版。

[17] 《艺境》《论中西画法的渊源与基础》。

[18] 《沙田山居》，见《青青边愁》，时代文艺出版社，1997年版。

[19] 《塔阿尔湖》，见《左手的缪斯》，同上。

[20] 《南太基》，见《听听那冷雨》，同上。

[21] 《山盟》，见《听听那冷雨》，时代文艺出版社，1997年版。

[22] 王岳川：《二十世纪西方诗性哲学》，北京大学出版社，2000年版。

[23] M.Heidegger, *Poetry, Language Thought*, translated by Walter Brogan and Peter Warnek, Bloomington, Indiana University Press, 1995.p89

[24] 《西欧的夏天》《凭一张地图》，同上。

[25] 《龙坑有雨》，同上。

[26] 《龙坑有雨》，同上。

[27] 《丹佛城——新西域的阳关》，见《听听那冷雨》，时代文艺出版社，1997年版。

[28] 《逍遥游》，见《左手的缪斯》，同上。

[29] 《望乡的牧神》《听听那冷雨》，同上。

[30] Susanne.K.Langer, *Feeling & Form*, New York and London, Harper&Bros, 1946.p156.

[31] 《莎诞夜》，见《左手的缪斯》，同上。

[32] 刘放桐主编：《现代西方哲学》。

[33] 鲁枢元：《超越语言》，中国社会科学出版社，1990年版。

[34] Erenst Cassirer, *Language and Myth. Ernst Cassirer.* (Translated by Suzanne K. Langer, New York and London, Harper & Bros., 1946.) Pp. x, 103.
[35] M.Heidegger, *Poetry, Language Thought*, Translated by Walter Brogan and Peter Warnek, Bloomington, Indiana University Press, 1995. p.109.
[36] Rainer Walning ed, *Rezeptionsaesthetik Ttheorie und Praxis.*.S. 135.

[发表于《写作》2003年11月（节选）]

最是山水动人情
——余光中游记的艺术魅力

余光中很早就开始游记的创作——他的第一篇游记《石城之行》成文于1958年,但丰产却是在20世纪80年代,仅《隔水呼渡》一集就收录了作者1985年至1987年间创作的13篇游记。

读余先生的游记,有如观一幅画,吟一首诗,听一支歌,无论是美国中西部金秋时节的石城,还是干燥而又荒凉的西班牙,是仍然沉浸在中世纪大梦中的传奇古堡"雪浓莎",还是台南童话一般迷人的南仁湖,无论是人、事,还是景、物,一到作者笔下,不但鲜活灵动,而且洋溢着作者的逸兴豪情。读来景犹在目,情犹在胸。有时更旁及途中所历的关梁厄塞,风土人情,有关的历史人物,这就使他的游记无论是凭吊古迹,还是赏玩烟霞,都兼具感性和知性之美,内容丰富,蕴藉深沉。

余光中认为"游记的艺术首先在于把握感性",所谓感性,即指"恰如其分地表现感官经验,令读者进入情况,享受逼真的所谓'临场感'"(《隔水呼渡·序》)。余光中以他诗人的心灵去感受大自然,捕捉大自然的千变万化,并以他画家的笔来描摹,使读者与他一道享受一种亲历感。"北纬四十二度的深秋,正午的太阳以四十余度的斜角在南方的蓝空滚着铜环,而金黄色的光波溢进玻璃窗来,抚我新剃过的脸。……而此刻,太阳正凝望平原上做着金色梦的玉蜀黍们;奇迹似的,成群的燕子在晴空中呢喃地飞逐,老鹰自地平线升起,在远空打着圈子,觊觎人家白色栅栏里的鸡雏,或者草丛里的野鼠。……排着禾墩的空田尽处,伸展着一片片缓缓起伏的黄艳艳的阳光……"(《石城之行》)作家以画家的笔触由近及远地在我们面前铺展出了一片色彩亮丽的异域深秋的画面,其色绚烂可见,其声呢喃可闻,老鹰的雄姿栩栩可观——这,就是"感性"。以"铜环"喻太阳本已新奇,着一"滚"字,动态全出。更以"溢""抚"两个动词,使读者与作者一道感受美国中西部深秋季节阳光的温和煦暖。还有太阳的深情"凝望",燕子的"飞逐",老鹰"打着圈子""觊觎"着地上的猎物,"玉蜀黍们""做着金色梦"……正是这些动词的运用,使画面具有了蓬勃的生命与气韵。

在我看来,余先生不仅是一位出色的诗人、散文家,更是一位出色的艺术家。在《塔阿尔湖》中,他以他对于色彩的灵敏追摄,向我们展示了塔阿尔湖的七彩缤纷。"数百里阔的风景,七十五厘米银幕一般,迎眸舒展着。一瞬间,万顷的蓝——天的柔蓝,湖的深蓝——要求我盈寸的眼睛容纳它们……如果你此刻拧我的睫毛,一定会拧落几滴蓝。不,除了蓝,还有白,珍珠背光一面的那种银灰的白。那是属于颇具芭蕾舞姿但略带性感的热带的云的。还有绿,那是属于湖这面山坡上的草地、椰林和木瓜树的。椰林并不美,任何椰树都不美;美的是木瓜树,挺直的褐色的树干,顶着疏疏的几片叶子,……还有紫,迷惘得近乎感伤的紫,那自然属于湖那边的一带远山,在距离的魅力下,制造着神秘。还有黄,全裸于上午十点半热带阳光下的那种略带棕色的亮晃晃的艳黄,而那,是属于塔阿尔湖湖心的几座小岛的。"这分明是一幅色彩强烈的油画,远非抒情的水彩能比,画面整体与局部处理技巧高妙,色彩富丽辉煌,并具有立体感、质感、量感、距离感与光感的效果,在作家的运笔中，读者到处可感受到音乐的旋律与节奏，那些或远或近，或缓或速，或飞动横扫，或顿断跳跃，极富灵动变幻的中国行草般的运笔，不仅使其有力而清晰的笔触增加了画面的节律与动势，更使作家的个人情绪、气质获得了很好的突显。余光中借鉴西方油画风景色彩的再现性，而又掺入了东方式主观的意味，感性可掬地描绘云影天光，在强烈的蓝天、白云、绿草、紫山，在金灿灿、亮晃晃的阳光的夸张式的色彩组合中，那冷凝的蓝得沁人心脾的天空与湖水，那银灰的飘浮在蓝天倒影在湖中的略带性感的云，那天边一抹感伤的紫色的远山……在不无真实的再现中又带上了分明的超现实的艺术的距离感。显然，正是这种对现实的距离与超越，又给余光中笔下的山水罩上了一层抒情诗般的神采。这种画家的笔触在余光中的游记作品中随处可见。写景如此，状物亦然。"杜班夫人站在凯瑟琳花园里，正聆听卢梭的滔滔宏论，站在一旁的伏尔泰似乎不表同意，正摊开右掌，有所申辩。卢梭穿着亮绸的蓝衣，一头乌发；伏尔泰则穿着金闪闪的绿袍，头发都已白了……说得象征一些，年轻的卢梭在鼓吹天性，说雪耳河的自然最堪取法。年长的伏尔泰则坚持理性，说巴黎的罪恶幸而有文化来救赎。中年的杜班夫人则左顾而右盼，在两人之间不但要做主人，还得做调人。"（《雪浓莎》）这一段是对雪浓莎古堡中杜班夫人的一尊立姿蜡像的描摹。作者运用超现实手法，使所绘画面产生如置眼前的幻觉。每一局部，每一细节形神皆备，而又重在写其神，而这些，又皆来自作者的再造想象。因而，它既是实在的又是虚幻的，既是向你而来又是离你而去，既是美的充分展示又是美的转瞬即逝。如此感性恣纵的笔触又岂是画所能及。

余光中认为"游记大半表现感性，但仅有感性还不够，还必须经灵性和知性的提升"，游记的知性包括知识与思考。余先生说：

"有知识而欠思考,只是一堆死资料。思考太多而知识不够,又会沦于空想。"那么在游记中怎样恰到好处地将二者结合起来呢?他认为:"上乘的游记应将知识与思想配合抒情与叙事,自然而机动地汇入散文的流势里去。"(《隔水呼渡·序》)余先生记游大多在表现感性的同时表现知性。《石城之行》中,作者转述安格尔教授追述伍德的生平时,就揉进了自己对伍德的评价和对世界的认识。年轻的伍德即受到爱奥华人们的喜爱。但是"他鄙视这种局限于一隅的声名,曾经数次去巴黎,想要征服艺术的京都。然而巴黎是不易被征服的,你必须用巴黎没有的东西去征服巴黎,而伍德是一个摹仿者,他从印象主义一直学到抽象主义。"叙述中既有对作为艺术家的伍德自负其才,向往征服巴黎的雄心的赞赏,又有对伍德不能征服巴黎的主客观原因的冷静思考,并上升到一种哲理性高度。其"知性"也就可见一斑了。

余先生认为游记有别于地方志或观光手册,全在文中有"我"。的确,读他的游记,时时都会感到这个"我"的存在。有时这个"我"是一个知识渊博的学者,他一边游览观赏,一边思考并不时地发表自己的见解。"司各特不能算怎么伟大的作家,他的作品,无论是早年的叙事诗或后期的传奇小说,都未达到最伟大的作品所蕴含的深度。他的诗可以畅读,却不耐品,所以在浪漫派的诗里终属二流。他的小说则天地广阔,人物众多,文体以气势生动见长。""司各特熟悉苏格兰的民俗。了解苏格兰的人物。用苏格兰的方言与歌谣;这些长处再加上一支流利而诙谐的文笔,使他的这一套小说(指《威天利》)当日风靡了英国,为浪漫小说开拓了一个新世界。而且流行于欧洲,启迪了大仲马和雨果。"(《古堡与黑塔》)这一段中肯的评介语言简洁,使读者获得了对于文学家司各特长于小说而短于诗歌及其影响的完整的印象,在跟随作者游历的过程中增长了知识——这才是"兼为学者"的作家。

有时这个"我"会沉入对历史人物的深沉感叹中,"城中那一座傲立不屈的古堡,司各特生前曾徘徊而凭吊过的,现在,轮到我来凭吊,而司各特自己,立像建塔,也成为他人凭吊的古迹了。"(同上)言外大有"后之视今,亦犹今之视昔"之慨,读者不难感觉到其中透出的对生命轮回的隐隐的感伤情绪。余光中的游记之所以常给人感性饱满,而又蕴藉丰厚之感,全靠文中有"我"。在《雪浓莎》中,他以细腻的观察,丰富的知识,高超的想象讲述了雪浓莎这座神秘古堡的历史变迁,而叙述之中又自然融入对兴衰无常悲欢交替的人生的深沉感喟,处处流露出对古堡建筑的激赏,对古堡几位女主人——高贵冷艳的黛安娜、爱弄权术的凯瑟琳、美丽而多才的杜班夫人的褒贬之情,使读者在获得知识的同时与作家一道俯仰低回。

余光中的游记,在感性和知性的调和上收放自如,时时闪耀着灵气飞动的风采。读他的游记,真如"童话式的被导游着"一般,时时都会有意外的惊喜。

(发表于《写作》1999 年 11 月)

史家笔墨　诗人情怀
——余光中记写人物的艺术

余光中笔下的人物往往出现在他的游记中，尤其是历史人物。因为游记不仅要展现山川风物、关梁厄塞，更要涉及其地理、文化、历史的变迁。历史其实就是人物的活动史，当人物的活动已经成为历史，人物就是历史的一部分了。所以余光中的游记除了描绘途中所见之美景，更旁及所历的关梁厄塞、风土人情、有关的历史人物。这就使得他的游记无论是凭吊古迹，还是吟赏烟霞，都兼具感性与知性之美。

余光中回眸历史，有时用一种近乎"无我"的口吻叙述历史人物的生平，试图从这些个体生命流程中寻求人类生存的价值和意义。因此，他的这类散文长于使用史家笔墨，简练而蕴藉。比如《梵高——现代艺术的殉道者》一文，涉及梵高生平的段落，几乎浑似纯客观的叙述。梵高早年与常童无异，至岁始而失恋，继而失业，一腔热血献给宗教，又遭失望打击，终于将整个生命投入艺术之中。梵高的艺术生命只十年。这十年间，他时常挨饿，生活与绘画用品全靠弟弟西奥的资助。但他却凭着超人的意志力，完成了八百幅油画和九百幅素描。可惜生前仅售出一幅。梵高一生曾遭三次失恋打击，爱，一次次地燃起梵高的激情，又一次次抛他于孤寂的深渊，他终至精神失常。先是自割右耳，不久举枪自戕。这篇文章笔墨的简洁与理性,在余光中写人的散文中很少见。以下是原文的最后一段,可见一斑。

"1890年初夏,梵高病情稍有起色,乃迁居巴黎北郊一小村奥维,受嘉舍医生的看护。此时他虽仍创作不辍,但狂疾则与日俱深,最后的一张油画《麦田过万鸦》已经透露出悲剧的消息。同年7月27日,他独步荒郊,忽然癫痫发作,举枪自戕。一时未死,竟挣扎回寓,静待死神。次晨西奥赶到,坐守梵高榻畔,怅然共话童年。29日清晨,梵高遂长眠不起。"

这一段文字真可谓"削尽繁冗留清瘦"。读者真正见到了增一字嫌多,减一字嫌少的典范文本。但作者如此冷静客观地回溯一位一生中幸运之神始终未曾光顾的天才,则不是为了沉湎于寻求历史之谜的解答,而是要探寻历史的公正性与审美性的矛盾统一,从而揭示出梵高人生的魅力。

有时作者仅基于历史材料,以想象和体验的方式去诠释历史人物生命的价值;以诗意的和审美的态度,去追溯历史,审视历史;以诗人的生命体验和哲学家的理性思辨去拷问历史,复活历史人物的风姿神采。

收集在《隔水呼渡》中的《雪浓莎》,是一篇被许多读者、论者忽略,但却是一篇融合着沉郁苍凉感和优美诗情的散文。就其内容来看,这也是一篇游记。但是,作者心灵的眼睛穿透了长长的幽暗的时光隧道,带领读者一起去重温那欧洲中世纪的大梦。

兴衰无常,柔丽而哀艳的雪浓莎在四百多年的悲欢岁月里,在王侯与布衣之间,不知换了多少主人。它仅仅是露瓦河中游众多古堡中的一座,但是因为其景观美得匪夷所思,其历史又最动人绮念遐想——因为有一群哀艳的女人,她们的命运与之纠结在一起,所以作者将笔墨挥洒在这一古堡的史册上。

作者通过雪浓莎主人的更替,为我们打开了一扇法国历史兴亡的窗口。通过雪浓莎这扇小窗，读者可以纵览法国历史的变迁。虽然不是轰轰烈烈，却也不乏刀光剑影。雪浓莎几经易主，无不与宫廷斗争紧密相关。作者以一颗敏于历史感的心灵，对历史进行创造性的复活与思考。作者虽然并不评价历史人物，但语气多为感叹而且融褒贬于叙述之中。对于美艳的黛安娜，亨利三世虽然为她而亡，但这位绝色美人并未直接导致法国的内乱，毕竟她的美是无罪的。因此，作者不仅褒扬其美貌，更叹其不幸之命运。但对于直接导致法国内战的罪魁凯瑟琳，作者的态度显然迥异于对黛安娜，无论是她作为女人对黛安娜的嫉恨与报复，还是作为皇后的玩弄权术，还是她作为母后纵容儿皇的荒淫，方方面面都是"'值得'回忆"（卡西尔语）之史实，之所以"值得"，是因为它就像一面镜子，照着古人也照着今人。

一座小小的雪浓莎映射出历史的兴衰交替与人生的悲欢无常。"四百年的悲欢岁月，华露瓦与波本王朝的兴衰，美人的红颜，寡后的忏悔，智者的沉思，一切的一切，甚至内乱与革命，都逐波而去了"，只留下一排桥楼与塔影。《雪浓莎》所蕴含的历史意识，既有历史唯物主义的影子，又有传统佛道的思维逻辑。它暗示给读者的是历史的发展存在着一种逻辑因果与循环法则。历史，在其纷繁丰富的游戏活动的表象后面，一如其他游戏活动，存在着约定俗成的客观规则。游戏的内容可以改变，然而其规则却是恒定的。这就在其客观形态上构成了一个时间意义的不断循环，成功与失败，繁荣与衰亡，美丽与丑陋，一切的一切，都将随着时间之流而逝，最后归入虚无。

黛安娜、凯瑟琳、露易丝、杜班夫人等历史人物被作者拿来放在历史理性与道德良知的天平上，用诗人的慧心，以史家的妙笔，复活了历史与人物，复活了无生命的宫堡，复活了雪浓莎四百年的繁华与沉寂，也复活了历史表象之后的意义与价值，正义与良知，诗性与美感。文本用主观叙事与隐蔽叙事的方法，虽然对历史的叙述中带有明显的情感倾向，但决不受一己之私的局限。而是以一种超越情感化的客观态度，对历史作出理性的价值判断，将"有我"和"无我"和谐地调和起来，是为数不多的记写历史人物的散文佳构。

在余光中前期的散文中读者见到的往往是域外的历史人物，这当然与余光中的生活经历不无关系，几次赴美，多次参加国际笔会，他得以有游览欧洲多国的经历。但随着两岸关系的改变，余光中也有了多次回大陆讲学观光的机会。这样的游历自然也能唤起这位海外游子对本民族历史人物的深深记忆。其近作《山东甘旅》就颇为典型。

2001年4月，余光中应邀到山东大学讲学，不仅领略了齐鲁大地的无限春光，并登上了雄伟的泰山，参观了泉城广场庄严的文化长廊，深深感受了山东的地灵人杰，更感受了他在诗文中无数次歌唱过的母亲河——黄河的浸礼。回到高雄之后，同年7月，《山东甘旅》即酝酿成文。该文详细地记述了此行的所见、所闻、所历、所感。全文分为四部分：第一部分"春到齐鲁"，第二部分"泰山一宿"，第三部分"青铜一梦"，第四部分"黄河一掬"。四个部分从不同的角度、以不同的笔调记写了这次山东之旅，而核心则由文题中的一个"甘"字来统贯——这一"甘"字有点针对余秋雨的"苦旅"的味道。文中第三节"青铜一梦"，就是参观泉城广场文化长廊供奉着的十二尊山东圣贤青铜塑像后，引出的对这些历史人物的深沉而邈远的回忆。因为是游览，所以作者亦以长廊上青铜塑像的顺序一一描绘。他们依次是大舜、管仲、孔子、孙武、墨翟、孟轲、诸葛亮、王羲之、贾思勰、李清照、戚继光、蒲松龄。又因为十二个人物在历史上的身份不同，所以作者运用不同的笔触，带给读者以不同的审美享受。

对于传说中的华夏圣王舜,作者对他的政绩只用"经万民拥戴,尧禅于王位"一笔掠过,却以一颗诗心感动于"舜南巡,葬于苍梧,尧二女娥皇女英泪下沾竹,文悉为之斑"的美丽爱情传说。

漫步在这历史文化的长廊,余光中作为学者的智慧与诗人的情怀,不时闪烁着耀眼的光华。逡巡于这一文化长廊,作者不断打通与古中国先哲圣贤的心灵通道,展开与他们的心灵对话。然而,这其中最让作者流连的却是那一颗"古中国最寂寞的芳心"——李清照。

"她的像塑得极好,头梳发髻,微微偏右,像凝神想着什么,或听到了什么。立得如此地亭亭,正所谓硕人其颀,左手贴在腰后,右手却当胸用拇指和食指捻着一朵纤纤细花。铜色深沉,看不真切究竟是什么芳籍,却令人想起'帘卷西风,人比黄花瘦',该是菊吧。其实,管它是什么花,都一样寂寞啊,你不曾听她说吗,'一枝折得,天上人间,没个人堪寄。'我在像前流连很久,心底宛转低回的都是她美丽而哀愁的音韵。如此的锦心如此的绣笔,如此的身世如此的晚境。我在高雄的新居'左岸',就在明诚路旁,不由得不时常想起她在《金石录后序》中所记,和赵明诚剪烛共读的幸福早年。"

"李清照之美是复合的,应该在她的婵娟上再加天赋与深情,融成一种整体的气质与风韵。北国女儿而有此江南的灵秀敏感,正如大明湖镜光里依依的垂柳迎风曳翠,撩人心魂也不输白堤、苏堤。也就难怪济南人要将自己的绝代才女封为藕神,供她于湖边的祠龛。而她在《漱玉词》中,早年咏藕也常见佳句,就像'兴尽晚归舟,误入藕花深处。争渡,争渡,惊起一滩鸥鹭'。又像'翠贴莲蓬小,金销藕叶稀',都写藕有神。"

可谓以诗意的笔法写出了一个诗意而哀愁的人生,一个诗意而哀愁的灵魂。面对亭亭而立的铜像,作者以想象之舟的自由流动沟通一颗美丽芳心的寂寞世界,既赞美其绝代才情又感叹其寂寞芳心。叙述、描写、议论、抒情,多副笔墨;塑像、身世、才情、影响,白描与写意结合,眼前与联想相通,是余光中记写历史人物的显著特色。

对民族英雄戚继光,则笔墨洗练,在有限的篇幅里勾勒出14世纪到16世纪中叶沿海倭寇肆虐与戚继光清剿倭寇的风云画卷,时间上纵跨几个世纪,空间上横越中外,辅以联想。既包含对历史上抗倭英雄的景仰和深长的怀念,又有对日寇侵华罪行的愤怒控诉,更有对日本政府企图抹杀他们对我民族犯下的滔天罪行的满腔义愤。

余光中的这类散文,无论从哲学的意蕴,历史的眼界,还是从美学的体悟、表达的技巧等方面,均达到了很高的水准。他将哲学、美学以及自己对人生的体验融汇一体。无论是品藻人物,指点江山,还是勾画景致,叙述事件,均显出优雅从容,游刃有余的大家气势和风范。运用的是史家笔墨,渗透的是诗人情怀。

(发表于《写作》2004年10月)

虚实掩映　蕴藉深沉
——余光中散文的艺术特色

虚实之论，是我国古代传统美学观之一，广泛运用于文学、绘画、书法，甚至园林艺术等各个领域的创作和评论。古往今来的文学艺术家莫不重视虚实之法的运用，清代金圣叹认为"须知文到入妙处，纯是虚中有实，实中有虚"。深谙中国古诗文笔法的余光中，亦在其诗文创作中巧妙地运用此法而成为抒情高手。

在余光中12本散文集子中，共收275篇文章。要对这些文章严格地分类，不是易事。余先生自己曾对散文按其功能分为抒情、说理、表意、叙事、写景五类。但由于他主张"高明的抒情"应"寄托在叙事、写景之上"，喜欢在说理之中注入一点感情和想象，常"流露真性情"，因此，他的散文常在叙事中写景，又常在写景中发议论，兼具感性和知性。不过，就其文中的偏重来看，则大致可以从中分出一些以抒情为重之作，30多篇。这些抒情篇章，虽取材各异，但其意脉却一以贯之，就是：怀乡、怀旧、怀人。并且有一个共有的特色，那就是虚实掩映，含蓄婉转。

余光中的抒情散文中以景为实，以意为虚者有之；写境以眼前境为实，以联想、回忆之境为虚者有之；不着实写，只凭想象展开者亦有之。但无论哪种，皆能寄直于曲，寄劲于婉，寄显于隐，寄理于喻，绣口锦心，自然为之，造成了文章的一种曲折婉转之势，耐读，耐咀嚼。具体来说，有以下一些特点：

以虚代实　曲折有致

这是一种避难就易的写作技法。这里的"实"就是正写，即按客观事物的实际情况作正面描绘或直接记叙；"虚"就是衬写、喻写，即对客观事物的实际情况作侧面的烘托或间接映衬，例如使用暗示、铺垫、喻说，借他人他事作对比或相形，以达到句外生意、虚空着色、空灵排宕的效果。《鬼雨》是余先生惨遭失子之痛后所作。当他面对友人文兴在"零下的异国享受熊熊的爱情"的"快意"之时，怎么能把这种失子之噩耗告知友人而扫他的兴呢？作家只能选择先用环境来烘托心境，"我却困在森冷的雨季之中……伸出脚掌，你将踩不到一寸干土。伸出手掌，凉蠕蠕的泪就滴入你的掌心。太阳和太阴皆已篡位。每一天都是日蚀。每一夜都是月蚀。雨云垂翼在这座本就无欢的都市上空，一若要孵出一只凶年"。想要一个男孩，是先生和夫人的愿望，可是神给了一个，却一转眼又收了回去，这种蚀骨之痛全凭那种潮湿、阴晦、凄冷的环境曲折婉转地烘托出来。但友人在信中曾向先生"预贺一个婴孩的诞生"，回答无法避免，只凭虚写托出，"那婴孩是诞生了，但不在这屋顶下面。他的屋顶比这矮小得多，他睡得很熟，在一张异常舒适的小榻上"。"那里没有门牌，也无分昼夜。那是一所非常安静的幼稚园，没有秋千，也没有荡船。"但是那是"一座高高的山顶"，那里"可以俯瞰海岸"。还有"海神每小时摇一次铃铛"，在这里，作者并非、也无意混淆生死的界限，把这男婴去的另一个世界写得如此凄美，是作者有意为之，作者真正从这个男婴的死亡悟出了许多关于生死的哲理："生的烦恼""死的恬静""生的无常""死的确定"，以及"死的无所不在、无所不容"（《鬼雨》）。这一段写得文情曲折，意境深远。

虚实互藏　含蓄婉转

　　这类笔法是古诗文中最常见的一种方法，多见于写景志游、写人叙事文。在这类文章中，景物、事物为实在之境，意想、感情皆虚念之境，前者统称为"景"，后者统称为"意"或"情"。以情写景即以虚为实，以景写情即以实为虚。正面描写景物、记叙事情经过等为实写；因景抒情，因事而发的议论或感慨等则是虚写。宋范希文《对床夜话》卷二引《四虚序》说："不以虚为虚而以实（景）为虚（情），化景物为情思，从首到尾，自然如行云流水，此其难也。"余光中认为"直接抒情，不但露骨，而且予人无端歌哭的空洞之感"，主张"高明的抒情""寄托在叙事、写景上"（《十二文集·序》）。"秋天。多桥多水的江南。水上有月。月里有古代渺茫的箫声。舅舅的院子里。高高的桂树下，满地落花，泛起一层浮动的清香，像一张看不见躲不开的什么魔网。他便和表兄妹们一火柴匣又一火柴匣地拾起来，拿回房去。于是一整个秋季，他都浮在那种高贵的氛围里，像一个仙人。"（《伐桂的前夕》）这一段记忆中的景事描写，寄寓了作者怀乡、怀人之深情，也隐含了一丝人事不再的感伤。这是一个诗意的季节，在诗意的江南，有诗意的月、箫和桂，这一系列意象，构成了一个古典高贵的氛围，境界深邃渺远。可是美好的记忆只属于过去。当"红彤彤的太阳"升起，"千门万户""在朝霞里醒来"之时。"贪婪无厌，这膨胀的城市将吞噬摩肩接踵的行人和川流不绝的车群，像一只消化不良的巨形食蚁兽。于是千贝百贝的嚣喊呼喝，真空管、汽笛、喇叭、引擎，不同的噪声自不同的喉中呕出吐出，符咒一般网住这城市。"（《伐桂的前夕》）现代工业社会的混乱、嘈杂，令人无处躲藏（实），而其中就隐含着对美的事物遭到毁灭的愤怒、哀伤与无奈（虚）。值得一提的是作家处理虚实关系手段的高妙，无论是因景而随机生情,还是因情而随意写景,既能虚不夺实,亦能实不夺虚。

虚实相济　摇曳生情

这一类笔法虚实相间,情理相生,虚虚实实,错落有致。

倘以眼见为实,联想为虚,那么《伐桂的前夕》中,开头"他在一块鼓形石上坐了下来"之后,对日式古屋"已经夷为平地"的描写则为实,而对16年的岁月流逝,生命轮回,新旧更替的回忆感叹则为虚;以眼前的缤缤纷纷的杜鹃、满溢清芬的月桂、挺拔的枫树为实,而对"15年前"那一段"激越而白热"的爱情回忆则为虚。倘以写物记事为实,写意抒情为虚,那么《伐桂的前夕》桂将被伐即为实,而抒写无根无依的乡愁则为虚。作家运用这种笔法时常常借助现实与回忆、联想与穿插、眼前与想象交替、景物与情意交融等多种手段,使文章明朗而不率直,含蓄而不费解。《四月,在古战场》由"熄了引擎,旋下左侧的玻璃窗"到"推开车门,跨出驾驶座"(实)开始,以"海藻的腥气"引出文葩关于美国的一些介绍(虚)。从"在一座巍然雕像前站定",接着正面描写塞吉维克少将雕像(实),从而引出无穷的联想与想象。而以"我自己的春天在哪里呢?"一句,引出对乡愁的抒写(虚),并由此想到周幽王的烽火、卢沟桥的烽火,想到李白辞白帝,杜甫下襄阳;想到"一双奇异的眼睛"从而引出对这双眼睛的主人——作者的夫人的描写(虚)。这样虚虚实实,翻覆变化,摇曳生情,真可谓锦心绣口,婉转情深。这种虚实相济的手法,在《轮转天下》中,也运用得相当妙。文章开头由实处入:"上星期三去澳门演讲,下午退潮时分,朋友带我沿着细叶榕垂荫的堤岸散步。正是端午前夕,满街的汽车匆匆,忽见榕荫低处,竟有青篷红架的三轮车三三两两,以我行我素的反潮流低速,悠然来去……"

由此引出对三轮时代的回忆,接着展开联想和想象,由最早的"实心眼儿"的轮子联想到"空了心"的独轮鸡公车,再想到"二轮车""三轮车""四轮车",以轮的进化过程暗示人类文明的进程,并串起一些记忆中的生活片断,虚中有实,实中有虚,虚实相济,情理相生。结尾一段尤显虚实掩映之妙,显出言近旨远,语约意丰的特点,文外见意,启人心智。

清唐彪《读书作文谱》说:"文章非实不足以阐明义理,非虚不足以摇曳生情,故虚实常相济也。"余光中的抒情散文因虚写而使形象具有了诗意美,又因实写而赋予形象以深厚的内蕴。虚实掩映,蕴藉深远,可谓文中上品。

(发表于《写作》2000年8月)

自然　生命　艺术
——余光中《梵高的向日葵》文本解读

余光中笔下有无数的历史人物，但最令他心动、心仪、心痛者当数梵高。

1990年，梵高逝世100周年，荷兰为这位艺术的"苦行僧"举办了规模甚大、展期甚长、设计甚精、筹备严谨的回顾大展。余光中携妻女前往荷兰，追吊了一个伟大的艺术灵魂，饱览了那些用梵高心血凝成的绘画杰作。而后，更怀着"追看悲剧续集"的心情，前往巴黎近郊——梵高临终前住过十个星期并终于落葬的奥维小镇临景凭吊。

之后，余光中一气写下了《破画欲出的淋漓元气》（1990年3月）、《梵高的向日葵》（1990年4月）、《莫惊醒金黄的鼾声》（1990年8月）和《壮丽的祭典》（1990年10月）等文。在这一系列散文中，除了介绍梵高的生平事迹、创作道路、绘画题材之外，还评析了梵高艺术作品的风格及其成就，而最动人的则是作者浸透于字里行间的对梵高的一腔痛惜之情、景仰之情。早在1954年，余光中就写过一篇《梵高——现代艺术的殉道者》，1981年12月，余光中作《巴黎看画记》长文，文中涉及印象派大师共14人，梵高当然也在其中。2003年7月，余光中《在两个寡妇的故事》中再次为苦命的梵高扼腕而叹。如此算来，余光中的散文涉及梵高者约7篇之多。

是什么使得作者如此一而再再而三地把宝贵的笔墨和时间挥洒在一个画家身上呢？

余光中说："我的梵高缘，早在女儿出世前就开始了。甚至早在婚前，就已在我存（余光中夫人名——本文作者注）那里初见梵高的画册。向日葵之类，第一眼就令人喜欢，但是其他作品，要从'逆眼'看到'顺眼'，再从'顺眼'看到'悦目'，最后甚至于'夺神'，却需经过自我教育的漫长历程。其结果，是自己美感价值的重新调整，并因此跨入现代艺术之门。于是我译起斯通的《梵高传》来。""我不断在译一本书，也在学习现代绘画，但更重要的是，在认识一个伟大的心灵"。所以"在我们早期的回忆里，梵高其人其画，都是不可缺少的一份。苦命的文生早已成为我家共同的朋友。"[1] 由此可见，余光中之于梵高，是从其艺术开始，进而其人，再到其心灵。当作者走进梵高的心灵时，被深深地震撼了："梵高是一个元气淋漓、赤心热肠的苦行僧，甘心过最困苦的生活，承受最大的压力，只为了把他对世人的忠忱与关切，喷洒在他一幅幅白热的画里，梵高一生有两大狂热：早年想做牧师，把使徒的福音传给劳苦的大众，却惨遭失败；后来想做画家，把具有宗教情操的生之体验传给观众。"[2] 于是，作者就有了"非陈诗何以展其义，非长歌何以骋其情"[3] 的创作冲动和激情。

比较余光中写梵高的其他散文，《梵高的向日葵》并非最出色的一篇，但却是篇幅比较短，主题比较集中，也是写得比较理性的一篇。文章追述了《向日葵》的身世，从梵高与向日葵结缘，到《向日葵》的创作过程，再到《向日葵》的遭遇，最后到《向日葵》的面世。揭示了《向日葵》的深层内蕴，更袒露了一个艺术家的伟大灵魂。

文章开篇,即以梵高的多幅名作为例,指出梵高作画的一个重要特点:画题雷同,因而每每使观众困惑。究竟是什么原因呢?作者分析说:"梵高是一位求变、求全的画家,面对一个题材,总要再三检讨,务必面面俱到,充分利用为止。"原来这是画家有意为之。这正是艺术家的创作态度,也正是梵高不朽的重要因素。最后一句,点出本文中心内容——梵高杰作《向日葵》。

梵高生于1853年3月30日,卒于1890年7月29日,一生只得匆匆37年,而其艺术生命仅10年。梵高这短短10年,创作油画800幅,素描900幅,其代表作举不胜举,其质其量都无愧于一个杰出的艺术家的称号。余光中在《破画欲出的淋漓元气——梵高逝世百周年祭》一文中,将这10年分为三个时期:

第一为荷兰时期(1881年4月至1886年1月),此时期为梵高的成长期,历时5年,代表作《食薯者》(1885年1月)等。

第二为巴黎时期(1886年2月至1888年2月),此为过渡期,为期2年,代表作《老唐基》《梨树花开》等。

第三为表现期,从1988年2月至1890年7月29日梵高去世。作者将此一时期分为三个阶段:第一阶段阿罗时期,1988年2月至1889年5月,为梵高创作的丰收时期;第二为圣瑞米时期,自1889年5月至1890年5月,是梵高间断发病期,代表作《星光夜》《鸢尾花》等;第三阶段为奥维时期,自1890年5月21日至1890年7月29日,代表作《奥维教堂》《嘉舍大夫》及最后的杰作《麦田群鸦》。

《向日葵》是梵高阿罗时期的代表作之一。

"阿罗是普罗旺斯的一座古镇,位于隆河三角洲的顶端,近于地中海岸,离马赛和塞尚的故乡艾克斯也不远。普罗旺斯的蓝空和烈日、澄澈的大气、明艳的四野,在使梵高亢奋不安,每天都要出门去猎美,欲将那一切响亮的五光十色一劳永逸地擒住。这是梵高的黄色时期：黄腾腾的日球，黄滚滚的麦浪，黄艳艳的向日葵，黄荧荧的烛光与灯晕，耀人眼睫"，梵高被深深地吸引住了，他甚至把"在拉马丁广场租来的房子"也"漆成了黄屋，然后对照着深邃的蓝空一起入画"[4]。《向日葵》一组12幅，十四五朵矮健而燃发的摘花，暖烘烘地密集在一只矮胖的陶瓶子里，死期迫近而犹生气盎然。除了绿茎、绿萼、绿蕊的对照之外，花、瓶、桌、壁，一切都是艳黄，从柠檬黄、土黄、金黄到橘黄。梵高将生命短暂的悲剧性与强悍性统一起来，所以他的向日葵尽管"死期迫近"却仍"生气盎然"。尤其在那些"绿色"和"黄色"的组合中透出音乐式的和谐，《向日葵》是一曲凝住了的暖调音乐，它传达出了向日葵的内部生命力度，由此可见梵高体悟生命之深透。

正如宗白华所说："人类在生活中所体验的境界与意义，有用逻辑的体系范围之、条理之，以表达出来的，这是科学与哲学。有在人生的实践行为或人格心灵的态度里表达出来的，这是道德与宗教。但也还有那在实践生活中体味万物的形象，天机活泼，深入'生命节奏的核心'，以自由和谐的形式，表达出人生最深的意趣，这就是'美'与'美术'。所以美与美术的特点是在'形式'、在'节奏'，而它所表现的是生命的内核，是生命内部最深的动，是至动而有生命的情调。"[5]

梵高如此地钟情于黄艳艳的向日葵，正是他生命的鼎盛时期，也是他艺术创作的全盛时期。生命力就是紧迫感。生命力愈是强大，它所受到压迫时所产生的反抗力和爆发力也愈是巨大。梵高在一年多时间里共创作200幅作品，论质论量，论生命律动的活力，都是惊人的丰收。梵高在投身宗教惨遭失败后，再投身于艺术。先经过荷兰5年的成长磨砺，再有巴黎两年的过渡调整，到这一时期，充沛的元气中滋养出旺盛的创作欲望，艺术生命焕发出灿烂光芒，他将对生命的深刻体验喷薄而成一片绚烂的世界，释放出蓬勃奔放的生命激情。

其实这个时期梵高不仅画鲜黄的向日葵,还画灿烂的果园,蓝得怕人的天空,亮得像花的星子,扭得像火的柏树,起伏如波涛的地面,转动如旋涡的太阳和云,都是艺术家强大生命力骚动不安、磅礴激荡的体现。按美学家们的说法,这应该是情绪巅峰体验的反映。这种体验一个最显著的特征就是当神思袭来,往往使生命主体尽情地把自己的生命向外发散,从而使人与宇宙万物产生一种新的生命因缘。观梵高的作品,就会感到在情绪的巅峰体验中,艺术家是怎样和宇宙交换着生命信息,又是怎样表现自己的生命形态和命运形态的。梵高将自己对理想的追求投射于他的画布上,让他的画面涂抹着生命的色彩,将生命渲染得鲜艳动人。同时,他又将一颗赤诚而炽热的心喷洒在画面上,使他的画充盈着一种生命的淋漓元气,勃发着一种沛然向上的生机,蟠蜿着生命内部最深的情调和律动。

梵高一生失业、失意、失恋、失友,短短37年就失去了最宝贵的生命。他对人热情而慷慨,常愿与人推心置腹,甘苦与共,然而除了弟弟之外,难得有人以赤诚相报。在同性朋友,尤其画友之间,他一直渴望能交到知己。定居阿罗之后,他再三力邀高更前往同住,从文中所引梵高写给弟弟的信,便可知梵高对高更的到来怀有怎样的热情。可是由于性情和画观相异,加上割耳事件的刺激,结果高更拂袖回去巴黎,梵高则住进精神病院。有人认为,追求和挫折可以换得深刻的聪明,人生和精神历程在经过痛苦的失落之后可以拥有刻骨铭心的内在富有。梵高的热情一次次燃起,又一次次被浇灭。但是他却在宇宙万物生命之中找到了寄托,将他对人类的赤心热肠倾注在他的艺术创作之中,留给后人那么暖烘烘的一个世界,昭示着那么灿烂的理想与未来。

荣格认为,真正的艺术具有永恒的意义,因为艺术作品本身就具有某种象征意蕴，一种超越作品表层的深层意义；另一方面，这种深刻的象征可能不为作品诞生的时代所理解，而只有人类意识发展到更高水平，只有时代精神更迭，才对我们揭示出它的意义。因此，真正的艺术作品是超越时代的，真正的艺术是常新的。荣格的这一观点正好用来诠释梵高的艺术创作，梵高的画在他生前无人买（仅售出一幅《红葡萄园》，为阿罗时期作品），他那些光华照人的向日葵，虽然从梵高写给其弟弟西奥的信中我们得知"高更非常喜欢"，但也未见高更如何赞赏。虽然在梵高离世前（1890年1月），有位名叫奥里叶的青年评论家曾在《法国水果杂志》上发表短文，称颂梵高的写实精神和对于自然与真理的热爱，但梵高的向日葵当时却知音寥寥。同年3月，在布鲁塞尔举办的"十二人展"上，梵高和他的向日葵还遭遇了屈辱。可是，当时代的脚步行进100年后，人们的审美观发生了戏剧性的变化，梵高的画无人买得起了。

　　不被社会接纳的梵高转而用整个生命拥抱自然，但是他却不喜欢郁金香而酷爱向日葵，因为向日葵具有泥土气与草根性，能代表农民精神——这正迎合了梵高亲近自然、体悟自然、扎根生活土壤的性情和默默承受苦难的精神。不仅如此，向日葵圆盘的形状，盛开时金黄的颜色，昂头扭颈、从早到晚追随太阳的习性以及多种语言的拼写都离不开"太阳"。这种金黄的色彩与追求光明的精神正与梵高盛年充沛的生命力和对光明理想的追求相吻合。再加上梵高的头发和胡髭全是红焦焦的，所以梵高作于1889年9月圣瑞米疯人院的那张自画像，络腮胡子与头发相连，甚至就像那向日葵纷披的花序。梵高对于向日葵的挚爱，也是对太阳的礼赞，同时也寄寓了他自己的人生形态，也是他历经沧桑之后对生命意义的吟味与确认。因此作者有理由认为，梵高画向日葵即画太阳，亦即自画——三位一体；自然、生命、艺术——三位一体。

除此之外，作者还引用了《尘世过客》中对梵高的向日葵的诠释，由梵高对太阳的珍视引申出他对上帝和慈母感恩的情怀，更丰富了"向日葵"的蕴含，拓展了《向日葵》的审美空间。文章至此，向日葵的象征意义就全部揭示出来了。

总之，这一组向日葵组成一个内在自足的境界，无待于外而自成一意义丰满的小宇宙，启示着宇宙人生不可言说的本质和真意。因此作者认为，梵高的向日葵不仅从审美心理和审美生理方面能给以人无比美好的享受。而其审美意义更是深远：一方面，它"象征了天真而充沛的生命"，另一方面，"向日葵苦追太阳的壮烈情操，有一种知其不可为而为之的志气"，给人一种悲剧的崇高感，一种奋发向上的力量。这种悲壮自然引起作者对夸父和伊卡瑞斯这两个神话人物的联想，夸父逐日我们熟悉，伊卡瑞斯是希腊神话中的夸父。其父乃雅典巧匠戴大勒斯，因弑侄获罪，带伊卡瑞斯亡命克里特岛，为国王迈诺斯建神牛迷宫，事成却被困宫中，于是父子以蜡粘巨翼于双肩，飞遁出岛，伊卡瑞斯豪气不羁,高翔近日,蜡融坠海而溺。[6]夸父与伊卡瑞斯虽各属中西神话，但其精神内核却是惊人的一致，即为追求光明理想不惜牺牲生命的壮烈情操——这正是梵高伟大之所在，也正是梵高的《向日葵》的永恒生命力之所在。

注释

[1]《壮丽的祭典》《余光中散文集》，时代文艺出版社，1997年版。
[2]《巴黎看画记》，同上。
[3] 钟嵘《诗品》。
[4]《巴黎看画记》，同上。

[5] 宗白华《论中西画法的渊源与基础》《艺境》，北京大学出版社，2000年版。
[6] 《一童子自天而降》，余光中作品集《青铜一梦》，九歌出版社，2005年版。

（发表于《名作欣赏》2006年11月）

无法乃为至法
——余光中评论研究

余光中自认为有些"以诗为文,以文为论"。的确,他不仅把诗歌的一些笔法引入散文,而且,他的文学评论文章说理明晰而且形象生动,达到哲学的思和美学的诗充分调和,所以他的评论是完全可以当作散文来读的。但是,我要强调的是,这并不是说余光中的评论就是散文了,而是他的评论文章摒弃了一般理论界写作评论文章的常规写法,而吸收了诸多散文技巧,使读者在接受智慧启迪的同时享受美的熏染。

青年学者江弱水曾在《余光中选集〈文学评论集·编后记〉》[1]中将余光中文学评论的特点归结为三:一是对象之多元,二是形式之多样,三是文字之多彩。这种概括是比较准确的。的确,余光中评论的范围甚广,除了评诗论文之外,还兼评小说、戏剧,还谈翻译,更将笔触探至艺术领域,比如,绘画和音乐。

一、就其评论的对象来看

余光中的评论明显倾向于诗歌,这当然与他长期写诗、教诗、译诗、编诗不无直接关系。在谈到他写这类评论的动机时,余光中曾说:"我写作评论的目的是为了配合创作,为创作开路,为创作的文类厘清界限。比如写诗,我就论诗该怎么写。什么是好诗,什么是坏诗。其实都是为了自己的写作开路。"他还说:"比如要写风景诗,就要重估古人写景的创作,看古人写到了什么程度。自己能否超越,要超越古人该怎么写。因此,我的评论又是创作的延伸。"由此看来,余光中的诗歌评论比重大就是很自然的了。

余光中的诗歌评论涉及的范围颇为广泛,几乎古今中外都有涉猎。古典的李贺,近代的龚自珍,现代的徐志摩、戴望舒,当代的洛夫、罗青,英美的叶慈、康明思、弗洛斯特等,都是他解读评论的对象。比如,评论中国诗人诗歌的有:收入《逍遥游》中的《象牙塔与白玉楼》,《分水岭》中的《徐志摩诗小论》,《青青边愁》中的《评戴望舒的诗》和《闻一多的三首诗》以及《用伤口唱歌的诗人——从〈午夜削梨〉看洛夫诗风之变》,收入《听听那冷雨》中的《新现代诗的起点——罗青的〈吃西瓜的方法〉读后》,其他还涉及吴望尧、黄用、瘂弦、罗门等人的诗歌。评论外国诗人的有:收入《望乡的牧神》中的《老得好漂亮——向大器晚成的叶慈致敬》和《艾略特的时代》以及《美国诗坛顽童康明思》,《左手的缪斯》中的《舞与舞者》,《分水岭》中的《枯涩的穷乡诗人——K.S汤默斯诗简述》。中外比较研究的有收入《余光中评论集》[2]中的5万字长论《龚自珍与雪莱》等。

右手写诗,左手成文的余光中除了写诗评外,也写散文评论。虽然为数不多,但影响却是不小。还记得1993年《名作欣赏》第二期"名作求疵"专栏曾转载余光中写于1977年的《论朱自清的散文》一文,因为当时大陆的中学生甚至不少知识分子还笼罩在那一片五四散文的"背影"里,他们的神龛上仍然供奉着冰心、朱自清等人。他们怎么能够容忍哪怕一点点地破坏他们的偶像呢?因此,这篇文章在大陆引起很大反响就是很自然的事了。先后有语文教师、中学生站出来愤然给予反驳。当然,同时也得到了很多读者与批评家的赞同,其余音至今犹在。余光中的散文评论涉及的作家不是太多,但论起来也是融合中外,兼及古今的。仅评论游记一类收入《从徐霞客到梵高》一集中,就有《杖底烟霞》《中国山水游记的感性》《中国山水游记的知性》及《论民初的游记》等四篇。

这一系列论文的主要贡献在于:

1. 梳理了中国山水游记的发展变化线索,更论及了柳宗元、苏轼、范成大、陆游、徐霞客、公安三袁、竟陵派、郁达夫、朱自清、季羡林等一大批古今著名散文家及其游记作品。在《杖底烟霞》一文中,余光中梳理了游记从产生到发展到成熟辉煌再落入平淡的历程。

首先,作者追溯了中国游记之源,指出人们游览的经历可能不同,但是"人与自然相对,而所见所感,发而为文,便成游记"却是一样的。从整个游记发展的历程中,确立了柳宗元为其奠基人及其游记作品《永州八记》"前承元结《右溪记》,后启宋明以降的游记"的地位。接着余光中指出,游记发展到宋代"才有恢弘的规模,不但议论纵横,而且在写景、状物、叙事各方面感性十足,表现出更为持久而且精细的观察力和想象力",且产生了一大批有影响的作家和有特色的游记作品,并以范成大的《吴船录》、王质的《游东林山水记》、陆游的六卷《入蜀记》等为例,来说明这一时期游记呈现出的主要特色。余光中认为,游记"大放异彩"还是在明末,这一时期无论"从大手笔的巨制《徐霞客游记》到真性情的山水小品,游记的天地愈益广阔,作者的阵容,除了徐宏祖(徐霞客本名)和公安的三袁、竟陵的钟惺、谭元春之外,还包括王思任、李流芳、张岱、钱谦益等",可谓阵容庞大。但其中集中国游记之大成者,余光中则认为"要推华山夏水的第一知己""烟霞半生"的徐霞客。接着余光中分析并总结了徐霞客作为旅行家的三点过人之处:第一是他的"文采高妙";第二是他的"学识广博";第三是他的"无畏精神"。这三个方面"使徐霞客成为中国游记文学的巨擘,更成为中国文化倾慕自然的象征"。游记到了清代,由于多方面的原因,渐渐落入平淡。多为"平易稳健",却不够"痛快淋漓",也少了"浪漫的激情"。虽有袁枚主抒性情,但和徐霞客相比,他也只能算"文士踏青"。

清代的游记状况如此,到了民国初年,游记就更不如清代了。在《论民初的游记》中,余光中分析了其中的原因,第一是工业时代生活的节奏加快,忙碌的人们没有了那份领略山水的逸兴闲情;虽然不少作家或东游,或西征,"不但长征万里,而且久客经年"。但由于快捷的交通方式,途中所见少而又草,不能像古人那样"从容欣赏"。看得不细,体验也就不深,笔下自然贫乏。第二个原因是"现代人的文笔不如古人"。一则是文学正处于大变革的历史时期:"早期新文学的白话文正是青黄不接,在作家笔下稚气未除,一般散文都欠精炼,游记当然也不例外。"再则科学的发达使得"再美的风景,再热闹的街市,都可以交给照相机去记录,不必像古人那样要写进文章画进图画里去,所以今人就懒得写什么游记了。"不去写又怎么求得发展呢?因此,民初游记不仅缺少理性的张力,而且语言也不纯。这里指出的两个原因,实际涉及了四个方面,但不管是生活节奏,还是交通方式,还是语言变革,还是科技发展,余光中都是把游记这种文学体裁的现状,放在时代背景上来作动态的考察的。因此,可以说他探到了游记创作衰退的病源。

2. 总结了中国山水游记的成就以及提供给后人的经验。

首先是中国山水游记对写景、叙事、抒情、议论四种笔法兼容并包。余光中认为:"写景多为静态,属于空间;叙事多为动态,属于时间。""景中无事,事中无景,都不够生动。"二者结合,方可收时空交错、动静互补之效。而抒情则为"物我交感"的作用,既可是"情因景生",也可是"境由心造"。"广义的抒情不应限于触景生情的情绪反应，还应该包括景由心造的自由想象。""至于议论，则是跳出主观的抒情，对经验分析并反省，把个别的经验归纳入常理常态，于是经验才有了意义，有了条理，乃成思考。""一流的抒情文往往见解过人，一流的议论文也往往笔带情感"，二者也常常融合在一起。

其次，中国山水游记有偏重于感性经验的，也有偏重于知性的。但真正一流的游记（比如《赤壁赋》）却能做到对感性与知性的充分调和，把敏锐的感官经验和知识、思考结合起来，甚至互相转化、互相渗透，以感性支撑知性，化知性为生动的意象。

3. 探讨了中国游记志在山水的深层的文化因素。

余光中的过人之处随处可见。在研究中国古代文学的过程中，他发现了游记有主流和支流之分。有的"以城市为主"，有的则以赶路为目的——这是游记支流。然而其主流却仍是"志在山水"。因此，他进一步探讨了这种现象的深层的"悠久的文化因素"。余光中将这种文化因素归纳为四个方面：

首先是"在教育上，中国人素信大自然对性情的陶冶移化之功"。并引孔子"知者乐水，仁者乐山。知者动，仁者静"之语，和"司马迁少时游踪遍天下，对他日后的治学著述极有益处"的事实，以及苏辙《上枢密韩太尉》中言游山川与人格文气的关系的一段话，来佐证名山大川之游，正是中国古代读书人的修身养性之要道。

其次在"政治上，读书人虽从儒家先忧后乐，以天下为己任，但在情操上却最推崇'功成而不居'的退隐人物"。余光中分析其中的具体原因：或因时局动荡而退隐江湖，或因宦游、赴任、迁调、贬谪等而有机会亲近自然。并以苏轼、柳宗元为例说明政治上的不幸玉成了他们的文学事业。

再次，余光中认为还有宗教上的原因。中国古代"释道二教深入人心,寺塔道观之类遍布风景区域,天下名山几被占尽,不但气氛幽静而神秘,僧侣之中更多异人,可以谈灭寂,说空有"——这正是古代文人所向往的境界,也就"难怪文人游迹不绝"了。更加上"山深路远之处,有了寺庙,方便歇脚,甚至可以投宿,僧人熟悉山中路径,又可以为客导游,所以游记之中处处都是衲影钟声"。可见宗教文化不仅增加了文人的游兴,更充实了游记的内容。

最后,余光中将其提高到哲学层面来考察。余光中认为"在哲学上,登临之际,面对广阔的空间,游目骋怀,最能超越小我的大患,冥冥中神往于绵亘的时间,或感千古兴亡,或叹宇宙不朽,总之都到了忘我之境"。正所谓人生不如意常十之八九,但当人们面对广阔的空间和绵亘的时间之时,"个体的生命刹那间泯化无迹,已汇入整体的大生命",归于造物了。

余光中专论当代散文家,除了朱自清外,著名的还有《亦秀亦豪的健笔——我看张晓风的散文》。[3]

除了诗歌、散文之外,余光中的评论还涉及小说、戏剧和绘画。小说评论有收入《青青边愁》中的《天机欲觑话棋王——张系国小说的新世界》和《从逃避到肯定——〈毕业典礼赏析〉》。艺术评论有收入《凭一张地图》中的绘画评论《巴黎看画记》《破画欲出的淋漓元气》、收入《听听那冷雨》中的《云开见月——初论刘国松的艺术》以及收入《左手的缪斯》中的《无鞍骑士颂——五月美展短评》等多篇。

余光中还将评论的笔触延伸至音乐及翻译。余光中的评论还有一类很特殊,那就是为别人的诗文、小说、翻译等集子所写的序言,这一类随着余光中年龄增长、名气增大,在他的评论中所占比例也越来越重。音乐评论著名的有《论琼·拜斯——〈听,这一窝夜莺〉之一》《论久迪·柯玲丝——〈听,这一窝夜莺〉

之二》等多篇,收录在余光中散文集《听听那冷雨》等多部文集中。

余光中的评论文章,除了收入《掌上雨》(1964年)、《分水岭上》(1981年)、《从徐霞客到梵高》(1994年),其余有一些散见于《左手的缪斯》《听听那冷雨》《青青边愁》《蓝墨水的下游》等多部文集。

二、就其理论建构来看

余光中对文学评论的贡献如果仅限于他自己的评论文本,其意义可能没有这么重大。他在文学评论界的价值,还因为他对文学评论有很多真知灼见是前无古人,后无来者的(至少目前还没有)。他在《十二文集——散文选集自序》中,从散文的功能入手,阐述了自己的散文观。文章最后,重点地谈到了评论。

"至于评论,我确也写过不少,长者辄逾万言,甚至达三五万言。可是我的评论文字在有意无意之间避过了正规的学术论文:一来因为我不喜欢削作品之足以适理论之履,尤其不相信什么金科玉律,就算是目前最流行的,能够诠释所有的现象;二来因为我认为高明的评论在于真知灼见,而不在于引经据典,文末加注,术语繁多,并附原文;三来因为我认为,评论既为文章,就应该写得像一篇文章。如果评论家自己的文章都不够顺畅,更遑论文采生动,我们又怎能相信他评断别人的眼光?"

"我这一生,写诗虽逾七百,但我的诗不尽在诗里,因为有一部分已化入散文里了。同样地,所写散文虽逾百篇,但我的散文也不尽在散文里,因为一部分已化入评论里了。说到更武断些,我竟然有点以诗为文,而且以文为论。在写评论的时候,我总不甘寂寞,喜欢在说理之外驰骋一点想象,解放一点情怀,多给读者一点东西;因为文学评论正如文学翻译,是艺术而非科学。这样的做法当然并非刻意,而是性情如此。我不信评论文章只许维持学究气,不许流露真性情。"

余光中的理论大多是其写作实践的产物,以上观点也不例外。作者从自己写评论的过程中归纳出颇具个性然而又具有普遍指导意义的经验和观点,是值得我们重视的。

第一,他认为文学评论应该从作家作品的实际出发,既不被所谓"金科玉律"所束缚,也不能赶时髦,生搬硬套当前流行的理论。

第二,他认为真正的评论的价值在于自己的"真知灼见",而不是玩什么花样,比如"引经据典,文末加注,术语繁多,并附原文"。

既然评论也是文章,就要具有文章的基本特点,不仅通顺流畅,还要有文采要生动。

1993年,评论集《从徐霞客到梵高》出版之际,余光中就在其《自序》中又一次阐述了他对评论家及评论文章的观点。他说:

"其实,每一位作家的文体、风格,就是他不落言诠然而身体力行的文体观、风格论。我说'每一位作家',连评论家也不例外。天经地义,作家就是文字的艺术家,对待文字正如画家之于色彩,音乐家之于节拍,要有热爱,更需功力。我必须强调,评论家也是一种作家,所以也是一种艺术家,而非科学家。对于艺术,他没有豁免权。他既有评判别人文字艺术的权利,也应该有维护本身文字艺术的义务。说得更清楚些,评论家笔下的文章如果不够出色,甚至有欠清通,那他进入文坛的身份就可疑了。遗憾的是,时下颇有一些批评家与理论家,在西方泛科学的幻觉之下,以求真自命。而无意也无力求美,致其文章支离破碎,木然无趣,虽然撑了术语和原文的拐杖,仍然不良于行。"

这段文字中,余光中用了严密的逻辑推理。首先强调评论家也是作家,指出作家是文字的艺术家,所以评论家也是艺术家而

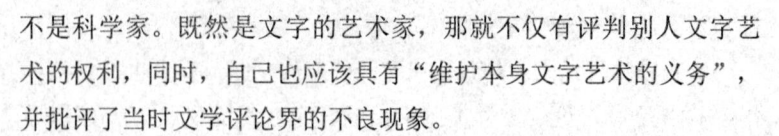

不是科学家。既然是文字的艺术家,那就不仅有评判别人文字艺术的权利,同时,自己也应该具有"维护本身文字艺术的义务",并批评了当时文学评论界的不良现象。

那么,怎样才能成为令人满意的评论家呢?

余光中指出:"我认为一位令人满意的评论家,最好能具备这样几个美德:首先是言之有物,但不能是他人之物,尤其不可将西方的当今理论硬套在本土的现实上来。其次是条理井然,只要把道理说清楚就可以了,不必过分旁征博引,穿凿附会。甚至不厌其烦,有如解答习题一般,一路演算下来。再次就是文采斐然,不是写得花花绿绿,滥情多感,而是文笔在畅达之中时见警策,知性之中流露感性,遣词用字,生动自然,若更佐以比喻,就更觉灵活可喜了。最后是情趣盎然,这当然也与文采有关。一篇上乘的评论文章,也是心境清明、情怀饱满的产物,虽然旨在说理,毕竟不是科学报告,因为他探讨的本是人性而非物理,犯不着脸色紧绷,口吻冷峻。"

由以上言论,我们可以了解余光中对于做个"令人满意的评论家"和写出色的评论文章有何主张:

第一,要从实际出发。

这种实际指的是作家本人、作品本身以及作家生活和作品产生的时代背景。

按理说,余光中受西方文化思潮的影响是很深的,他频繁地接触并且接受了西方的这主义那主义,包括目前最流行的"能够诠释所有现象"的理论,但是他竟然"不相信什么金科玉律",而且他在写作评论文章时还"在有意无意之间避过了正规的学术论文"。因为他相信理论是从实践而来,又为现实服务的。所以,如果那些西方的理论不能指导我们诠释本土的现实,或是文学思潮、文艺现象,更不能诠释具体的作家及作品时,他坚持从实际出发，绝不削作品之足来适理论之履。

第二，要有自己的真知灼见。

评论家要对作家作品作出评价，仅仅靠"引经据典"或者靠一些新鲜的术语来支撑是不够的。他必须读通原文，读懂原文。了解作家及其生活的背景，才能探到作品的核心，得出正确的透彻的见解。当然，这中间还应该有评论家自己的学识和才情。余光中的一系列评论文本真正做到了极少（除非很必要）"引经据典"，也很少新鲜的术语，即使是他介绍西方现代艺术的文章也力图清新自然，绝不靠术语支撑，更少篇末加注。而见解也往往是一语中的，恰中肯綮，绝不人云亦云。

第三，评论家首先应该是作家。

余光中的革新、创新精神不仅表现在他的诗歌与散文创作中，也同样充分地体现在他的这些理论和评论文本中。的确，一个富有创新精神的人，无论在什么领域都会表现出其独特性来。把诗歌的写法引进散文的创作，而又不失散文本真，是余光中散文的特色。同样，把散文的笔法引进评论的写作又不失评论之体制，是余光中对中国古代文论传统的继承和发扬，也是他对当代评论界的反叛，更是他对当代评论界的贡献。

第四，文章不仅求真，还要求美。

当然，评论文章不是美文，它有自己的特点。它要求对象具体，态度科学，实事求是。

所以，"求真"是其前提，但评论也是文章，是给人读的，既然是给人读的，那就应该具有一定的可读性，也就是给读者一定的美感。这也是余光中将哲学的思和美学的诗和谐统一的又一见证。

当然，这番言论、主张是出自余光中之口，倘若是别的什么人说出来，即使不招来批判，也不会有人买账。今天的学术界所重视的恰恰是"引经据典,文末加注",甚至术语越新越多就认为是越有"学问"。有的连文题也严加限制,如用"探赏"之类的字眼只能算是赏析文章,不能算评论。可是余光中自己是诗人、作家、评论家,正如他自己所说:"我的批评就像名将讨论军事,不是军事家纸上谈兵,我自己有'作战'经验。"理论从实践经验中来,正如他的评论主张来自他写评论的实践,而他的评论文章也的确给评论界带来了一股清新的空气,尤其是大陆评论界。

余光中凭着自己冷静的哲学思辨与对事物本质的深刻认识,阐述了理论与实际的关系,并指出了当理论与实际发生矛盾之时,评论家应该采取的态度,提出了鲜明的主张,具体来说,有以下几个方面:

A. 言之有物

余光中倡导的"言之有物",明显带有中国传统文化的色彩。中国古典文论历来就把"言有序"和"言有物"当作评判文章的两项标准。但余光中在今天再次提出来,却有重要的现实意义。他是针对那些将西方当代理论奉为圣经、并硬套在本土的现实之上的现象而提出来的,并指出这里的"物"不能是他人之物,而应该是论者对作家、作品解读之后所得到的独特体会、独特评价。综观余光中20世纪80年代初所写的关于中国山水游记的一组评论文章,处处从作家、作品的现实出发,见解超卓,堪称典范。

B. 言之有序

与"言之有物"一样,条理井然(言之有序)也属于传统文论对文章的另一大要求。如果说"言有物"是就文章的内容而言的话,那么"言有序"则是就文章的形式提出的要求。这一点体现了作者逻辑思维的功力以及"以文为论"而又不失论之体制的重要一面。既然是说理,当然就要运用分析、归纳、推理判断等逻辑思辨能力，使文章层层逼近，环环相扣，道理自然彰显。而不应该去靠旁征博引来炫人眼目，也不必穿凿附会做微言大义的索引，更不能如解答数学习题一般一路"因为""所以"的演算下来，而应该如散文一样，讲究结构、层次、繁简的安排。

C. 文采斐然

其实这一点同样来自余光中对中国古典文化传统的继承。中国古代文论多是文采斐然的典范。中国古代文论虽然给人以残篇断简之感，但其内部却有一根支柱支撑着，时断时续地一脉相承，尤其在其写法上讲究形象性、生动性，比喻手法更是频繁运用。从《论语》到《典论·论文》到《文心雕龙》到《人间词话》，无一不是文采郁勃之作。但是，文学评论发展到现当代，逐渐地走上了一条纯理性的路子，评论家已经习惯于"脸色紧绷，口吻冷峻"了。如果有谁在评论文章里用一两个比喻或者偶尔用上几个形容词，这样的文章就会被判为"不合要求"，更不用说形象生动了。评论文章中必须用到新近流行的术语，还要引用西方某哲学家的原文，而且越多越好。不管你是否真正解读了作家作品，不管你是否已经读懂，更不管那些理论之履是否适合这作家、作品之足。今天，我们的评论界自己已经筑起了如此坚固的藩篱，所以我们的评论文章越来越缺少个性。因此，余光中的这一主张很值得理论家们思考。

但是，余光中虽然主张评论文章要写得"文采斐然"，却反对写得"花花绿绿"，堆砌辞藻。虽然倡导"驰骋一点想象"，流露一些真性情，但同时他也反对滥感多情，提倡"文笔在畅达之中时见警策，知性之中流露感性，遣词造句，生动自然"。更"佐以比喻"，达到"灵活可喜"的效果。这一主张对评论界是颇具挑战性的，并由此带出了另一主张。

D. 情趣盎然

余光中提倡评论文章要写得"情趣盎然",反对"木然无趣",并且认为这一要求应该依附在"文采斐然"之上。当然,这并不是说,有了"文采"就有了"情趣",而是强调"情趣"是在"文采"之上的更高层次的要求。但是,评论文章中的情、趣应该和理结合在一起,才不致沦为轻佻,给人美的享受。这一点与当代评论界的主张也是相去甚远的。

三、就其写作实践来看

评论文章的文、理、情、趣正是余光中打破文类的藩篱,取中国古代文论之长而舍去其短所创造出来的新型文类。为了方便读者比较全面地了解学贯中西的余光中是如何在评论文章中表现出他的博学与天才的(即江弱水所谓"形式之多样,文笔之多采"),容笔者从他诸多评论文本中选取有代表性的几篇,予以评析。

评论外国诗人的,以《美国诗坛顽童康明思》为代表,选自《左手的缪斯》;当代散文评论以《亦秀亦豪的健笔——我看张晓风的散文》,选自《分水岭上》;艺术评论以《云开见月——初论刘国松的艺术》为代表,选自《听听那冷雨》。[4]

(一)《美国诗坛顽童康明思》(《左手的缪斯》)

描写生动,比喻形象具体,语言畅达,情感饱满,使这篇评论文章呈现出清新可喜的风格。层次井然,逻辑严密,分析深刻独到,又使这篇评论文章呈现出浓厚的理性色彩。

首先,从文题来看,作者把康明思比喻成一个诗坛的顽皮的孩子。所谓"顽童",行为当然是不合成人的规范了。作为诗坛的"顽童"他打破了一些成人世界(指诗歌创作)所固有的行为法则,但是孩子终归是要长大的,长大了就得遵循成人世界的行为法则。可是，康明思却是永远也长不大的忧郁而伤感的顽皮孩子。"顽童"一词本身就概括了康明思诗歌的主要特色，也总领了全文，文章就围绕"顽童"一词来展开。

"爵士时代的几个代言人，现在都死得差不多了。海明威是一个。格希文（George Gershwin）是一个。詹姆斯·狄恩是一个。现在轮到了康明思。这些人，有一个共同的特点，有一副满是矛盾的性格——他们都是看起来洒脱，但很伤感，都有几分浪子的味道，都满不在乎似的，神经兮兮的，落落寡合的，而且呢，都出奇的忧郁，忧郁得令人传染。"

康明思、海明威、格希文（George Gershwin）、詹姆斯·狄恩同属于爵士时代杰出的代表。

作者在评价"爵士时代"的这几个代言人时，虽然用的是描写的笔调，但却是基于对他们共同特点（矛盾性格）的理性概括："他们都是看起来洒脱，但很伤感，都有几分浪子的味道，都满不在乎似的，神经兮兮的，落落寡合的，而且呢，都出奇的忧郁，忧郁得令人传染"，短短几十字，其矛盾性格跃然纸上。更为可贵的是其笔触涉及海明威、格希文、詹姆斯·狄思。顺便提一句，余光中很擅长这种左右逢源之术，下文中的艾略特与狄伦·汤默斯及小说家乔伊斯和评论家史泰茵都是这么顺手带出来的。这种左右逢源术看起来似乎漫不经意，实则是匠心独运的。如上文提到的海明威等人，作者意在暗示康明思所受的时代及文化环境、文学思潮的影响。让读者略感遗憾的，是作者并没有怎样展示康明思生活的时代环境，但读者有时却需要这种评论具有一种历史的纵深感。当然，这并非说该文不深刻，而是觉得读者的阅读要求没有得到充分的满足。

在对康明思与艾略特的比较中，作者只用两个成语就非常准确地概括了二者的区别。与"永远长不大"的"顽童"康明思比较起来,"永远没有年轻过"的艾略特是"未老先衰""老气横秋",二人风格迥异。只有现代诗王子汤默斯可与"顽童"一比,然而,二者风格仍有差异,作者用"豪放"与"飘逸"、"深厚"与"尖新"对举,充分说明了一个本是青年诗人,一个的年轻却不在年龄,而是"看年轻,经老",所以,二者不同。接着,作者用"汤默斯像刀意饱酣的版画,康明思像线条伶俐的几何图形"两个比喻形象具体地说明了二者风格的迥异。行文至此,作者似乎还没有全面概括康明思诗歌的特色。所以,作者用现代雕塑家柯德尔与现代诗人康明思来比较,"批评家曾把现代雕塑的柯德尔(Alexander Calder)来比拟现代诗的康明思。柯德尔那种心机玲珑的活动雕塑(mobiles)也确有点像康明思的富于弹性的精巧诗句,两者都是七宝楼台,五云掩映,耐人赏玩"。终于为读者在柯德尔"心机玲珑的活动雕塑"和康明思"富于弹性的精巧的诗句"之间找到了相通之点:"两者都是七宝楼台,五云掩映,耐人赏玩。"作者将康明思放在西方现代艺术的大背景上,多方比较,不仅使读者了解现代诗人的许多风格,更重要的是初步了解康明思与众诗人的异同。这段文字,感性饱满而又理性充足,二者结合得天然无痕。尤其是作者将现代雕塑的柯德尔和现代诗的康明思进行比较,顺手拈来又深含用意。因为下文就要介绍作为现代诗人的康明思同时也是一位现代艺术家,是"诗画两栖的天才",并且是从一名现代画家开始的。

"多才的康明思曾经出版过一册很绝的画集,叫作CIOPW。原来这五个大写字母正代表集中的五种作品——C代表炭笔画(Charcoal),I代表钢笔画(Ink),O代表油画(Oil),P代表铅笔画(Pencil),W代表水彩画(Watercolor)。兼为画家的康明思,他的诗之受到现代画的影响,是必然的。现代艺术最重要的运动之一,毕加索和布拉克倡导的立体主义,将一切物体分解为最基本的几何图形,在同一平面上加以艺术的重新组合,使它们成为新的现实。这种艺术形式的革命,在现代诗中,经阿波里奈尔的努力,传给了美国的麦克利希、雷克斯勒斯(Rexroth)和康明思。在现代诗中'立体主义'指各殊的意象和叙述,以貌若混乱而实经思考的方式,呈现于读者之前,使其成为一篇连贯的作品。诗人运用这种方式,将经验分解为许多元素而重新组合之,正如画家将物体分解一样。"

因此,这样一位卓有成就的现代画家,他的诗深受现代画的影响也就可想而知了。但是,现代绘画与现代诗虽然同属于艺术,然而,它们毕竟是不同的两种艺术门类。绘画是将画家的思想情感诉诸色彩和线条,当然还有光和影,而诗歌则是诉诸语言的。所以,康明思将现代绘画的艺术运用到现代诗的创作中,就需要做大胆的探索和创新。

接着,作者指出康明思将现代绘画的技巧运用到现代诗中的大胆创新,主要是将诗的外在形式立体化。余光中喻之为"排版术的风景画家"(typographical landscape painter)、"文字的走索者"(verbal acrobat),并交代这就是作者称之为"顽童"的原因。然后,作者具体评析了康明思诗歌外在形式立体化的具体表现:首先是他把英文里只能大写的"我"即 I 写成 i;其次是对立体主义技巧更为大胆地运用,他将文字的拼法自由地组合或分解,使文字担负新的美感使命,而加强文字的表现力和弹性。余光中用几个例子来说明这一创新,比如,他把神枪手连发五弹写成 onetwothreefourfive 等,还有"在《春天像一只也许的手》(Spring is like a perhaps hand)中。他将同样的字句,时而置于括弧之外,时而一行排尽,时而拆为两行,时而略加变更次序,造成一个变动不已的效果,令人想起立体主义绘画中的阴阳交叠之趣"。不仅如此,康明思还"往往打破文法的惯例和标点的规则,以增进表现的力量。他往往变易文字的词类"。文章中作者原文引用了代表康明思这方面创造的诗歌《或人住在一个很那个的镇上》(Anyone lived in a pretty how town)中的一节，并作了评析。为使读者比较具体了解康明思的诗歌和余光中的评论技巧，下面引用这段原文：

> anyone lived in a pretty how town
> (with up so floating many bells down)
> spring summer autumn winter
> he sang his didn't and he danced his did.
>
> Women and men (both little and small)
> Cared for anyone not at all
> They sowed their isn't they reaped their same
> Sun moon stars rain

此处的"或人"(anyone)当然可以视为任何小镇上的小人物。"春夏秋冬"连在一起，当然是指"一年到头"的意思。"他唱他的不曾，他舞他的曾经"，是非常有意思的创造。"不曾"令人难忘，故唱之；"曾经"令人自豪，故舞之。而此地的"不曾"和"曾经"在英文文法中，原来都是助动词，但均被用作名词，就加倍耐人寻味，且因挣脱文法的缰锁，而给人一种自由、新鲜的感觉。第二段中的isn't也是同工的异曲。"日月星雨"应该是指"无论昼夜或晴雨"。全诗一共九段，给人的感觉是淡淡的悲哀和空寂，因为一切都是抽象的。

余光中的分析说明了康明思诗歌的这种怪异的形式是为其内容的表现服务，而不是为形式而形式的，就像他在这一节诗中对乔伊斯和史泰茵小说中意识流技巧的运用一样。接着,作者分析说:"with up so floating many bells down一行,实际上只是意识流的排列次序,正规的散文次序应该是with so many bells floating up (and) down。可是前者远比后者能够表现铃铛上下浮动时那种错综迷乱的味道。"

作为艺术家的康明思除了写诗、绘画之外,还写剧本。但那不是本文论述的范围,所以一笔掠过。

基于以上分析,余光中再把康明思的诗歌放在现代社会的背景上来认识评价,"康明思的诗所以能那么吸引读者,是由于他那种特殊而天真的个人主义,和他那种独创的崭新的表现方式。前者使他勇于强调个人的自由与尊贵,到了童稚可爱的程度。在僵硬了的现代社会中,这种作风尤其受到个别读者的热烈欢迎"。

然后作者用一定的篇幅、以欣赏而抒情的笔触评析了康明思的抒情诗。文章描写道:"精美柔丽,轻若夏日空中的游丝,巧若精灵设计的建筑,真是裁云缝雾,无中生有,匪夷所思。"比喻新颖精致,句式整齐中有变化,节奏和谐明快。接下来的分析评价,感性中有知性的支撑,句式长短参差,语言活泼可喜。"春天和爱情是这类诗中的两大主题。春天死了,还有春天。情人死了,还有情人。歌颂春天和爱情的诗,其感染性普遍而持久,所以能令外国读者和后世读者也怦然心动。"这几句话言约意丰,蕴含了深厚的宇宙与人生哲学的内容。正是这种客观世界的"变"与"不变"的和谐统一——永远的春天与永远的情人,才有永远的诗人与永远的读者(诗人能"永远"么?读者能"永远"么?)。

正如海德格尔所说:"艺术的本性是诗。而诗的本性却是真理的建立。""真理,作为所是的澄明和遮蔽,在被创造中产生,如同诗人创造诗歌。所有的艺术作为让所是的真理出现的产生,在本质上是诗意的。艺术的本性,即艺术品和艺术家所依靠的,在真理的自身摄入作品。"[5]在这里，海氏对"真理"的界定和阐释与传统概念之间存在着一定的差异。但是，他却以独特的运思，昭示了如此"真理"，即诗与哲学是相通的精神话语，思辨与想象属于本质上同一、形式上略有区别的精神活动。在海氏这一理论意义上，我们解读余光中的评论文本或许会产生较深的领悟。接着作者从审美感受的角度描写了康明思情诗的特点。"康明思的情诗写起来飘飘然，翩翩然，轻似无力，细似无痕，透明而且抽象，可是，真奇怪，却能直扣心灵，感染性非常强烈。"康明思在"缤纷的外貌"下所隐藏的是"纯净如水透明如玻璃"的天才，因此，他的诗歌如"七宝楼台，五云掩映"，耀人眼目。但是，真正的读者却能"透过奇特的形式，透过那一些排版术上的怪癖，透过那些令浅尝辄止的读者们望而却步的现代风貌"，发现"尽管康明思是现代诗最出风头的前卫作家之一，他的本质仍是传统的、浪漫的，几乎到伤感的程度"。

文章的结尾，则更像是抒情散文而非评论了。诗意的思，诗意的言说，是这篇评论的主要特色。

然而，这又是一篇地地道道的评论文章。作者在介绍了康明思的生平，分析了作为现代画家的康明思与作为天才诗人的康明思的相互影响之后，接着评论了康明思在诗歌外在形式上将毕加索和布拉克的立体主义技巧大胆引进和创新，在诗歌表现手法上，康明思还学习乔伊斯和史泰茵小说的意识流技巧，而且取得了成功。然后指出了康明思诗歌的分类以及康明思在诗坛的地位和对后世的影响等等。环环相扣，层次井然，充分体现了理性思维的逻辑过程。其中，康明思诗歌外在形式上的创新是作为"顽童"诗人康明思诗歌的最主要的标志，所以，作者不仅分析了其形式"立体化"的具体表现，并评价了其审美作用及效果。而康明思的讽刺诗因为地域性强、针对性强则忽略不计。尤其文章最后总结康明思在现代文学史上的地位和影响的部分:"康明思的追随者虽多,他毕竟不是现代诗的主流。他不是一个深刻的思想家,他的接触面颇有限制,他的分量也不够重,可是他那天真可喜的个人主义,他那多彩多姿万花筒式的表现技巧,和他那种至精至纯的抒情风味,使他成为现代诗中一条美丽活泼的支流。读者翻开叶芝和艾略特的诗集,为了寻找智慧和深思,但是他为了喜悦和享受,翻开康明思的作品,就像他为了喜悦和享受,去凝望杜菲和米罗的画一样。康明思也有一些过分做作以至于沦为字谜的试验品,可是一位诗人,一生只要留下一两打完美无憾的杰作,也就够了。"这都充分体现了一位评论家敏锐的学者眼光和深刻的逻辑思辨能力。

(二)《亦秀亦豪的健笔——我看张晓风的散文》(《分水岭上》)

一气呵成,一语中的,点到即止,是这篇评论文章给读者的第一印象。

从台湾文坛的实际出发,从作家作品的实际出发,绝不无端地支西方理论之拐,更不旁征博引,穿凿附会,是这篇评论给予读者的第二印象。

本文的开头,将台湾30年来的散文作家按年龄和风格作了大致的分类,并指出相互间的传承和蜕变。其中蜕变以第三代最为典型,接着作者分析了造成这种突破的真正缘由,除了年龄因素外,接受西方现代文艺洗礼是其真正的原因。因此,就带来了这一代散文家在语言运用和题材选择的创新以及表现手法上对其他艺术门类的吸收和借鉴。由此自然引出本文的评论对象。

正如余光中评价张晓风一样:"晓风的笔触,无论是写景、状物、对话或叙事,都是快攻的经济手法,务求在数招之内见功,很少细针密线的工笔。"这篇评论的笔法与被评对象的手法十分协调,也是一种"快攻"的"经济手法"。所以文章极少对作品条分缕析,往往点到即止。就是对张晓风散文特色的概括,虽然条理井然,也绝不展开,但是又能一语中的。因为余光中自己是诗人、散文家,自己有创作经验,用行家的眼光来品评,就更显出其得心应手,也更加准确。

比如,评论张晓风的散文《半局》的一段:"尤其是《半局》一篇,墨饱笔酣,六千字一气呵成,其中人物杜公的意态呼之欲出,不但是晓风个人的杰作,也是近年来散文的妙品。我甚至认为,《半局》的老到恣肆之处,鲁迅也不过如此。"这段文字中,作者是把原作放在当前整个文坛的背景上,做纵横的比较之后,所作的公允评价。从作者对原作中的一段精彩引文来看,这样的评语绝非出于一己之私,而是很客观、很公允的评价。所以作者具体点评了这段文字。"短短的一段文字里,从历史的徒劳到人生的空虚,从作者的伤感到杜公的豁达,几番转折,真是方寸之间有波澜。"智者的眼光,诗人的心灵,行家的笔触,这已经超越了一般的评论文章的界限,而获得了一种深刻的哲学意蕴。不是"数招见功",而是"一招见功"了。

在谈到晓风的散文《你还没有爱过》时,因为"爱"的内容很宽泛,所以作者首先解释了这个"爱":"此地所谓的爱,是国家民族的大我之爱。"仅一句话,就暗示了作品的脉络。接着,余光中用描写的语言介绍了这篇散文的创作背景:作者在贵阳街国军历史文物馆里,吊古低回,感奋于民初青年慷慨报国的忠义精神。她一面瞻仰早期军校朴拙而庄严的同学录,一面从那些古色古香的通信地址去揣摩那些相中人物乡镇的情景,领着读者作纸上的故国神游:

郭孝言　年十九　镇江城内小市口杜宅后院
章　甫　年二十三　湖南永州老县门章吉祥药号交
李亚丹　年二十二　湖南岳州桃林喻义兴宝号转旧屋李家

就这么几十个简单而落实的地址，便激发了作者无穷的乡国之思，同胞之爱，引爆了她光华四射的想象。这些古色斑斓、胆气照人的名录，具体可握如历史的把手，作者逐条加上自己的按语，就像实地低回时心中起伏波动的意识流，虚实相激相荡，真是善作安排。"这样的点评，从创作的缘由到构思的过程，从作品的内容到所用之手法再到审美效果，可谓"招招见功"了。

尤其让读者觉得过瘾的，是这篇评论文章给读者一气呵成之感，这不仅与文章的经济手法有关，更来自文章的气势。我们注意到，在这篇评论中，作者调动了多种语言形式。但是却极少运用比喻。那种语势主要来自文中所使用的排比手法和整散交错、长短参差的句式，因此，文章节奏明快，气韵流畅。

"13年后回顾晓风在散文上的成就，比起当日来，自又丰收得多。再度综览她这方面的作品，欣赏之余，可以归纳出如下的几个特色：第一，晓风成名于60年代的中期，那时正是台湾文坛西化的高潮，她的作品却能够免于一般西化的时尚，既不乱叹人生的虚无，也不沉溺文字的晦涩；第二，她出身于中文系，却不自囿于所谓'旧文学'，写起文章来，既少饾饤其表的四字成语或经典名言，也无以退为进、以酸为雅的谦虚作态。相反地，她对于西方文学颇留意吸收，在剧本的创作上尤其如此。读她的散文，实在看不出是昧于西洋文学的作家所写；第三，她是女作家，却能够摆脱许多女作家，尤其是一些散文女作家常有的那种闺秀气，其实从《十月的阳光》起，她的散文往往倒有一股勃然不磨的英伟之气。她的文笔原就无意于妩媚，更不可能走向纤弱，相反地，她的文气之旺,笔锋之健,转折之快,比起一些阳刚型的男作家来,也毫不减色;第四,一般的所谓散文家,无论性别为何,笔下的题材常有日趋狭窄之病,不是耽于山水之写景,就是囿于家事之琐细,旧闻之陈腐,酬酢之空虚,旅游之肤浅,久之也就难以为继。晓风的散文近年在题材上颇见拓展,近将出版的《你还没有爱过》一书可以印证她的精神领域如何开阔。在风格上,晓风能用知性来提升感性,在视野上,她能把小我拓展到大我,乃能成为有分量有地位的一流散文家。"

  这一段在评价张晓风散文特色,原是十分理性的概括,从张晓风成名的背景,到她所受的教育到作家的性别、影响,再到作家笔下的题材,最后论及作家的风格、地位,条分缕析,足以体现一位评论家的理性。然而,这段文字却绝无枯燥干瘪之感,这完全得力于灵活的语言形式。文中运用了"既不……也不……""既少……也无……""原就……更不……""不是……就是……"这类结构大致相同的前后呼应的复句形式,而这几种在整体上给人一种整齐的美感,一种畅达、淋漓的气势,但是,于整齐中又有细小的变化,因而不呆板。如果说这类句式的排比形式还不够明显的话,那么像"家事之琐细,旧闻之陈腐,酬酢之空虚,旅游之肤浅""文气之旺,笔锋之健,转折之快"就是非常典型的排比句式了。除此之外,这段文字中,句式的整散交错,长短参差也是一大特色。如"乱叹人生之虚无,沉溺文字的晦涩""饾饤其表""以退为进,以酸为雅"这一类音节整齐的句子或词语夹在散句中间,形成一种音节上的参差美感。因此,这段理性十足的评论中包含了饱满的感性,且音韵和谐。苏珊·朗格认为,生命形式具有统一性、运动性、节奏性和生长性,而这些都可以在艺术之中找到。[6]余光中的评论和他的散文一样,明显地体现了生命形式与艺术形式相互应和的倾向,蓬勃的生命活力在文本里潜在地转换为一种气势和节奏，无疑，这种特色已超出了当代评论的艺术眼界。

以上仅就文中的一段而论，如就其全篇来看，这些特点也很突出。比如，评论《半局》和《看松》的一部分：

"几篇写人物的散文之中，我认为味道最浓、笔意最醇的是《半局》和《看松》。这两篇当然不是传记，而是作者一鳞半爪的切身感受和亲眼印象，却安排得恰到好处，具有传神之功。也许晓风和文中的两位人物——一位是她的系主任，一位是同事——相知较深，所以往事历历，随手拈来，皆成妙谛，比起其他人物的写照来，更见突出。我认为这种散闻轶事串成的人物剪影，形象生动，意味隽永，是介于《史记》列传和《世说新语》之间的笔法……《半局》的题目就取得好，而尤见功力的，是文中的感情几经变化，那样'半忘年交'的友谊，戏谑中有尊敬，低回中有豪情，疏淡中寓知己，读来真是令人'五内翻涌'。"

在散句中杂以"戏谑中有尊敬，低回中有豪情，疏淡中寓知己""写山不见其峥嵘，写水不觉其灵动"等整句和"相知较深""往事历历""随手拈来，皆成妙谛""更显突出""形象生动，意味隽永"等短句，更在散句中运用"味道最纯""笔意最醇""一鳞半爪""切身感受""亲眼印象""散闻轶事""人物剪影"等四音节成语或词语，节奏明快，读来气韵流转。

文章结尾的第二段对张晓风散文的总评价，短短一段文字，笔触不仅遥及唐宋名家，更是旁及梁实秋、思果、陈之藩、琦君、杨牧等现当代散文名家的风格；不仅批评了散文领域的某些偏颇的观点，更提出了自己的看法、主张，把张晓风放在整个散文界的纵横坐标上，恰如其分地评价了她的散文风格："张晓风不愧是第三代散文家里腕挟风雷的淋漓健笔，这支笔，能写景也能叙事，能咏物也能传人，扬之有豪气，抑之有秀气，而即使在柔婉的时候也带一点刚劲。"回应了文题，收束了全文。句式更见多姿：有长短参差，亦有整散交错，更有排比、对偶手法的运用，不仅笔力饱满，气韵流畅，而且富有理性的张力，堪称散文评论文章的典范。

（三）《云开见月——初论刘国松的艺术》(《听听那冷雨》)

余光中的艺术评论包括音乐评论和绘画评论。音乐评论著名的有《论琼·拜斯——〈听，这一窝夜莺〉之一》《论久迪·柯玲丝——〈听，这一窝夜莺〉之二》等多篇，收录在余光中散文集《听听那冷雨》等多部文集中。余光中的绘画评论笔触伸展得很宽广，仅收集在《从徐霞客到梵高》一集中的《巴黎看画记》一篇，就涉及了梵高、莫内、雷努瓦、戴嘉、席思礼、塞尚、高更等多位印象派大家，其论述涉及诸画家之代表作品及其题材的选择，色彩的运用，风格的变，甚至地位与影响。按文类来看，《巴黎看画记》应归属于游记，或参观记之列，但是，其笔法则有时感性饱满，有时理性坚实，而且其中十分之九的篇幅都是评论画家及其作品的，所以却应归入艺术评论一类。仅以其中"马内"一节开头一段为例，就足见作者笔法之一斑及其西洋绘画方面的修养。

"马内在馆中的画只有31幅，不过重要的大半在这里了。马内有'第一位现代画家'之称，可是在画派上却难以归类。有人把他和库尔贝一同纳入写实派，可是他的人像画以中产社会为主，不像库尔贝那么侧重劳动阶层；此外，库尔贝强调主题，马内则强调艺术本身。库尔贝的画面仍然是暗沉沉的，马内却把观众带向一个阳光充足、线条流动的世界。又有人把马内纳入印象派，其实马内之所以貌若印象派的帮主，是因为他在'反派'画家里年纪最大（长于塞尚、莫内、雷努瓦各为7、8、9岁），吃学院派评判诸公的苦头最早，受巴黎愚民的凌辱最剧，直到死时犹不得志，所以隐然有新派画'先烈'的形象。其实他文质彬彬，为人风雅，并不想和那批造反画家搅在一起，也无意和他们联合展画。同时，他的画风比起印象派正宗的画家如莫内和雷努瓦来，显得有点滞而不流，僵而不化。他把法国的现代画带到成熟点之前；要熟极而燃至于灿然大盛，还得等莫内出现。"这段文字将马内绘画的题材、主题、色调、风格等方面与库尔贝、莫内、雷努瓦多方比较，确立了马内在现代画历史上的地位——"他把法国的现代画带到成熟点之前"，这一定位没有对西方现代画各个流派的全面了解，是做不到的。这段文字还充分运用比较归纳等方法，感性的描写中闪耀着理性的光辉。最难得的是作者不仅熟悉众多画家的作品，还熟知他们的性情和为人，因此，在评论中他往往随手拈来一些生活或性格的细微之处（比如马内的"文质彬彬，为人风雅"），用以丰富文章内容，同时也使人物形象更加立体，更加丰厚，更加生动。

在这篇文章中，还可以见出作者在西洋艺术审美方面的功力，文中所涉及的皆为印象主义画家，但作者却能在他们之间发现传承关系、相互影响及作品的细微的差别，尤其是同一题材的作品。

比如文中介绍戴嘉的人像画时，就顺手拿雷努瓦来比较："他的女人，或跳舞，或熨衣，或沐浴，或打哈欠，美在动作本身，不像雷努瓦那些静态的女人，美在姿色。雷努瓦笔下那些容貌姣好的女人，当然也是美极了的，但是他晚年画之不厌的那些红艳艳胖墩墩的妇人，有色无形，太熟腻了……反之，戴嘉晚年却似乎益入佳境，不但姿态自然，造型别出匠心，而且色调成熟，笔触敏感，决不浪费颜料。据说戴嘉在56岁（1890年）以后，即已视力衰退，但是1892年那幅《缸中沐浴的女人》线条仍然那么得心应手，准确有力。"二者的题材同为女人，然则动静有别，尤其二人晚年的作品差别就更加突出。作者这样评价，并非要分出个优劣来，他同样是非常赞美雷努瓦的，他甚至认为"雷努瓦画里的女人和女孩，在我所见的写实画风里是最美的女性画像。""他的女像全是由衷的歌颂，赞叹的是芬芳的年华，美好的生命，赏心的乐事，悠闲的时光。他的女像都散发一种温暖而迷人的光辉。令观者注目之余，感到快乐和安慰。看他的画像正如听莫扎特的音乐，是一种纯粹的快乐。"不同的只是一个美在动态，一个则是美在静态。把不同画家同一题材的作品加以比较，最典型的是日希柯的《女妖号之筏》和德拉柯罗瓦的《但丁之舟》。虽然前者取材于现实，后者取材于但丁的《神曲》，但是，余光中却在这两幅画中看到了它们的相同点，并由此推论出日希柯对德拉柯罗瓦的影响之深。这些都不是一个绘画门外汉所能做到的，这不仅要有非常扎实的现代艺术的功底和很高的审美眼界，还需要融自己对生命的体验于审美之中，而又敏感于画面的细节，更需要准确而有文采的语言来表达。对细节的捕捉，联想与想象的缈远，使得这两幅画面栩栩然如在目前。

《云开见月——初论刘国松的艺术》（《听听那冷雨》），是余光中论述台湾画家刘国松绘画艺术的一篇评论文章。这篇评论对于一般的艺术门外汉的读者来说，就像一位导游。作者带领读者从头到尾欣赏了画家的代表作品，并在欣赏的过程中渐渐领悟画家风格的不断变化。作者将哲学的思与美学的诗紧密结合在一起，由画家个人风格的"变化"推及时代发展变化的总趋势和规律，而又用一种类似于诗的语言来表达这种哲思，并将二者高度融合在一起。

文章开篇，作者居高临下，对面临西方艺术轮番挑战的20世纪中国画家的反应做了理性的概括，并分别指出其中两种反应（一为"以不变应万变，认为闭关自守，便算尽了孝道"的国粹派的孝子；一为"以千变应万化，国际潮流一来，便随波浮沉的"西化的浪子）的错误所在，同时肯定了第三种反应才是"入传统而复出，吞潮流而复吐"，能"自由出入，随意吞吐"的"民族的""现代的"创新之路。从而引出其中的典型——本文要论述的画家刘国松。

接着，作者回忆了与画家结谊的背景，并介绍了刘国松的生平。二人结谊正是20世纪50年代末台湾现代文化思潮风起云涌之时，先是二人同属弄潮儿，而在60年代初，他们几乎又是同时在全速西化的路上刹车改向，一个从"油画回到水墨"，一个"从虚无回到古典"，从而使二人的友谊得以加深。然后分别指出了画家在"艺术上的成就"及其"在绘画运动和理论建设上的贡献"。但是，就文本来看，余光中在这篇评论中并没有论及画家在绘画理论建设上的贡献。其主体部分的重点则放在画家艺术上的成就上面，而结构上则是以画家的艺术创作之路为经，以其各个时期的代表作为纬，织就了刘国松完美的艺术人生。刘国松的艺术道路，是一条艰苦的不断探索的求变求新之路，"他做过孝子、浪子和回头的浪子"。作者把画家的艺术创作之路分为"模仿时期""过渡时期""成熟时期"和超越成熟的"太空时期"等几个阶段。第一阶段是"模仿时期"，这一时期的作品又分为拟古和袭洋。拟古以《香瓜》《松石图》和《山水》等为代表。余光中分析其"袭洋"的《自画像》《山雨》《裸》《儿时的回忆》《静物》以及《战争》等作品的风格，发现画家曾先后模仿了塞尚、马蒂斯、克利、卢阿、夏高、毕加索、帕洛克等人，"从印象主义一直模仿到抽象主义"，从1952年到1958年，历时7年，完成了他"西洋现代画坛的巡礼"。第二阶段是"过渡时期"，从1959年开始。这一时期，余光中紧扣"过渡"二字，指出这是画家在精神上，技法上，甚至工具上，都从西洋回到中华民族传统的时期。回归传统以油画《诗的世界》为标志,代表作有《赤壁》《如歌如泣的泉声》和《庐山高》等,历时三年;到1962年,画家终于完成了这种"过渡"。第三时期画家进入了他的"成熟时期",余光中指出其成熟的标志是"画面终于流动中国古典的神韵。播出中国传统的芬芳"。第四时期是"太空时期",刘国松"成为最古典也是最现代的一位画家"。因为这两个时期的作品才能代表刘国松在中国画坛的地位,所以,余光中将评析的重点放在这两个阶段。

"刘国松的艺术胜境,纯然属于中国的哲学,宜用阴阳交替之道来体会。蟠蜿在他画中的,是一股生生不息循环不已虚而不屈动而愈出的活力。就是那股无穷无尽无始无终的生命,恒在吸引我们。这种活泼而又自然的律动感,盘旋在他的画面,像蛟龙,也像云烟,像山势起伏,也像水波荡漾;他的画面像自给自足,又像不够完整,因为那律动感似乎永无止境,要求破框而去。刘国松的律动感很富于戏剧性,因为在他的画面演出的,是'变'的本质。在中国哲学里,生命的常态就是'变';'变'与'常',原是一体。'逝者如斯,而未尝往也。'刘国松画面的布局,千变万化,不可方圆,事实上只是一种障眼法,因为幕后的本质,一个'变'字,是永远不变的。"

"刘国松画面的诡谲尚不止此。如果说,画面的笔墨是时间,则画面的空白岂非永恒?如果说,笔墨是生命,则空白岂非死寂?如果说,画处是'有',则不画处岂不是'无'?很少画家能以不画为画,而把'无'画得这么美的。他的画黑白交错,黑中有白,白中有黑,正意味着生命原是'无'中生'有',复以'有'临'无',终于返'有'于'无'。读国松的画,常兴'前不见古人,后不见来者'之感,虽觉天地悠悠,却并不会怆然涕下,因为变与常原是一体,黑固可喜,白亦可爱,刘国松如是说。"

进入"太空时期",刘国松的绘画艺术上升到了一个新境界:"圆形本来就是中国玄学用以象征生命起源的形象。太极生两仪,国松在他的抽象山水中一再'演出'且穷极变化的,原来就是阴阳两仪。只是他把两仪化了开来,而用极为戏剧性的律动,来表现阴阳消长之状。但是他已经'变'到极限,必须重归于'常'。圆的自给自足,有始有终,完整无缺,正是'常'的象征。古典的玄想和太空时代的新视觉经验,在国松的近作中合为一体,乃见浑然而圆的'常'悬在上方,沛然而转的'变'在下界流动,使他的宇宙在动中寓静,静中寓动,在相对之中保持平衡。以'地球何许'为题的一组太空写意,虚与实,远与近,空灵与博大,凝定与浑茫之间的交错,安排得非常巧妙。至此他惯有的风起云涌,与太空船上所见的地球交叠在一起,竟然若合符节,而令观者眼界一新。"

在这一漫长的过程中,作者始终用中国古典哲学的"常"与"变"、"有"与"无"相依相辅以及阴阳消长的观点去分析、评价,以行家的眼光去欣赏,再以诗人的直觉去感悟,乃赋予这篇评论以哲学与美学的双重意蕴,传达出作者的审美印象和哲学沉思,最后以中国哲学的最高境界达到一种审美超拔。

形式上,这篇评论与前几篇比较,不仅也具有整散交错、长短参差的语言变化,文中的描写语言尤其有别于其他诸篇评论文章。

首先是场面描写。

文章的第三自然段有一场面描写,这一场面的背景是台湾文坛与画坛上现代派和国粹派论战高潮。

"最戏剧化的一次,是在淡水河边的一座楼上,攻击抽象画和保卫抽象画的双方,各坐一排,依次起立辩驳,壁垒非常森严。抽象画这一边的主要辩士,除了席德进,便是国松和我。席德进声浪高,手势多,元气淋漓,杂以笑谑,刘国松则沉毅之中复见勇猛,嗓门也不弱,两人相加,一哼一哈。抽象画军威大振。"

哼哈配合,其声可闻,其形可见,这段文字绝不亚于记叙散文中的描写。

有别于上述场面描写的是作者对画面的再现。

"蟠蜿回旋在他画中的,是一股生生不息循环不已虚而不屈动而愈出的活力。就是那股无穷无尽无始无终的生命,恒在吸引我们。这种活泼而又自然的律动感,盘旋在他的画面,像虬龙,也像云烟,像山势起伏,也像水波荡漾;他的画面像是自给自足,又像不够完整,因为那律动感似乎永无止境,要求破框而出。"

行家的眼光,加上诗人的敏感,加上智者的思考,将自我对生命的体验融化到对画面的色彩与线条的欣赏之中,以绘画作品的美,体悟到中国哲学的精髓——即生命的"变"与"常"的矛盾统一。一种古典化的生命感觉,由对绘画作品的审美观照中滋生出来。因此,下面的一段议论就有了依据。所以,细心的读者会发现,文章中的这些描写比比皆是,但大多却是和文章的议论紧密结合在一起的。

"如果说,浓黑的律动赋画面以雄伟,浅灰的浮动赋画面以飘逸,则洁白的背景正为视域伸展无边无际的宁静。国松常在画成之后,将绵纸上着墨部分的纤维撕去,留下水墨不及而纵横成趣的白痕。画面的浅灰部分,似真似幻,若有若无,原已苍茫幽远,动人遐思,现在再引入这些神奇秀美的白纹,更增加水墨纵深的层次,和明暗交错的感觉,同时,律动的部分在布局上也往往分成一呼一应主客相对的形势,使画面的变化更多一层转折。"

感性描写中融合理性评析,使这篇评论文章饱满的理性张力之中洋溢着浓浓的诗情与画意。

从余光中的五本评论集中选取三篇为例,并从中归纳出以上特点,实有挂一漏万之憾。如他最擅长用比较的方法来评析作家、作品,虽然这一点在以上文章中也时有表现,但是,最能充分表现这一特色的,却是收入《蓝墨水的下游》中的《龚自珍与雪莱》[7]、《听听那冷雨》中的《诗与音乐》和《中西文学之比较》[8]等文。但是,仅从以上三篇例文,我们即可以大致了解余光中的评论,既不刻意雕琢也不墨守成规,不愧是"别裁伪体亲风雅,转益多师是吾师"。组合各家技法之长而自成一体,尤其是将散文的笔法引进评论而又不失评论之体制的写作,成为余光中文学评论的一个独特的美学标识。

注释

[1] [2] 《余光中选集》《余光中评论集》,安徽教育出版社,1999年版。
[3] 《青青边愁》,时代文艺出版社,1997年版。
[4] 《左手的缪斯》等3本,时代文艺出版社,1997年版。
[5] 海德格尔《诗·语言·思》,彭富春译,文化艺术出版社,1991年版,第67页。
[6] 参考苏珊·朗格《情感与形式》相关章节,刘大基等译,中国社会科学出版社,1986年版。
[7] 《蓝墨水的下游》,九歌出版社,1998年版。
[8] 《听听那冷雨》,时代文艺出版社,1997年版。

[发表于《写作》2005年12月(上)、2006年1月(下)]

余光中关于诗与散文的创作与教学研究

关于诗歌与散文的创作与教学,余光中不仅身体力行,而且多有论述。从1963年的《剪掉散文的辫子》到1980年的《缪斯的左右手》,再到2004年的《散文的感性与知性》,虽然文中多述诗与散文的创作,但他在多所大学所作的关于诗与散文的创作与教学的演讲,对于这两种文体教学却多有涉及,对其加以研究,或许能带给我们某些启示。

诗与散文是中国文体的两大支柱,中国文人好用这两种文体表达自己的思想情感。因此,余光中认为,"诗文双绝"乃是中国的传统。而西方文豪则少有诗名,诗人也少有散文。当然,余光中并不否认英美大诗人也写散文,比如弥尔顿、柯立芝、雪莱、安诺德、艾略特等人就写散文,但大半是长篇的论文,尤其是文学批评,不是如《桃花源记》《滕王阁序》《醉翁亭记》《赤壁赋》《杂说》一类的美文或小品文。唐宋八大家中,除苏辙、苏洵、曾巩不以诗传之外,其余五人都是"诗文双绝"的。尤其苏轼,像他那样诗(包括词的成就)文均为大家,产量既丰,变化又富,在英美文学中实难一见。

但是要做到"诗文双绝"却并非易事,因为即使文豪诗宗,也往往性有所近,才有所偏,不能两全其美。

如杜甫虽称诗圣,散文却非所长:拿《观公孙大娘弟子舞剑器行》及《追酬故高蜀州人日见寄》等诗的序言,和苏轼《百步洪》的序言一比,立刻感到苏文生动流畅,真是当行本色。反之,苏辙虽为散文大家,诗却不怎么出色,和他哥哥唱和之作总是给哥哥比了下去。苏轼的那首有名的七律《人生到处知何似》,原是和苏辙的,但今日的读者没有几个记得苏辙的那首原诗了。平心而论,那首原诗也实在平庸,不耐咀嚼,无足传后,真所谓:"虽在父兄,不能以移子弟。"现代散文作家之中,周作人、朱自清早年也都写过新诗,但是都不很高明,算不得诗人;倒是写起旧诗来往往出色,例如郁达夫和鲁迅。

尽管如此,余光中说:"诗人兼擅散文,仍多于散文家兼擅诗;或者可以说诗人写的散文往往比散文家写的诗胜出一筹。散文看来好写,但要写好却很难;诗看来难写,实际也难写好。"(《缪斯的左右手·诗与散文比较》)所以,诗比散文"技巧化"得多,但是走路要走得好看,也不容易;会跳舞的人走路,应该要好看些。无论如何,受过写诗锻炼的人来写散文,总应该有一点"出险入夷"的感觉。

翻开一本诗选,里面不见多少散文家,但翻开一本散文选,里面却多诗人。在这种场合,诗人往往抢了散文家的风头。一本唐诗选里,真正称得上散文大家的,不过韩愈、柳宗元二人;其他如王、杨、卢、骆之辈,虽也各有文集多卷,但真能流传于众口如其诗者,实属罕见。杜牧为晚唐之杰,他的《樊川文集》诗文各半,其中的文章,除了《阿房宫赋》等三篇赋和《李贺集序》等之外,绝大多数都是论政论兵,碑、志、书、启、表、制之类,和文学没有什么关系。像杜牧这样的作家,实在不愿称之为散文家。但是在最通俗的《古文观止》里,尤其六朝唐文一卷之中,从《归去来兮辞》到《阿房宫赋》,至少有9篇名作是出自当行本色的诗人之手。陶潜、骆宾王、王勃、李白、刘禹锡、杜牧的这些散文流传之广，决不下于他们的诗篇。

余先生对"诗文双绝"有更进一步了解，那便是同一篇作品之中，诗文并列，或者同一题材，用诗文分别处理。诗文并列的作品之中，有的以诗为主，以文为副，例如《桃花源记并序》《琵琶行》《在狱咏蝉》《正气歌》之类都是；有的以文为主，文末附上一首诗，例如《滕王阁序》和《潮州韩文公庙碑》。陶潜虽是大诗人，那篇《桃花源记》却写得太好了。后面的五古原诗反而显得平平无奇，形同脚注，真是"后遂无问津者"。姜夔的词前每有一段散文小引，胡适就认为后面的词反而不如前面的小引真切生动。

诗文同胎现象在中国文学里也很常见，但却有优劣之别。古典文学中有苏轼的《赤壁赋》和《念奴娇》，现代文学中则有徐志摩《我所知道的康桥》和《再别康桥》。这些例子人人都知道，可是像杜甫的《画鹰》《丹青引赠曹将军霸》及《韦讽录事宅观曹将军画马图》也有散文的姐妹篇，知道的人就少了。如果我们拿他自己的《雕赋》来比《画鹰》，再拿《画马赞》和咏曹霸的两首诗作一对照，当可发现他的诗文颇多相通之处。但他的诗灵活生动，个性鲜明，毕竟高妙得多了。《雕赋》长达731字，十余倍《画鹰》，却过于铺张雕琢，反不如《画鹰》那么气完神足，一搏而中，四言的《画马赞》读来似曾相识，因为其中"韩干画马，毫端有神，骅骝老大……良工惆怅"等句，改头换面，也出现在他的诗里；至于"四蹄雷霆，一日天地"之句，即使放在"房兵胡马"诗中，也并不逊色。

余先生认为，五四以来，虽用白话文创作与教学，但文言中的成语却保留了下来，只是改变了身份。比如千军万马、千言万语、万水千山、万紫千红——是一种对仗简练而又平仄铿锵的形式，在具有流畅美的白话文句式中嵌入这类音节整齐的成语，不仅可以使句式长短开阖，错落有致，而且节奏起伏多姿，内容更是具有繁复的美感。因此说，文言保留下来可以牺牲逻辑，却不可以牺牲美学，比如"红男绿女"。当然，成语中也有极个别词语不合美学的，比如，"乱七八糟"就是既不讲对仗而又不合平仄之美的，正如这个词语的意义。所以有人说"爱用成语是懒惰人的表现"，这话实在荒谬。成语产生于人民群众生活之中，并经过漫长的时间之流的淘洗，使其中具有很强生命力的部分得以保留下来。所以一个作家不可能全用成语写文章，也不可能不用成语写文章，即使平时说话，也未尝离得开成语，比如"哪有这种道理"哪有"岂有此理"来得简洁有力。

谈到写诗作文的经验，余先生坦承自己颇受文言的影响。自称"白以为常，文以应变，俚以见真，西以求新：即在写作中以白话为常态，当白话不足，需要浓缩时，则需要简洁有力的文言来调剂——在白话之平面浮雕文言"。余先生将白话喻为平面，文言喻之为浮雕，实在生动贴切。试想，如果全是平面未免单调呆板，平淡乏味，而于其上饰以浮雕，则立体而繁复之美感尽出矣。在文白相济之中间或来点俚语，以增亲切之感，佐以西化句式，更添活泼之趣。

谈到诗文的教学，余先生说，有人疑惑：白话文不浓缩，不晦涩，无典故，还需要教么？

诚然，白话写的诗文，文字透明，不像古诗需要翻译（当然唐诗翻译是最坏的诗，最莫名其妙的诗，读之只能大败诗兴），但是看似浅显的白话诗文中却往往有很深的含义，尤其哲理诗。

我们知道，诗不是哲学，但可以含蓄哲理，在表现个人的情思之外，还可以探究普遍的道理。据我所知。有些哲学家不喜欢诗，当然，也有些诗人不喜欢哲学。不过，毫无诗意的哲人未免失之枯燥与严峻。反之,耽于个人经验而不能提升为普遍真理的诗人,也恐怕难成大家。

但是,余光中指出,诗情要通于哲理,不能直截了当地把感性的经验归纳成落于言诠的知性规则,只能用暗示与象征来诱导读者,使他因小见大,由变识常,举一反三,而自悟真理。哲学大师康德在《纯理性的批判》结尾中说:"头上是灿烂的星空,胸中是道德的规律,此二者令我满心惊奇而敬畏,思之愈久,念之愈深,愈爱其然。"这句话兼具知性与感性,气象不凡,虽非纯诗,却有诗意。

说到哲理诗,也是中国诗的传统。我们如何解读呢?余光中用宋哲学家朱熹《观书有感》来说明:

> 昨夜江边春水生,
> 蒙冲巨舰一毛轻。
> 向来枉费推移力,
> 此日中流自在行。

表面上是说水涨船高,航行因而轻便,实际上却暗示读书或穷理,都要循序渐进,等到用力够深,思虑成熟,自会豁然贯通。一夜春雨,江水骤至,是影射久思之余的顿悟。蒙冲巨舰即大船。蒙冲,即艨艟。二、三、四句暗示,重大的问题以前费力思考,难以解决,现在终于领悟,举重若轻,顺利分析而得到结论。

朱熹乃哲学家之善写诗者,抽象的事理在他的诗中得以具体形象生动的表达,很有说服力。另一方面,诗人之中也有深谙哲理的,更善于借可见、易见之物来喻不见、难见之理。余光中又以苏轼的名作《题西林壁》为例:

> 横看成岭侧成峰,
> 远近高低各不同。
> 不识庐山真面目,
> 只缘身在此山中。

表面上此诗是写庐山之景变化多端,难以详述,也难以综览,实际上庐山是表,世事是里:庐山只是借喻,世事才是本题。苏轼以小喻大,以特例来喻常理,生动而巧妙地说明了当局者迷,主观者偏的道理。我们离庐山太近了,甚至就在山中,反而只见细节,不见全貌,只见殊姿,不见共相。

这两首虽是古诗,但语言并不见得有何深奥之处,然而读来却让人觉得言近而旨远。

谈到现代诗的解读,余光中认为,现代诗中企图表现哲理的作品不少,但成功的不多。但也有例外,比如卞之琳先生是一位杰出的现代诗人,他早年的短诗《断章》,寥寥四句,就是一首耐人寻味的哲理妙品:

> 你站在桥上看风景,
> 看风景的人在楼上看你。
> 明月装饰了你的窗子,
> 你装饰了别人的梦。

表面上,这首诗前两行在写景,后两行由实入虚,写景兼而抒情,就摆在这层次上来看,这首诗已经够妙、够美,不但简洁而生动地呈现出两面,更有一种匀称的感觉。如果我们在耽于美感的观照之余,能越过表象去探讨事物的本质与普遍的真理,就会发现这首诗的妙处不限于写景与抒情。

原来世间的万事万物皆有关联，真所谓牵一发而动全身。你站在桥上是看风景，另有人却在高处观赏，连你也一起看了进去，成为风景的一部分，有如山水画中的一个小人。同样地，明月出现在你的窗口，你呢，却出现在别人的梦中，你的窗口因为有月而美，别人的梦呢，因为你出现才有意义。

这么看来，这首诗有一种交相反射、层层更进的情趣，令人想起"螳螂捕蝉，黄雀在后"的成语。波斯古谚"我埋怨自己没有鞋子，直到有一天看见别人没有脚"，也是这种层层发展。只是波斯古谚的发展是递减，而"螳螂捕蝉，黄雀在后"是递加，卞之琳也是递加。

《断章》的妙处尚不止此，因为它更阐明了世间的关系有主客，但主客之势变易不居，是相对而非绝对。你站在桥上看风景，你是主，风景是客。但别人在楼上看风景，连你也一并视为风景，于是轮到别人为主，你为客了。明月装饰了你的窗子，你是主，明月是客。但是你却装饰了别人的梦，于是主客易位，轮到你做客，别人作主。同样一个人，可以为主，也可以为客。于己为主，于人为客。正如同一个人，有时在台下看戏，有时却在台上演戏。

再想一下，又有问题。台下观众若是客，台上演员果真是主吗？你站在桥上看风景，果真风景是客，你是主吗？语云"物是人非"，也许风景不殊，你才是匆匆的过客吧？

《断章》的前两句另有一层曲折。你站在桥上是看风景，其中的你，是背着楼呢，还是向着楼呢？若是背楼，则是你看风景，别人看你，是递加之势。若是向楼，则你看风景，也看楼上人，楼上人看风景，也看桥上人（就是说：也看你）。这就不是同向递加，而是相向交射了，那就变成了对镜之局，正如辛弃疾所说的："我见青山多妩媚，料青山见我应如是。"

世事纷纭，有时是递加，有时是交射，有时却巧结连环，就像过节送礼,最后那礼品却回到自己手中。想来真是曲折有趣,妙不可言。

比较卞之琳的《断章》,徐志摩的《偶然》则是一首比较西化也是西化得很成功的诗,虽无须翻译,却值得细细品味:

> 我是天空里的一片云,
> 偶尔投影在你的波心……
> 你不必讶异,
> 更无须欢喜……
> 在转瞬间消灭了踪影。
> 你我相逢在黑夜的海上,
> 你有你的,我有我的方向,
> 你记得也好,
> 最好你忘掉,
> 在这交会时互放的光亮!

《偶然》是一首歌,确也谱成了曲,流传众口,所谓偶然,就是中国人所说的"缘",世上之事,一饮一啄,莫非前定,同载共度,皆是有缘。然则一切偶然都是必然,真的是不必讶异,何须欢喜了。就该是一首情诗,写的是有缘的邂逅,无缘的结合,片刻的惊喜,无限的惆然。语气以退为进,实重似轻,洒脱之中隐寓着留恋,如果真的在一瞬间形消影灭,那当然最好是忘掉,又何须记在诗里呢?所以表面上虽故示豁达,内心却是若有憾焉。在语调和情调上,表里之间对照的张力,正是《偶然》成功的地方。

前后两段各用了一个譬喻,前段作者是云,对方是水,云是主,水是客。后段两人都是水上的船,主客之势变成了平等的对驶。有人认为两段用喻各自为政,意象结构不够调和。其实由云而水,由水而船，接得十分自然；同时，前段从投影到灭影，是否定；后段从茫茫沧海漫漫黑夜到互放光亮，是肯定。肯定了什么呢？爱情，片刻之光可偿恒久之黑暗。生命之晦暗，赖有情人烛照之。由灭影到放光，意象结构原是十分有机的。

论者常说徐志摩欧化，似乎一犯欧化，便落了下乘。而余光中则认为，其实徐志摩并不怎么欧化，即使真有欧化，也有时欧化得相当高明。他的诗在格律上、句法上、取材上，是相当欧化的，但是在辞藻和情调上，仍深具中国的风味。其实五四以来较有成就的新诗人，或多或少，莫不受西洋文学的影响：问题不在于有无欧化，而在欧化是否成功，是否真能丰富中国文学的表现手法。欧化得生动自然，控制有方，采彼之长，以役于我，应该视为"欧而化之"。欧化得拙笨勉强，控制无力，不但未能采人之长，反而有损中文之美，便是"欧而不化"。新文学作家中的毛病，一半便是由于"欧而不化"。但是在《偶然》这首诗里，徐志摩却是欧而化之的。

"在你的波心"和"在黑夜的海上"，都是文法上的所谓副词状语，在诗中均置于句末，当然是有些欧化。不过这样使用，今日已经习以为常，不值得计较了。倒是"你有你的，我有我的方向"一句，欧化得十分明显，却也颇为成功。不同主词的两个动词，合用一个受词，在中文里是罕见的。中国人惯说的"公说公有理，婆说婆有理"，不能简化成"公说公有，婆说婆有，理"。徐志摩如此安排，确乎大胆，但是说来简洁而悬宕，节奏上益增重叠交错之感。如果坚持中国文法，改成"你有你的方向，我有我的方向"，反而啰唆无趣了。另有一处句法上的欧化，却不易察觉，那便是最后的三行：

你记得也好，

最好你忘掉,
在这交会时互放的光亮!

匆匆读来,似乎"记得"和"忘掉"都是自足的动词,作用只及于所属之短句。仔细读诗,才发现末句"在这交会时互放的光亮"不但是一个名词状语,而且是一个受词,承受的动词偏偏又是双重的——"记得"和"忘掉",正是合用这受词的双动词。徐志摩等于在说:"你记得我们交会时互放的光亮也好,你忘掉我们交会时互放的光亮最好。"不过这么说来,就是累赘的散文了。在篇末短短的四行诗中,双动词合用受词的欧化句法,竟然连胜了两次,不但没有失误,而且颇能创新,此之谓"欧而化之"。

不过,如果说《偶然》一诗的胜境尽在欧化,则又不公平。此诗的语言仍以白话为主,但是像"偶尔""讶异""无须""转瞬""相逢"等词,却都是文言惯用的,要在一首短诗里调和白话、文言、欧化三种因素,并非易事。短句也处理得体:"不必讶异"和"无须欢喜"是对仗的,但第二段中的短句安排得更好,前段的两个短句,句法均是上三下二;后段的两个短句,却巧加变化,第一句是上三下二,第二句则改为上二下三,如果排成:

你记得也好
你忘掉最好

不但前后四个短句同一句法,读来单调刻板,而且语气僵硬无趣,倒像在吵嘴了,小小挪移一下,节奏立见生动:此事看来容易,一般诗人却想不到。

因此,余光中认为,教授现代文学,不像人们想象的那么容易,我们既要纵观文学史的发展,注意到这主义,那流派,又要研究作家及其所受古代、西洋之影响。还要注意文体论，比如情书和情诗有什么区别？情书是写给一个人看的，情诗表面忸怩，但却希望别人读到，因此，研究文体还要顾及给谁看的问题——即研究读者。

当然，一切事物都是变化着的。作家本人在变，新的作家不断涌现，时代在变，审美在变，因此，文学史没有定论。梵高生前沉寂，他的画没有一个人看得起，死后没有一个人买得起。

此言不谬，就如夏志清五六十年代出版的英文版《中国现代小说史》，在中西对比中，排除众议，得出"前有钱锺书，后有张爱玲"的结论，确立了钱锺书、张爱玲在中国现代文学史上的地位，时代发展至今日，事实充分证明了这一结论的正确性和前瞻性。所以，一个大作家、大诗人还需要至少三十年的时间来证明，包括余光中。

（发表于《写作》2011年9月）

走近余光中
——评简体版《茱萸的孩子——余光中传》

2006年金秋,上海远东出版社给我寄来了简体版《茱萸的孩子——余光中传》,同时也寄来了一份惊喜!

我与余光中先生的师生缘,始于1998年金秋,余先生应邀来湖南讲学。从岳麓书院到岳阳楼,到沅江岸边的湖南文理学院,恰好是在中秋。下午演讲,晚上与读者的活动安排在诗情画意的柳叶湖。天公作美,本来常德中秋很难有月,而这个中秋却是明月高悬。月、桂、湖、诗,正是先生儿时浪漫而温馨的梦。后来余先生虽没有湖湘之行的作品问世,但他心中却始终浮漾着那一湖月色。为此,他一直心存愧疚,多次谈起,竟是因为美景美事感想感触太多,不知从何下手——大作家也有为难的时候。

但是我却因此得以在最早的时间读到《茱萸的孩子——余光中传》。

传记作者以时序为线串起余光中生命旅途中求学、创作、工作以及情感片断,大至国际笔会,小到生活细节,文字清新而细腻,字里行间氤氲着浓郁的诗意和生活气息。更佐以多幅照片,图文并茂,相映生辉。传记重点放在余光中的高雄时期,文学方面侧重介绍其诗歌散文创作,而对其在西学、绘画、评论及翻译等方面的成就涵盖不够。因而显得感性饱满而理性不足,充分体现出女性作者的思维特点……不过,这一遗憾被后来大陆学者徐学先生的《火中龙吟:余光中评传》给弥补了。

记得当年我一口气读完《茱萸的孩子——余光中传》之后,立即致信余先生,谈了自己的看法,我说:"这本传记文字清丽,描写细致,图文并茂。但我总觉得作者未能走进先生的心灵,未能进入先生的精神世界。比如,当先生面临矛盾的选择有怎样的彷徨、迷惘和痛苦,最终又如何取舍。尤其《莲的联想》中那段深婉的爱情绝对不会是空穴来风无中生有吧。那么它是怎样产生,又是如何结束的呢?"余先生当即在回信中为傅梦丽小姐辩解,他说:"没有走进传主内心,不怪作者,只能怪传主不合作,更好的传记当俟他日(一笑)"。

是啊,要走进一个人的内心不是件容易的事情,何况是狡黠如余光中,更不会轻易地"出卖"自己了。但与余光中交往久了,自然会了解得更多,尤其他的情感世界。读者都知道,童年的余光中因为父亲忙于公务,他与母亲几乎是相依为命。所以他心灵中母亲一直占据着很重要的位置。他作品中常常出现"逃难的母亲""桐油灯下纳鞋底的母亲"。母亲去世后,余光中曾作《招魂的短笛》《母难日》等诗文抒写失母之痛。如果不是亲耳所闻,谁能了解余光中对其父亲的感情呢?有一次搭飞机,余光中不小心将一顶浅咖啡色鸭舌帽(就是他常戴的那顶)遗忘在飞机上了。当时非常焦急,余光中说:"因为那是我父亲留给我的纪念。父亲在世时,我因为不满意国民党,所以对他不够好。其实他很爱我,常常问这问那的,可是我总是不耐烦,懒得搭理他,只和妈妈说话。现在一想起爸爸就非常难过。如果将他留给我的遗物弄丢了,就真是不孝了。"说到这里,余先生不禁黯然神伤。

尽管有此微瑕,这本传记仍向读者打开了一扇门,笔者当初就是通过这扇门走进了余先生的情感世界,并顺利完成专著《哲学与美学的诗艺合璧——余光中散文研究》的。遗憾的是《茱萸的孩子——余光中传》并没在大陆发行，且为繁体版，所以，尽管该书已出版7年之久，而大陆仍极少有人读到。

2006年春，余先生说远东出版社有意出传记简体版，初闻不禁一阵欣喜，继而十分期待。这几年，余先生频繁地出现在大陆高校讲坛及其他文化活动场所，他的名字也逐渐为人熟识。但在读者眼里，他仍像星辰般遥远。为满足广大文学爱好者了解这位号称"乡愁诗人"的急切需求，远东出版社及时出版了简体版《茱萸的孩子——余光中传》，可谓高明之举！

远东出版社编辑的高明远不止于此，在将台湾天下文化出版的繁体版和简体版比照之后，笔者不能不为远东编辑的理念之新而叹服。

首先是开本由天下文化的18开扩展为16开，加上纸张质地优良，赋予了传记厚重而大气的品质。

其次是封面设计，繁体版的封面上，一张灰色的水泥凳子，余光中侧身坐在那里，很贵族的下巴高傲地扬起，目光投向虚空，表情木然，似乎毫不在意关注着他的读者似的，加上背景朦胧中色块单调而凝重，让人难以捉摸难以接近。而简体版的封面上，余先生透着坚毅与智慧的目光从玻璃镜片后深深地看向你，虽然双唇紧闭，但从那双眼睛和嘴角流露出的一丝不易觉察的微笑使大师蔼然可亲。几张很休闲的白色椅子，余先生很随意地坐在那里，背景虽然朦胧但色调丰富而温馨，依稀可见绿树红花——这种氛围，容易拉近大师与读者的距离。而那张空着的椅子，亦极容易让人联想到是刚才和大师交谈过的读者留下的或者正等着你去与大师畅谈。

打开传记，可见简体版所选照片比繁体版更能直观地反映余先生的生命轨迹：童年、青年、中年、老年；为人子，为人夫、为人父；为生、为师、为友；从东方到西方，从异乡到故乡。每一张都是珍贵的时光剪影。

与繁体版比较，新增了余先生为简体版所写的"前言"，并加影印，余先生的钢笔楷书在圈内颇有名气，这次影印，读者真正见识了他让人称道的硬笔书法的功力。字的一笔不苟正如他的为人做事，记得当年我把书稿传给先生，他都是一字一句地修改校对。不仅对我，其他人写有关他的文章，他一律这样对待。常听他说正在校对某人写他的文稿或书稿，我总笑他，难怪你有做"余光中的秘书"之苦的感叹了。

不仅如此，此传中关于余先生的大事年表和出版著作也从1998年增加到2006年，并于每章结尾处新增了余光中诗文，这样，传记的叙述与传主的作品互为补充，互相映衬，为读者了解余光中提供了充分的信息。

以上几方面，无不体现远东出版社编辑见识高远。大师也不是遥远星辰，他也可以成为和我们娓娓而谈的朋友。

正如余先生在"前言"中所说，他的人生，他的情感，他的人格除了在传记中可以领略一些之外，还应该从他的作品中去寻找，因为作品是一个作家的标识。因此，尽管传记每章结尾都附有余光中的诗文，但就像香港学者黄维梁所说的那样，余光中手中握的是一支"璀璨的五彩笔"，他用紫色笔写诗，用金色笔写散文，用黑色笔写评论，用红色笔编辑文学作品，用蓝色笔来翻译。所以，余先生的作品涵盖诗歌、散文、评论、翻译，传记所选只能算其一斑了，且这一斑尚难以窥得全豹。因此，要真正走近大师，还须阅读他的作品。

（发表于《写作》2007年12月）

拥有四度空间的学者
——余光中访谈录

余光中，著名学者、诗人、散文家、评论家、翻译家。祖籍福建永春，1928年生于南京，曾先后在南京、四川、厦门求学。1950年5月到台湾，1952年毕业于台大外文系。1958年赴美进修，获爱荷华大学艺术硕士学位。回到台湾后，先后任教于师范大学、政治大学；其间曾两度应邀赴美任多所大学客座教授。1974年任香港中文大学中文系教授；1985年回台，任中山大学讲座教授至今。余光中著述颇丰，其创作从1952年出版第一本诗集《舟子的悲歌》开始，五十年来笔耕不辍，作品集有诗歌、散文、评论、翻译，先后由台湾、香港、大陆多家出版社出版。其中收录得比较集中的是2004年天津百花文艺出版社出版的《余光中集》（共九卷）。余光中曾获霍英东成就奖等多种奖项，并获颁台湾中山大学、政治大学荣誉文学博士，也曾多次出席国际笔会。本刊特委托湖南文理学院中文系教授郭虹就其文学创作及有关学术问题采访余光中先生，整理出此篇访谈录，以飨读者。

郭虹：余先生，自1999年您应邀来湖南讲学至今，我们相识已有10个年头。这些年来，就您的创作，我们除了电话交流，也曾有过多次当面沟通。但是像这样正式采访，却是第一次。

早年您称自己右手写诗，左手成文。其实，您的成就岂止在诗文？用著名学者黄维梁先生的话来讲，您手中握的是一支五色之笔：您用紫色笔写诗，用金色笔写散文，用黑色笔评论，用蓝色笔翻译——您自己称之为"四度空间"。今天，我想就您的这"四度空间"及相关问题来谈谈。

诗歌　从中国诗的现代化到现代诗的中国化

郭虹：余先生，从1951年您发表第一首诗《舟子的悲歌》至今，几十年的创作生涯中，您写诗近千首。而且其题材包括亲情、友情、爱情，诗人、画家、政客，神话、历史、现实，其风格亦屡屡改变。第一本诗集《舟子的悲歌》（1949—1952），诗中洋溢着古典的感伤和浪漫，昭示着您受古典诗词的深深濡染。20世纪50年代初期，西方现代主义潮流开始涌入台湾，一时间，诗社林立，各持主张，论争迭起。为入乎其内窥其真谛，您从早期的古典主义转向现代主义，从《钟乳石》（1957—1958）到《万圣节》（1958—1959），诗中意象之奇特，手法之多变，语言之艰深——可以看作您现代主义的大胆实践之作。不过，很快您就告别现代主义的晦涩和虚无，并写了大量关于现代诗的理论文章，尤其是如何对待"西化"和传统以实现现代诗的中国化等问题，您提出了自己的见解和主张，比如您提出的一分为二地看待西化和传统，动态地发展地对待传统等。如今回头再读您的《从古董店到委托行》（《大美为美》，季羡林主编，海天出版社，2001年）等文，仍不失其启迪意义，为实现现代诗的中国化做出了不懈的努力。至1964年出版《莲的联想》，您完成了诗歌创作的重大转折。诗中的意象古典与现代交织，蕴含着一些发现的欣喜，亦有一些迷失的悲凉。正因为您的诗风屡屡变化，难以把握，因此有论者甚至认为您的散文成就在诗歌之上，也比较愿意评论您的散文。这点我也有同感，2004年我出版专著《余光中散文研究》之后，立即投入到您的诗歌研究之中。但是您的诗歌创作不仅高产，而且内容广阔，手法多样，风格屡变，论者须不断变换解读的角度和方法，方能形成通达的宏观。

余光中：还在50年代末期至60年代初期，西方现代主义思潮席卷而来，在台湾首当其冲的当然是诗，其次是绘画和音乐，还有散文。突然面对一个新事物，有些茫然无措实属正常。因为各持主张，不仅诗人参与，社会人士也加入进来，论争就很热闹，在如何对待西化和传统的问题上一时间比较混乱。当时争辩的主题大约有三个：文白之争、现代画、现代诗。而现代诗则是论辩的重点。在古典诗与五四的新诗之后，现代诗是"必然"，再走回是不可能的了。但是现代诗毕竟是新生的艺术，毛病在所难免。那么现代诗究竟该怎样写，它对中国的传统和西方的潮流该持怎样的态度？我自己必须先入乎其内窥其真谛，于是我尝试了现代主义的创作。不过我在1961年就已警觉西化之失，并向很多西方作家直言苦谏，更不惜向虚无与晦涩断然告别，回归传统。但是这个时候的传统却又融合了现代精神——正所谓"中国诗的现代化"。

60年代的台湾文坛，存在主义和超现实主义曾风行一时。进入70年代后，文化界的思想大变，矫枉过正，作家们热衷的又变成社会与乡土，这么多年，文坛也是这主义，那思潮的。我个人认为，跟风弄潮，原是人之常情，但文学不是风潮，作家更不是时装家。

郭虹：当年，您以一首小小的《乡愁》蜚声海内外。我们知道，您生于江南，由于战乱，曾先后求学于四川和厦门，1950年5月辗转到台湾，1958年赴美进修，后来又曾几次在美国的多所大学任客座教授。从您写于初次赴美求学时的《我之固体化》可以看出家国意识的觉醒。但是，您以"乡愁"为主题的诗歌却创作于三度赴美之后。在《乡愁》之前，还有《乡愁四韵》中那些深情的吟咏。稍后，又创作了只能以黄河的肺活量高唱的《民歌》《当我死时》。记得有一次和您谈起《乡愁》的创作过程，您说当时仅用了二十来分钟，真正一气呵成。写成之后，觉得短了些，想加几句，但没加上。我还笑说，幸好没加，否则，就成蛇足了。这个创作过程充分说明，这种"乡愁"情绪已经酝酿很久很久，不能不喷涌而出了。

如果当江南为故乡，则您九岁离乡；如果当四川为故乡，则您十七岁离乡；如果当大陆为故乡，则您二十一岁离乡；如果台湾是故乡，则您曾三度离乡。那么，您是如何把这种离乡的经验升华为诗意的愁情的？

余光中：乡愁是人同此心、举世皆然的深厚感情，对于离家甚至去国的游子尤为如此。世界各民族的文学之中，乡愁都是十分重要的主题。中国古代的诗歌，如《离骚》《诗经》《古诗十九首》、唐诗、宋词等，乡愁主题之作，不但普遍，而且动人。中文成语之中，类似"兔走旧窟、狐死首丘"之说，也比比皆是。当年，我离开大陆，已经二十一岁，汉魂唐魄入我已深，华山夏水，长在梦里。日后更从台湾三去美国，相思尤甚，所以乡愁的诗写了很多。二十一岁的少年，不但嗜读古文与诗词，抑且熟悉旧小说如《三国演义》《聊斋志异》《西游记》《水浒传》《红楼梦》等，中国文化在我的心底已烙了胎记，拭之不去。如当日我来台湾，只是十二三岁的孩子，则恐根底不深，就不足以言乡愁了。

郭虹：《乡愁》一经发表，就在海内外迅速传播，真正实现了民族性与世界性的统一。至今，这首诗被多少次转载、引用，由多少作曲家谱曲、多少歌唱家演唱，已经无法统计。记得温家宝总理2003年出访美国演讲时，就曾即兴引用其中的诗句，可见该诗流传之广。因此，大众往往称您为"乡愁诗人"，您自己怎么看待这个称呼？

余光中：迄今我成诗千首，乡愁之作大约占其十分之一。与此相近之作尚有怀古、咏物、人物等主题，数量亦多。但在乡情之外，我写得很深入的主题还包括亲情、友情、爱情、自述、造化各项。因此强调我是"乡愁诗人"，虽然也是美名，却仍不免窄化了我。

乡愁的格局有大有小，"来时绮窗前，寒梅着花未"，小而亲切；"万里悲秋常作客，百年多病独登台"，大而慷慨。境界有大小，感情则同其深长。小我的乡愁，思念的是一事一物，一邻一里。大我的乡愁则往往兼及历史、民族、文化，深长得多，也丰富得多。所以乡愁之为主题不仅限于地理之平面，亦可包容时空交织、人物相应之立体。我写乡愁，格局有大有小。闻蟋蟀而思四川，见风筝而念江南，那还是小我。《乡愁》一诗中，"邮票""船票"还是自传性的小我，到了"一弯浅浅的海峡"，便是民族的大我了。《只为了一首歌》开头的几句："关外的长风吹动海外的白发／萧萧，如吹动千里的白杨／我回到小时的一首歌里／'万里长城万里长／长城外面是故乡……'"里面有地理，更有历史，抗战的记忆，被童年永远难忘的一首歌挑起。

郭虹：迄今为止，您写诗近千首。我发现，其中有很重要的一类，就是咏写人物的诗歌，这类诗约占总数的十分之一。我们知道，咏写人物源自中国古代诗歌的传统，中国古代文人往往在凭吊古迹时发思古之幽情，于是就有咏史怀人之作。古代文人还有互相唱和的习俗，文人之间此唱彼和，也留下一些以人物为咏唱对象的诗。但诗歌发展到现当代，除了闻一多、冯至等人经营之外，咏写人物的诗歌似乎比较少见了。可是，您咏写人物的诗歌不仅数量有近百首之多，且古今中外，身份各殊。这类诗，除了极少数篇目是以传说中人物为咏写对象之外，其余都是写历史或现实生活中的真实人物。他们中有政治家、艺术家、诗人、作家，也有亲人、朋友。有些您心仪的人物甚至赋诗多首，如李白、梵谷皆有四首之多。这些诗，根据不同人物采用不同方法，或选准角度，侧笔切入；或抓住特点，于细节中见风神。取材广泛，构思精妙。或景仰其人格，或欣赏其才气，或同情其遭遇，或批判其行为……比如那首被许多论者推崇的《寻李白》开头两句："那一双傲慢的靴子至今还落在／高力士羞愤的手里／人却不见了"，即以电影特写手法，把久远的历史镜头推到读者面前。而其中"酒入豪肠，七分酿成月光／余下三分啸成剑气／绣口一吐就半个盛唐"，这些诗句所蕴含的淋漓元气、磅礴大气竟直逼唐宋豪放诸家。诗歌是一种空灵的艺术，而您所写又实有其人。请问，您在诗歌中是如何处理这种实与虚之关系的？

余光中：单纯的抒情，凡诗人都会，但是怀古咏史、评断人物的诗，则于抒情之外还要有见识，才能把一个人物放在他时空交织的文化背景上来评价。一味直接地褒贬，会失之武断或浅露，真正的高手应该知道如何即景、即事、即物，左右逢源、前后呼应地把描写和叙事穿插得生动感人。行有余力，诗人还可以加上幽默、调侃的谐趣。杜甫写武侯、李白、曹霸、公孙大娘、饮中八仙、三吏三别等杰作，对象与风格各异，是开人物诗之洋洋大观。苏轼推崇韩文公，调侃陈季常之作，有庄有谐，而《读孟郊诗二首》与杜甫《戏为六绝句》一样，同为以诗论诗，也是题咏人物诗的变体。

我用诗来写诗人，包括题屈原6首、李白4首、杜甫3首，更及于曹操、陈子昂、杜牧、李清照、济慈，与现代诗人如周梦蝶、痖弦、郑愁予、罗门、张错、叶珊、陈黎、林峻、流沙河，等等。不过这些诗比起中国传统的论诗绝句来篇幅都更长，内容也更繁复。例如《与李白同游高速公路》不但长达46行，更引进西方"戏剧性独白"（dramatic monologue）的诗体，将李白置于现代社会之中，而使古今交融互动。至于咏杜甫晚年心情的《湘逝》，也是从诗圣的生平与后期作品中就地取材，用杜甫自己的口吻来呈现，篇幅更达80行。

诗人之外，艺术家我也咏过不少，最多的是梵高，共5首。因为我早年译过《梵高传》，后来论述其人其艺的文章也有4篇，梵高的原作也细看过不下百幅。他如仇英、傅抱石、吴冠中、席德进、刘国松、楚戈、江碧波、董阳孜、杨慧珊、王侠军等，也各有题咏。古人如荆轲、李广、昭君、史可法、孙中山、蔡元培、甘地也在其列，咏甘地的多达3首。神话与传说人物也都能激发我的想象，例如：后羿、夸父、女娲、观音。总之，实有其人，就以信史为经，同情的想象为纬，事求其实，情求其真，更以独特生动的角度切入并淡出，夹叙夹议，始能为功。例如李广射虎入石一事，太史公只有一句话："广出猎，见草中石，以为虎而射之，中石，没镞，视之，石也，因复更射之，终不能复入石矣。"由我来写，就得考验自己的想象力，将《史记》之句更加发挥，结果如下：

> 弦声叫，矫矫的长臂抱
> 咬，一匹怪石痛成了虎啸
> 箭羽轻轻在摇

中国古典诗咏人物，最重见识。品评他人之际，也每每会泄露诗人自己的气度：感性再美，仍需要知性来提升。龚自珍《己亥杂诗》咏陶潜三首绝句，便一反陶诗冲淡的定论，却说陶诗的风骨自有侠骨："莫言诗人竟平淡，二分梁甫一份骚。"又说"颇觉少陵诗吻薄，但言朝叩富儿门"，反而小贬杜甫一下。其实，杜牧和王安石也每作翻案文章，启人深思。现代诗步西方之后尘，奢言"发掘自我"，结果未见深度，却病狭窄：舍古典传统而不顾，非常可惜。

郭虹：您毕业于外文系，又长期任职于外文所，专业领域是英美诗歌。记得您曾说,白天教英文,晚上却用中文写作。请问,您的专业对您创作中文诗歌有什么影响?

余光中:我在南京大学、厦门大学、台湾大学念的都是外文系;后来教书也都是教外文系,唯一例外是1974—1985年在香港中文大学中文系任教。我在四川读高中时,英文一直很好,甚至可以读一些较浅近的原文名著,例如兰姆的《莎翁乐府本事》(*Charles Lamb: Tales from Shakespeare*),也读过英文译本的《托尔斯泰短篇小说选》。当时正值抗日战争,四川盆地几乎与外国隔绝,令人对西方十分憧憬。所以考大学时我唯一的选择便是外文系。

通一种外文,尤其是主流语文英文等于多开一面窗子,多开一扇门,通向另一个世界,心灵的空间扩大一倍。译文的间接沟通,远非原文的直接经验可比。读通英文之后,再顾中文,才会更了解中文的特色。例如英文字汇虽然丰富,但是竟无一字与中文的"霞"相同。中国的传统水墨画画不出晚霞;西方的印象派油画最擅画朝阳与夕照,但西文没有相对于"霞"的字,所以西方人绝对不会像我一样欣赏"落霞与孤鹜齐飞"之美。但是反过来,读遍中国的古典诗,也不会遇见西方的一大诗体:无韵体(blank verse),不会领悟工整的诗句虽不押韵,却另具节奏开阖吞吐之美。因此莎翁剧中对话,米尔顿史诗的体裁都用了这种诗体,而给人高古朴素之感。

我熟读上千首英美名诗,不但教这一课已近50年,而且还译过近300首英诗。英诗的主题、句法、节奏、韵律、诗体意象等早已深入了我的感性,丰富了我的诗思、诗情,成为我"诗艺"不可或缺的成分。对于我的诗艺,中国古典诗是主流,西方诗是一大支流,至于五四以来的新诗,只是古典诗浅短的下游而已,不但三角洲有点淤塞,而且风景远不如上游与中流。

郭虹:您曾说:"中国古典诗歌几乎只有'煞尾句'(end-stopped line），没有'待续句'（run-on line）"（《掌上雨·古董店与委托行之间》）。请您谈谈这类句型，您在诗中运用这种句型么？

余光中：诗艺上新诗能向西方诗乞援的地方不少。例如中国古典诗几乎没有回行，西方诗则并用"煞尾句"（end-stopped line）与"待续句"（run-on line）而变化句法与节奏，因此比中国古典诗更具伸缩自如的弹性。回行如能适度省用，当可收悬宕之功。不幸今日的新诗作者往往滥用回行，乃使节奏涣散，语气迂回，读来零散不畅。

郭虹：您在写诗的同时也说诗，包括评论别人的诗歌和总结自己的创作经验。例如，仅以文集《掌上雨》而言，其中十多篇文章几乎都是说诗的。我们注意到，您的诗歌，无论是现代主义试验，还是回归传统之作，无一不是想象飞腾，意象繁复。撇开第一类不谈，您诗中的意象有几个特点：一是以女性入诗，比如母亲、妻子、女儿等；二是源自古典，尤其情诗一类，比如湘夫人、桃花源、木兰舟、巫山、莲等，《莲的联想》一本集子咏唱的都是圣洁的莲；还有一些取自大自然如月、虹之类。关于诗歌中的意象，古人也非常重视，也曾有过诸多论述，王世贞《艺苑卮言》中称之为"意象"，胡应麟《诗薮》中称之为"兴象"，王国维《人间词话》中称之为"境界"，并强调"有境界则自成高格"。您也曾撰文专论意象，且认为"意象（imagery）是构成诗的艺术的基本条件之一"（《掌上雨·论象》）。请您谈谈您诗中意象的经营。

余光中：意象与节奏，是诗艺的两大要件，必须齐备，诗才能生动而流畅。诗有意象，才不会盲，有节奏，才不会哑。意象、比喻、象征三者之间，常常不易区别。大致说来，意象较为单纯，象征就比较繁复。例如"采菊东篱下，悠然见南山"，唤起的视觉十分鲜明，但并无比喻，只是即事即景而已。又如欧阳修的《再过汝阳》:"黄栗留鸣桑葚美,紫樱桃熟麦风凉。朱轮昔愧无遗爱,白首重来是故乡。"四句都以鲜明色彩开头,真是明媚极了,却不牵涉比喻。比喻必须主客呼应,虚实相生,才能成立。例如"水是眼波横,山是眉峰聚",山水是实,眉眼是虚,将山水拟人化,实者虚之,美感就在其间。更妙的是风从山来,波从水起,巧接天然,戏法变得手脚伶俐,不留痕迹。再如"思君如满月,夜夜减清辉",是以月比人:月满光盈,但是月盈之后,逐夜转亏,也就是"减清辉",正如情人害相思,也是逐夜消瘦,一夜比一夜容光暗淡。所以"思君"是实,"满月"是虚,虚实之间有夜夜来转位:望月要在夜晚,相思也因夜转深。至于"春蚕到死丝方尽,蜡炬成灰泪始干",则是象征,因为它虽然实指爱情的无怨无悔,至死不渝,但字面却是具体而生动的意象:蚕丝与蜡泪。

我自己诗中的意象,上承古典诗词,旁采西洋诗歌,有单纯的比喻,也有较为繁复的意象结构(imagery)。例如下面这两首小品,便是单纯的比喻:

水

水是一面害羞的镜子
别逗她笑
一笑,不停止

海峡

早春的海峡
那么大的一块蓝玻璃
风吹皱

但有些意象更为繁复，就需要更高的诗艺来经营，例如《山中传奇》的前四行：

> 落日说黑蟠蟠的松树林背后
> 那一截断霞是他的签名
> 从焰红到烬紫
> 有效期是黄昏

断霞因落日而起，犹如落日签了美丽的名字，自然的景观就引起了人事的关系。支票上签了名，有一定的生效期，过此便作废了；犹如落日挥霍的晚霞，要欣赏便得及时，否则就被夜色吞没。这种隐喻（metaphor）其实就是"拟人化"的修辞：客观之景物用主观之人事来诠释。再举我的《绝句》第一段为例：

> 美丽而善变的巫娘，那月亮
> 翻译是她的特长
> 却把世界翻走了样
> 把太阳的镕金译成了流银
> 把烈火译成了冰

月光是日光的反射，如果日光是原文，月光便是译文了，所以月亮是一位翻译家，其译文比原文更美，更神秘。这样的"拟人化"意象，我相信，比民初的新诗委婉得多。

郭虹：您从小就接触文言文，后来虽然学外文，教外文，但从未中断过古典文学的学习和研究，您尤其推崇唐宋八大家。您收录在文集《从徐霞客到梵高》中的《杖底烟霞》等四篇系列论文，梳理了中国山水游记产生、发展、变化的脉络，剖析了山水游记的文化成因，论述了山水游记的感性和知性，总结了中国山水游记的成就及提供给后人的有益借鉴。不仅文采高妙，且见解超卓。还有长篇论文《龚自珍和雪莱》《象牙塔到白玉楼》，后者全文运用比较分析的批评方法，将唐代文学放在与公元八世纪中叶整个西方对比的大背景下考察，不仅中西比较，更有李杜、元白比较，白居易与韩愈比较，还有韩派诸家比较。不仅比较其题材、技巧、境界、风格之别，更剖析其深层成因。最后将笔墨挥洒于李贺，在评析李贺时也充分运用纵比（师承）和横比的方法，处处显示出一种开阔的现代视野。

现实生活中您也是文言文的倡导者，记得前几年台湾有些政治人物主张"去中国化"殃及中学教育时，您曾亲自发动拯救国文的运动。请问，您对文言文的倡导与研究，于您的诗歌、散文创造有什么影响？

余光中：前面我说过，古典文学是我写作生命的主流，也是上游，而古典文学的载体——文言文，更是我写作语言的根底、骨架。不读文言，几千年的中华文化，包括文学，何从吸收。不熟读古典诗、文，就不会见识到中文能美到什么程度，也不会领悟古人的造诣已抵达怎样的深度、高度。一位作家笔下，如果只能驱遣白话文，那么他的文笔就只有一个"平面"。如果他的"文笔"里也有文言的墨水，在紧要关头，例如要求简洁、对仗、铿锵、隆重等等，就能召之即来，文言的功力可济白话的松散和浅露。一篇5000字的评论，换了有文言修养的人来写，也许3000字就够了。一篇文章到紧要关头，如能"文白相济"，其语言当有立体之感。所以我的八言座右铭是："白以为常，文以应变。"如果作者还通外文，而在恰当之处又引进方言俚语，那"八字诀"还可扩到十六字，加上"俚以见真，西以求新"。一位作者能掌握这么多语态，他的筹码当然比别人多，而文言正是一张王牌。我的诗、文，往往地推向高潮之际运用了文言的功力，而这是迷信白话万能的作家无能为力的，例如《夜读曹操》的中篇：

> 也不顾海阔楼高
> 竟留我一人夜读曹操
> 独饮这非茶非酒，亦茶亦酒
> 独饮混茫之汉魏
> 独饮这至醒之中之至醉

文言不但撑持了我的白话文，更成为我翻译英文诗的筹码。莎翁是400年前的诗宗，济慈是200年前的天才，其诗均古色古香，甚至使用thou、thee、thy等古语，何以一定要用今日的白话，而不能酌用一些文言来译？所以我译济慈名诗《华衣》（*A Coat*），干脆用文言来追摩他老练简洁的诗体，译诗如下：

> 为吾哥织华衣，
> 剌图复绣花，
> 绣古之神话，
> 自领至裾；
> 但为愚者攫去，
> 且衣之炫人，
> 若亲手所纫。
> 歌乎，且任之！
> 盖更高之壮志
> 在赤身而行。

我和那时的教育部长杜正胜在媒体上几度争论,为的正是教育部要把国文上课时数减少,把"中华文化基本教材"(论、孟选文)由必修改为修选,更把原来课文中文言与白话的比例65比35,骤减为35比65。中华文化有精华也有糟粕,今人当去芜存菁扬其真谛,却不可一律妄加否定。其实"文化大革命"期间的破四旧与批孔扬秦,已经证明中华文化不可妄去。结果是在海外遍设了许多孔子学院,而"乘桴浮于海"有了新意。

散文 在中国文字的风火炉中炼丹

郭虹:您曾在《逍遥游·后记》中说:"我到当真想在中国文字的风火炉中,炼出一颗丹来。"的确,读您的散文,读者往往被您的语言所吸引。比如《听听那冷雨》中,您用语言涂抹色彩,勾勒线条,布置光影;您用语言的音符弹奏旋律,用生命的律动来调节语言的速度和节奏。既有一泻千里的舒展,又有惜墨如金的凝练,长短参差,整散交错,给人以复合的美感。那么,您是如何锤炼您散文的语言的?

余光中:中国的文字不仅具有形体架构、声音韵律之美,而且其本身所呈现的色彩、明暗、质地、软硬等也能给人想象的空间,倘能综合运用多种修辞手法,并佐以整散搭配、长短交错之句式组合,便能使人同时产生视觉、听觉、感觉上的美。例如:我的散文《听听那冷雨》中有一段:

"譬如劈空写一个'雨'字,点点滴滴,滂滂沱沱,淅沥淅沥淅沥,一切云情雨意,就宛然其中了。视觉上的这种美感,岂是什么rain也好pluie也好所能满足?翻开一部《辞源》或《辞海》,金木水火土,各成世界,而一入'雨'部,古神州的天颜千变万化,便悉在望中,美丽的霜雪云霞,骇人的雷电霹雹,展露的无非是神的好脾气与坏脾气,气象台百读不厌门外汉百思不解的百科全书。"

这一段我从"雨"字的形体到其蕴涵,由表及里地展现了汉字复合之美,并佐以叠音词及在音节松散的句式中嵌入音节整齐的成语,以造成一种音律上的纡徐有致和视觉上错综的美感。在我的一些散文尤其是大品文里,"我倒当真想在中国文字的风火炉中,炼出一颗丹来。在这一类作品里,我尝试把中国的文字压扁、拉长、磨利,把它拆开又拼拢,拆来且叠去,为了试验它的速度、密度和弹性。我的理想是让中国的文字,在变化各殊的句法中,交响成一个大乐队,而作家的笔应该一呼百应,如交响乐的指挥杖。"这段话是1965年在我的散文集《逍遥游》出版之时说的,那时我是这么做的,至今也仍未放弃。

郭虹:2001年5月,海天出版社出版发行了由著名学者季羡林主编的一套《当代散文八大家》丛书,这八大家分别是:冰心、季羡林、张中行、金克木、秦牧、汪曾祺、余秋雨,作为宝岛(台湾)福地(香港)当代散文成就的代表,您位列其中。

中国的散文创作历史悠久,源远流长。秦汉、魏晋、唐宋、明清,尤其唐宋时期产生了久负盛名的"八大家"。这套丛书名之为"当代散文八大家",似有将20世纪的散文成就与唐宋遥相呼应之意。就民国以来的散文创作,除了《我所知道的康桥》《桨声灯影里的秦淮河》等长篇之外,以小品文居多。这一文类大多感性充盈,清新自然。但是您更欣赏的则是韩潮的澎湃,苏海的浩茫,庄子的超逸,孟子的担当,司马迁的跌宕恣肆。

丛书中您的集子名为《大美为美》,应该是提示文集所选散文几乎都是长文(杂文和文学评论除外)。您的散文从《左手的缪斯》到《日不落家》,共十二集,不仅有《宛如水中央》《在水之湄》等一类的精致小品,但更多是像《咦呵,西部》《依瓜苏拜瀑记》《登楼赋》《高速的联想》等意象丰盈、充满阳刚之美、气势恢弘的长篇散文,学界称之为"大品散文",号称"余体"。香港著名学者黄国彬在《余光中的大品散文》(《当代散文八大家·大美为美》,海天出版社2001年5月出版)这样评价您的这一类散文:"出色而罕见,在五四以来的散文史上岳峙寡俦。以'大品'一词形容,庶几能标出其独特之处。"请您谈谈关于"大品"一说,您又是如何营构这类散文的?

余光中:我一生经营四大文类:诗歌、散文、评论、翻译,迄今写作不辍。最早锐意攻坚的,是诗。第一首诗《沙浮投海》写于南京,时年20岁。至于写散文,则始于24岁,第一篇《猛虎与蔷薇》虽然是在评论文章,其实是刻意在写美文。不过我认真写抒情散文,从小品发展到"大品",而且在散文艺术上抑五四早期小品而创"现代散文"之说,则是在20世纪60年代的初期。在《剪掉散文的辫子》一文中,我指出当时流行的散文,承袭五四之余风,不但篇幅短,格局小,而且有三大毛病:一是学者的散文,包括国学者文白夹杂的语录体和洋学者西而不化的译文体;二是伤感柔媚的花花公子体;三是清汤挂面不求有功但求无过的浣衣妇体。后来我又鼓吹,散文家应力矫时弊,一扫阴柔,追求大格局新气象的阳刚文风。我把理想中的"大品"称为"重工业",像贾谊的《过秦论》、司马迁的《报任少卿书》,像苏轼的《潮州韩文公庙碑》。在我这一类"大品"集里,可称代表作的应包括《逍遥游》《咦呵西部》《望乡的牧神》《听听那冷雨》《我的四个假想敌》《风吹西班牙》《红与黑》《桥跨黄金城》,等等。至于《圣乔治真要屠龙吗?》和《山东甘旅》等,则都长逾万言。当然仅凭篇幅之长,仍不足以称大品。真正的大品,还得内容丰富,见解出众,风格则兼具知性与感性,语言也能屈能伸有弹性。近年余秋雨的文化散文,把读者带到文化现场的景点去,夹叙夹议,寓见解于抒情,也称得上大品。不过黄国彬称我的散文大品,是因为他谬赏拙作在推向高潮时能把感性"开足",尤其是动感,于是语言节奏与气势臻于交响乐的盛况。这却不是余秋雨所要的效果。

也有某些论者认为我的大品太浓,太盛气逼人。我的答复是:长此以往,会有此病。我对文体,有心多方面试验,小品与杂文的产量也并不少。大品散文是我的壁画巨制。我想大画家该不会安于只画速写与水彩吧。

郭虹:散文的天地非常广阔,凡诗不到之处,都得使用散文。但是好的散文应该是感性饱满而理性坚实,不仅能怡人性情,更能启人心智。因此,散文写作讲究运用记叙、描写、抒情、议论多副笔墨。比如抒情和议论就必须依托于记叙和描写之上,否则,就会给人以空洞、露骨、无端歌哭之感。1979年您在《左手的缪斯》新版《序言》中曾谈到散文的感性和知性的问题,但并非综合运用这几种表现手法就能达到文情并茂,情理相生。1993年您为苏州大学"当代华文散文国际研讨会"作专文讨论了"散文的感性和知性"(《蓝墨水的下游》,九歌文库出版,1998年10月)的重要性及经营等问题。现在,请您就这个问题做一些具体的阐述。

余光中:散文是相当庞杂的文类,与其他文类的分解也不很清楚。例如抒情文、写景文就近于诗,散文家若无诗才,这两种散文就写不好。又如叙事文,就近于小说,如果其中对话不少,就近于戏剧。议论文如果功架十足,过分严谨,又近于正规的学术论文。介于其间的还有身份暧昧的杂文,此体写得太抒情,就成了小品文,或者高不成低不就的散文诗;另一方面如果说理太多,又成了议论文。议论文和杂文,应属知性散文;抒情文、写景文、叙事文等,应属感性散文。要称得上散文大家,必须兼擅两者,才能左右逢源,软硬兼施。偏才的散文家或擅言情,或擅议论,真正的通才既有能想的头脑,又有善感的心肠,才能无往不利,情理交融,让读者亲近作家的完整人格、风格。同一大家的杰作,风格也呈各异的比例，例如苏轼的赤壁二赋，《前赤壁赋》始于写景抒情，却继之以议论，那议论以水月为喻，来说人生的常与变，盈亏虚实之间不必拘泥于变，自可安心于常。东坡为客解变化之惑，是智者的形象。可是到了《后赤壁赋》，"曾日月之几何，而江山不可复识矣"，却把情绪置于变中。东坡不再是智者，但是他毕竟"摄衣而上，踞虎豹，登虬龙……盖二客不能从焉"，却还是一位勇者。前赋较具知性，至少是兼容知性与感性；后赋就舍哲学而营叙事，以感性为主了。

我常以旗杆喻知性，而以旗喻感性：有杆无旗，就太硬了；反之，有旗无杆，又太软了。风格就是长风，有杆有旗，就飘扬多姿。钱锺书的散文比起梁实秋的来，较富知性，所以多理趣；梁实秋则较多情趣。鲁迅与周作人兄弟之间，也似有理趣与情趣之分。王鼎钧与张晓风似乎也形成类似的对照。我自己的散文也不妨如此并观。偏重抒情而富于情趣的代表作，应包括《听听那冷雨》和《我的四个假想敌》；偏重理念而富于理趣的代表作，则应举《开卷如芝麻开门》《自豪与自幸：我的国文启蒙》《天方飞毯原来是地图》。

郭虹：幽默是一种天赋，能给人一种高层次的心灵欢乐和精神享受，有的人曾为自己不幽默而沮丧而苦恼。其实，幽默也是一种潜质，需要后天不断地挖掘和培养。正如生活需要幽默一样，文学艺术也需要幽默。因此，西方文学艺术家、文艺理论家很重视这种手法的运用和研究。中国现代作家如林语堂、梁实秋不仅研究幽默，他们本身也是幽默大家。我想这样评价您也不为过。我们知道您不仅欣赏梁实秋的情趣，更欣赏钱锺书的理趣。您曾于1972年6月作文专论《幽默的境界》（《听听那冷雨》，时代文艺出版社，1997年8月出版）。幽默也是您作文和为人的一贯风格。您最早的一篇幽默散文《给莎士比亚的一封信》写于1967年。

后来又陆续创作了《麦克雄风》《开你的大头会》等篇，尤其《我的四个假想敌》和《催魂铃》中的情趣、理趣兼备深受读者喜爱。2005年5月台湾天下远见出版公司出版了《余光中幽默文选》，这本集子收录了您自1967年至2003年的幽默小品15篇和幽默长文9篇。关于幽默及幽默的艺术，请谈谈您的见解。

余光中： 幽默起于人生之荒谬与无聊，对于生命的困境甚至悲剧，是一贴即兴的解药。现实逼人，不留余地，勇者起而反抗，仁者低首救难，唯智者四两拨千斤，换一个角度来看，竟能一笑置之。金圣叹抗粮哭庙，临刑竟能自嘲，说杀头是天下最痛快的事。英国的作家兼重臣汤玛斯·莫尔得罪了国王亨利八世，被判叛国，在断头台上竟从容将胡须捋开，说胡子无辜，并未得罪君王。这种黑色幽默能把悲剧化成喜剧，真是幽默到家，非常人所及。

钱锺书年轻时笔锋犀利，伤人无数，一时成了文坛的独行侠，左批鲁迅的严肃，好为青年导师，右刺林语堂的幽默文学，称之为"卖笑"。

在《余光中幽默文选》的自序《悲喜之间徒苦笑》里我这样说："幽默常与滑稽或讽刺混为一谈。大致说来，幽默比较含蓄、曲折、高雅，滑稽比较露骨、直接、浅俗：所以滑稽能打动小孩子，而幽默不能。另一方面，幽默比较愉快、宽容，往往点到为止，最多把一个荒谬的气泡戳穿，把一个矛盾的困境点出。以子之矛攻子之盾，是幽默最好的手段。讽刺就比较严重、苛刻，怀有怒气与敌意。讽刺可以用来对付敌人，幽默却不妨用来对待朋友甚至情人。"萧伯纳与王尔德并为爱尔兰大作家，均以词锋犀利闻名。不过萧伯纳是庄谐交加的讽刺家，唯美的王尔德却是轻于鸿毛、细若游丝的幽默家。我的幽默感近于王尔德，所以他的四部戏剧由我译成中文，乃理所当然。王尔德若懂中文，想必欣然而笑未必会说出缺德话来。

钱锺书和梁实秋的幽默文章均属小品。我的这类文章里却也有一些"大品",例如《如何谋杀名作家?》《沙田七友》《牛蛙记》《我的四个假想敌》《饶了我的耳朵吧,音乐》等,不下10篇。

幽默是敏锐的心灵,在精神饱满生趣洋溢的状态下,对外界事物的自然反应。这种境界有如风行水上,自然成纹,不能做假,也不能事先准备,刻意以求。世界上多的是荒谬的事,虚妄的人,天生诙谐的心灵,当可左右逢源,随地取材,用之不竭。刻意取笑的人往往是贫嘴,是笑匠。真正的幽默感其实也是一种灵感,不招自来,但是要等善于表达的人,才能信口道来,信手写来,而成就妙语天下的美谈。

有一次,电视台记者对我说:"有人又在电视上骂你了。"我笑答:"真的吗?太感动了。隔了这么多年,还没忘记我。可见我的世界早已没有他,他的世界却不能没有我。"幽默,正是教伤口变出玫瑰来的绝技。

郭虹:您的作品中有一些诗文同胎现象,即同一题材以不同形式来表现。所以您常常是双管在握。您的散文《牛蛙记》与诗歌《惊蛙》便是一例,《记忆像铁轨一样长》的同胞,包括《九广铁路》《老火车站钟楼下》《火车怀古》等诗。这种现象中国古代也较常见,比如苏轼的《念奴娇·赤壁怀古》与《赤壁赋》便是。这种诗文同胎在您的作品中分量还真不少。那么,当面对同一题材,作者该如何选择表现形式呢?

余光中:中国古典文学的传统,常把"诗文双绝"引为美谈。这情况和西方颇不相同:西方的大作家少有诗文兼擅者,虽然米尔顿、雪莱、柯立基、安诺德、艾略特等名诗人也是文章高手,但其文章多为评论而非抒情散文。英国文学史上多的是大诗人兼批评家,但是英国大诗人而能写出《赤壁赋》或《阿房宫赋》的,却绝对罕见。试看唐宋八大家里，除了苏洵不擅诗而苏辙、曾巩诗才不高之外，其余五家可都是诗文双绝，而且每每诗文同题而风格各异。例如散文两写赤壁，前后二赋各有妙境，意犹未尽，更发而为赤壁怀古的名作《念奴娇》。又如在长诗《寄吴德仁兼简陈季常》之中，把陈慥取笑成惧内的丈夫，落得"季常癖"一词的笑柄；但是在《方山子传》的文章里，却把这"懦夫"写成了豪侠兼隐士。其实杜甫也曾同题分写：例如在名诗《画鹰》之外，他还写过《雕赋》一文，而题咏曹霸画作的两首诗外，又写过《画马赞》一文。不过诗文相比之下，他的文章大为失色，只能当作写诗之前的草稿而已，因此，无法赢得"双绝"的美誉。

我自己诗文都多产，而且同题分写的例子也不算少。从1974年到1985年，我一直在香港中文大学教书，沙田山水之胜，入我的散文则成了《沙田山居》与《春来半岛》，而以之入诗则有《山中传奇》《山中暑意七品》《山中一日》《松下有人》《一枚松果》《插图》《松涛》《初春》《黄昏》《蛛网》《夜色如网》《十年看山》《沙田秋望》等篇。1985年秋天，从香港回到台湾，定居高雄，于是轮到南台湾的山水风物进入我的作品：成文的有《隔水呼渡》散文集中从《隔水呼渡》到《木棉之旅》的五篇长文；成为诗的则多达六七首。我的中学时代在四川度过，印象非常深刻，悠久的记忆可见我的《思蜀》一文，入诗的包括《蜀人赠扇记》《回乡》《桐油灯》《火金姑》等篇。此外如美国经验入散文的非常多，可以《四月，在古战场》《塔》《咦呵西部》《望乡的牧神》《地图》为代表，而相应入诗的也有不少，包括整本诗集如《万圣节》与《敲打乐》，以及《白玉苦瓜》的前六首。有人问我，兼擅诗文的作者要写某一主题时，究竟应选择何种文体。我的答复是：诗是点的跳接，散文是线的联系。某一美感经验，欲记其事，可写散文，欲传其情，可以写诗。

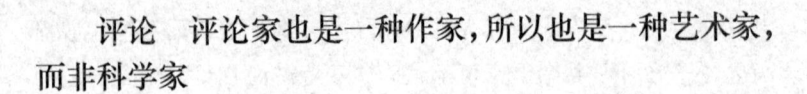

评论　评论家也是一种作家，所以也是一种艺术家，而非科学家

郭虹：您的评论出入古今，解释有度，褒贬有据。不仅有诗歌、散文评论，如《评戴望舒的诗》《论朱自清散文》（《余光中散文选集·青青边愁》，时代文艺出版社，1997年8月），更将笔触伸至音乐绘画，如收入《余光中散文集·听听那冷雨》中的《云开见月——初论刘国松的艺术》和《论琼·拜丝——听这一窝夜莺之一》（时代文艺出版社，1997年8月）。不仅有理论的诠释，也有经验的总结。不仅有《龚自珍和雪莱》的严谨分析和严肃说理，也有《李白与爱伦坡的时差》的生动形象和活泼情趣。

您在评论集《从徐霞客到梵高·自序》中曾提出"评论家也是一种作家，所以也是一种艺术家，而非科学家"的观点，并指出一个令人满意的评论家应该具备四种美德，即言之有物，条理井然，文采斐然，情趣盎然。在求真（以科学的严谨态度去分析、判断和评价）基础上求美（形象生动、情怀饱满），这也可以看作是您的评论文章的特色。您的许多评论文章都是可以当作美文来读的。比如《美国诗坛顽童康明思》（《余光中散文选集·左手的缪斯》，时代文艺出版社，1997年8月）中对康明思抒情诗的一段评价，简直就是精美的散文诗章。请问，您是有意为之还是性情使然？

其实"言之有物"和"言之有序"也是中国古代文论的传统，同时中国古代文论无一不是辞采华美之作。这是否影响了您的评论文章的写作？

余光中：我一直主张，评论家也是一种作家，不能逃避作家的基本条件，那就是，文章必须清畅。评论家所评，无非是一位作家如何驱遣文字。他既有权利检验别人的文字，也应有义务展示自己驱遣文字的功夫。如果连自己的文字都平庸,他有什么资格挑剔别人的文字?手低的人,眼会高吗?

我所乐见的评论家应具备下列几个条件:在内容上,他应该言之有物,但是应非他人之物,甚至不妨文以载道,但是应为自我之道。在形式上,他应该条理井然,只要深入浅出,把话说清楚便可,不可以长为大,过分旁征博引,穿凿附会。在语言上,他应该文采出众,倒不必打扮得花花绿绿,矫情滥感,只求在流畅之余时见警策,说理之余不乏情趣,若能左右逢源,拈来妙喻奇想,就更动人了。

反之,目前的一般评论文章,欠缺的正是前述的几种美德。庸评俗论,不是泛泛,便是草草,不是拾人余唾,牵强引述流行的名家,便是旧习难改,依然仰赖过时的教条。至于文采平平,说理无趣,或以艰涩文肤浅,或以冗长充博大;注释虽多,于事无补,举证历历,形同抄书,更是文论书评的常态。

我自己写评论,多就创作者的立场着眼,归纳经验,多于推演理论,其重点不在什么主义,什么派别,更不用什么大师的当红显学来鉴定一篇作品,或是某篇"书写"是否合于国际主流。我只是在为自己创作的文类厘清观点,探讨出路。我只能算是圆通的学者,并非正统的评论家。我写的是经验老到的船长之航海日记,不是海洋学家的研究报告。

译者,必须也是学者、翻译,不折不扣是一门艺术

郭虹:您曾在《翻译乃大道》(《余光中散文选集·凭一张地图》,时代文艺出版社,1997年8月)中说:"对翻译的态度,是认真追求,而非逢场作戏。"迄今为止,您翻译过十多本书,包括诗歌、小说、戏剧。您说:"翻译的境界可高可低,高,可以影响一国之文化。"在一切日益国际化的今天,这话仍具有现实意义——这应该是您

在教书、写诗作文之时也握着一支蓝色笔的原因。

自1957年台湾重光文艺出版社出版您的译著《梵谷传》之后几十年，您除了翻译介绍外国诗之外，还陆续出版了英国作家王尔德的喜剧《不可儿戏》《温夫人的扇子》《理想丈夫》等。您说自己有些以诗为文，以文为论。就是说您的诗有些在散文里，您的散文有些在评论甚至翻译里面。这是不是如您所说"翻译不折不扣是一门艺术"呢？

余光中：我自称一生经营的四度空间是诗歌、散文、评论、翻译，翻译虽然排在最后，也是我同样努力的一大空间。我在大学毕业的那一年（1952年）就翻译了《老人与海》（Hemingway: The Old Man and the Sea），三年后又译了《梵高传》（Stone: Lust for Life）。迄今我一共译了14本书：最多的文类是诗，共有6本，其次是戏剧，4本。不同的文类需要不同的"译笔"。诗要译得精致，富于节奏与韵律之美；戏剧的台词却要流畅而自然。诗是给读者看的，戏剧却是给听众听、演员讲的，必须现说、现听、现懂。诗当然也可以给听众听，不过那是诵者（reader）的事了。我在大学教了30年翻译，又主持梁实秋翻译奖评审22年，现在正在翻译《济慈诗选》，准备明年出书。

翻译对文化与宗教的传播，贡献至巨。佛教输入中国，前后的译经有赖番僧与"唐僧"，例如鸠摩罗什与玄奘。基督教从近东传到西欧，也有赖高僧把希腊文、希伯来文译成各国的语文：一部英文《钦定本》（King James Authorized Version）的圣经对英国文学的影响不容低估。20世纪初中国新文学乃至新文化的发展，尤其是媒体的传播，都不能缺少翻译，所以不良的译文体常会倒过来扭曲各国的国语，甚至会衍生一种非驴非马的"译文体"，亦即不中不西的"新文学体"。所以好的译者，好的翻译课教师，甚至一般的好国文教师，实在是一国语文的"国防大军"，必须认真维护自己民族清纯而自然的母语——这即是我所谓翻译可以影响一国之文化，且不折不扣是一门艺术。中文正面临"恶性西化"的危机，为此我写过好几篇文章，包括《从西而不化到西而化之》与《中文的常态与变态》。

郭虹：余先生，您至今仍然在四度空间里耕耘，您的艺术生命真可谓漫长。2008年10月，您80华诞之际，九歌出版社出版了您的诗集《藕神》、评论集《举杯向天笑》以及英国著名作家王尔德喜剧《不要紧的女人》，作为您向读者的献礼。在这里，我代表所有喜欢您的读者，祝愿您生命之树常绿，我们期待着您的新作！谢谢您！

在这里，我还要感谢台湾中山大学张玉山教授，是他给了我这次来台湾学术研讨的机会，使我得以就文学创作的许多问题当面请教您，并能浮光掠影地感受台湾的历史文化、风土人情以及当下整个社会环境。再次感谢！

2009年8月31日

（发表于《文艺研究》2010年2月；转载于《新华文摘》2010年11月）

《荷莲之韵》的繁复之美

正如周敦颐所言："水陆草木之花，可爱者甚蕃。"可是由于各人性情不同，志趣有别，所喜者自然有异。古往今来，承理学家周敦颐所好者不乏其人，而郭道义与莲却有着独特的机缘。这种机缘源自儿时以莲为伴、为友、为食、为药乃至学资来源的一段记忆。根据西方心理学家的研究，人的记忆有自动选择和自动屏蔽的功能，或许童年的岁月是艰辛的、困苦的，但隔着厚厚的时间屏障再去回首那段日子，剩下的只是美好与感恩——这正是郭道义先生心心念念再现荷莲之韵的初衷。

无论是其外在表现还是其内在意蕴，《荷莲之韵》都不是一时可以悟透、一句话可以穷尽的，因为它是一件具有综合之美的艺术品。由于这不是一部纯粹的摄影作品，而是融合摄影、诗歌和书法等多种艺术对荷莲进行了影、诗、书立体诠释，因此，就具备了以下美的要素：

色彩流动的画面美。传统的文艺理论谈到文学艺术作品与生活的关系时常拿摄影来对比，以突出文学艺术作品对生活的提炼与加工。但是，随着科技的发展，摄影设备越来越先进，摄影技术也不断拓展、不断精练，所以，对事物的捕捉也越来越精细，同时，还可以运用对比、夸张、运动、多次曝光、背景虚化等技巧，使画面更具表现力，更能体现拍摄者的意图。因此，今天的摄影作品一如文学艺术作品，也经过了艺术加工而深深地打上了拍摄者的主观色彩。就《荷莲之韵》的画面来看，除了运用主次分明、色彩繁复、环境烘托等技巧展现荷莲的千姿百态之外，最令人感动的是对大自然动态的捕捉：那些天使般的白鹭，无论是展翅飞翔还是栖息荷塘，都是画面中引人注目的亮点；还有那些水鸟，或成双游弋，或成群嬉戏，或低头觅食，或引吭呼友；花蕊间忙碌的蜜蜂、欲停未停的蜻蜓等，使画面弥漫着一种生命蓬勃的气息。还有水面的粼粼波光、被波光摇曳变形的倒影、一池荷莲疯狂转成色彩斑斓的旋涡，在这里，拍摄者完成了对风向、风速、风力的捕捉，使静止的画面光影流动、色彩流动、情绪流动，呈现出缤纷斑斓的情致。因此，这样的摄影已经融入了拍摄者对自然的感悟与激情。

意境高华的诗意美。这是《荷莲之韵》所具有的另一美质。其过程基本上是诗人根据郭道义先生提供的照片来创作一首诗，按理讲，这应该属于应景之作，而应景之作有些像命题作文，素材就是照片的内容，至于里面的情愫就要靠诗人自己的阅历、修为去悟，如果说摄影是一种造型艺术的话，那么诗歌则是语言的艺术，因此，这是一个艺术形式转换的过程，也是一个再创造的复杂过程，这对诗人也是挑战。收集在这个集子中的一百多首诗，虽然并不是所有的都是名诗，也不是每一首都是经典之作，但是所有诗歌的情感却共同指向——莲，或一缕思绪，或一份情愫；或高歌，或低回，其中不乏意境高华之作。余光中的《咏莲》放在开篇之首，我想不仅是名人之作，更应该是诗歌对画面中蜻蜓"起落不定"的细节再现、对荷莲出尘乃至圣洁品质的赞美和字里行间透出的古雅韵致。余光中自己也酷爱莲，他曾在20世纪60年代出版诗集《莲的联想》，诗歌咏唱的是一场始于初夏止于夏末无疾而终的爱情,在这场爱恋中,虽然男女主人公尊崇"发乎情,止乎礼"的古训,但却酝酿出了不少佳作,在诗中他甚至将母亲、美、神的形象与莲融为一体,这也是余光中从现代主义回归传统的里程碑。那句"花瓣连成神明的宝座"与《莲的联想》中"心中有神,则莲合为座,莲叠如台"有着异曲同工之妙。因为莲与佛教有着不解之缘,所以说到莲自然就让人想到佛,莲的这一蕴含也在君分诗中得到了很好的诠释:"我是佛前的一朵青莲""我沉睡在佛经里""双手合十""心念众生一生平安",将莲升华为一种至善的情怀。亚捷的那首短诗情感热烈而含蓄,直接又婉转,拼却洪荒之力换来一瞬绽放,只因"你"辉煌的注视,这个"你"是画面中金光万道的太阳还是隐藏在后面的拍摄者抑或是诗人心中的某个形象,这种不确定性留给读者很大的解读空间,增加了诗歌的张力。与唐益红的滞重"黯哑的命运"不同的是谈雅丽轻快明丽的"无边歌声"。与周碧华和瑶溪自由流畅相异的是蔡长松、黄士元的古风雅韵。不论哪种风格,诗人演绎的都是莲之美好,抒写的都是对真善美的憧憬与追求。集子中每一首都堪称经典,只是篇幅有限,不能一一解读,是一憾。

　　翰墨溢香书法美。这是《荷莲之韵》具有的又一美质。收入集子中的一百多幅书法作品,或篆或隶,或行或草;或古朴雄浑,或气韵飞动,显示了不同的艺术个性,用中国传统的书法艺术来诠释传统文化意象,为这本摄影集增添了不少光彩。遗憾的是笔者虽喜爱书法艺术,但没有恒心练习,懂得一点书法审美常识,但并无研究,虽经几个月时间的恶补,仍不能领略这种传统艺术美之一二,就只能站在门外走马观花了。又限于篇幅,亦只能择其一二浮光掠影。久闻张锡良先生盛名,虽为同乡,却未曾谋面,也常于展会或友人处或网络上欣赏到他的作品,只觉得他跌宕起伏的笔墨线条中流淌着赵之谦书法艺术的意脉和神髓,给人一种纵深感。最近了解到，他果然师承赵之谦。中国传统技艺大多"以摹古始，以成家终"，摹古是一种选择，需要毅力；成家则是一种创新，需要灵气。赵之谦乃晚清书法大家，中国书法史上最具代表性的人物之一。他的书法，看似柔媚，但细品之中，则阳刚之气扑面而来，个性十分鲜明。张锡良先生的书法艺术师法赵之谦，其传统根基十分牢固，又将岁月的磨砺融入其中，宁静中有奔放，平和中蕴热烈，有种"猛虎细嗅蔷薇"的韵味。他特别善于藏力，笔势圆润少锋芒，而将力化为气，所以，他的作品一气呵成中澄澈儒雅之气韵婉转而流畅，我想，这应该是他的一种修为、一种气质了。用他的书法来演绎余光中先生的《咏莲》，真是珠联璧合、相得益彰。

展阅钟明善先生的"荷色生香"，心中不禁涌起一份感动，感动于当代书法名家的慷慨，让我们同时欣赏到他书法艺术的两种不同风景：行书飞扬的神韵和篆书沉潜的古朴。不难看出其从泱泱五千年中华传统文化中走来的深沉的足迹，同时又绽放出迥然有别于前贤的颇具时代气息和诗家激情的独特风貌。他的书法以行、篆为精。"其行书，从'二王'、颜真卿、柳宗元、米芾、文徵明诸家吸取营养，又得于体草书启发，删繁就简，自然不拘，结法遒美，气韵生动，不矜而妍，不束而严，不轶而豪，浓郁的书卷气息跃然纸上，似春风拂面，若流水潺潺，令人赏心悦目，神清气爽；其篆书，从金文、石鼓得其沉雄劲健，从秦代小篆、邓完白之线条得其圆融流动，加之扎实的篆刻功力，熔阳刚之美与阴柔之美于一炉，中锋取势，侧锋取险，线条圆劲而飞动，力感、弹性与节奏感十分强烈，巧拙兼施，虚实相生，烂漫天真，气象万千。"——有人如是评价他的书法艺术，是非常到位的。仅就"荷色生香"四字，明显从成语"活色生香"演化而来，但信手拈来之中却可见其对传统文化精髓之把握。其笔势柔中有刚，尤其横笔，几近无巧，骨平架正之中生出万千气象。他的书法用笔方圆兼备、藏露互见、巧拙兼施，其结字平正为骨，变化无穷，其章法字里金生，行间玉润，上下流畅，左右呼应，处处可见中国传统文化之阴阳调和、刚柔相济、中和为美的审美观念的深刻影响，同时其间亦氤氲着书法家之禀赋、学养、性格、追求，以及对莲的赞美之情。

《荷莲之韵》也是一曲和谐生命的乐章。摄影集按照荷莲四季变化的顺序安排，从春的萌动，"小荷才露尖尖角"；到夏的热烈，"接天莲叶无穷碧，映日荷花别样红"；到秋成熟，"卷却天机去锦缎，从教匹练写秋光"；到冬的凋敝，"翠衰红减愁煞人"，在时光荏苒中写尽了莲的一生，我们看着时间如何地流动，看一个生命如何渐渐地老去。古人讲：人生一世，草木一秋，若将自然四季来对应人生的季节，会让人生出无限的感慨。可是，作品的格调却并不颓废，秋天最后的那一柄莲，整个画面用黑白两色处理，单调的枯寂触目惊心，然而，那莲下一束光，却透出了一丝希望。很有趣的是在"冬"这一篇章里，摄影家大多运用暖色，浩茫湖水中孤立着最后一柄莲，枯瘠中泛着橘色。同样，远处是凋敝的荷，近处的水中停着一叶扁舟，它或许是太累了，想歇息一会儿，或许是在静静地等待春天，等待那片枯荷重新燃起生命的激情，这个画面意境特别苍凉，可是，它却被染上一层暖暖的晕黄，与其说这是天空的颜色，还不如说是摄影家情感的色彩。在郭道义先生的镜头里，无论怎样沉寂的荷塘，都会有生命之光的流动，都有一种自然生命律动的和谐美。

《荷莲之韵》封面设计古朴、简洁、雅致。摄影家自己的那幅照片，正如这深秋的荷塘，繁华落尽，一切都沉淀下来，只用深邃的目光洞悉这个繁复的世界，赋予苍凉与苍老的光阴以明亮与斑斓，用这本影集诠释了这个深情的世界，应和了这个时代的旋律，表达了对真、对善、对美的憧憬与追求。

《荷莲之韵》内容熔多种美于一炉，其中既是友人之作又是精品的不胜枚举，但限于时间，无法——穷尽，是一憾。

（发表于《名人》2016年2月）

古韵新声　信笔华章
——刘明和他的四言诗

近年来，常德诗坛突然杀出了一匹黑马，他就是刘明。说是"黑马"，首先因为刘明先生此前并非文化圈里的人，更不用说诗歌创作了。其次是其四言诗创作，无论质还是量在目前不说常德就是整个中国诗坛也是很优秀的。

文化滋养　厚积薄发

三山环抱，一水中流，水之南谓鼎城，之北称武陵。德山、太阳山、河洑山，山出有名；大江沅水，乃湖南第一长河，源自黔贵滚滚东流，出芷江峦山，经崇山峻岭，逶迤而来，至常德，呈现出一派辽阔苍茫景象。沅江之名不在水深，而在沉淀于其间的绵延不绝、生生不息的中华优良传统文化和民族精神。善卷设坛，播撒的是文明的种子，开启的不仅是武陵，也是中华道德文化的源头；佛道齐聚，探求的是人与自然的和谐，诠释的是"天人合一""好生之德"的博大内涵；屈子行吟，抒写的是虽"上下求索"却报国无门的胸中块垒；司马明志，表达的是身在陋室、"惟吾德馨"的精神追求；陶潜爱菊，蕴含的是洁身自好、归隐田园的高洁品格。湘西血战，仅两个月，奠定的却是抗日战争胜利的牢固基石；常德孤守，虽溃败，奏响的却是保家卫国的慷慨悲歌——这一方文化沃土，给刘明提供了艺术滋养，极大地影响了他的诗歌在内容与形式上的选择。

刘明的诗歌创作是从新诗开始的。据戴奇林先生记载：2017年11月，在我的微信上，一些稍含诗意的照片下，出现一些配诗。我仔细一看，是原市人大主任刘明写的。刘明是我的老领导，他一支纵横天下的大笔杆怎么突然写起诗来了呢？细读这些诗，主题鲜明，诗意清新，语词丰富，韵律流畅。我一张《寒梅暗香远》的照片，他在手机上即兴临屏写道：

别的梅枝都争着
向上伸屏，
把花儿举得高高的，
那风头啊，几乎出尽。
唯独你，把枝丫朝下伸，
伸到别的梅枝不去的地方。

我说你为何这般，
你说这是你性格使然。
你说，与那些争强好胜者
去倾轧，降低了你的品味。
你说，空旷的地儿尽管不热闹，
但环境舒敞，
气候清新，
来一个深呼吸，
心旷神怡。
在这里，你才能
展枝散叶，绽放出

养眼的花儿。

我说，你是对的。
你遇到了知音，
乐得满脸堆起红晕。
微风漾来，
你把头轻点，
一股暗香进入了
我的肺腑。

追溯起来，这应该是刘明的第一首新诗。这既是一首咏梅诗又是一篇对摄影作品的点评，颇富朦胧诗的韵味。全诗三节。第一节开头诗人眼前是照片上"唯独你，把枝丫朝下伸／伸到别的梅枝不去的地方"的画面，而脑海里涌现的则是"别的梅枝都争着／向上伸屏／把花儿举得高高的"风头出尽的图景，巧妙的是诗歌将许许多多"别的梅枝"的情景引入眼前，形成比照，这种将无限引入有限的方法也许并非诗人刻意为之，但却赋予诗歌无穷的张力，使读者在阅读之余，也能心游物外，展开联想。

接下来的两节对话的形式颇具匠心。其中的"你""我"既可以是摄影师和梅枝的对话，也可以是诗人和摄影师的对话，亦可视为诗人与自己内心的对白，梅枝可视摄影师为"知音"，而摄影师亦可视"我"为"知音"，亦可三者互为"知音"。诗人是在称扬梅枝，也是在称扬摄影师，同时也是自抒胸臆，朴素的对话中蕴含深刻的人生哲理，其中不难看出传统文化的熏染，亦可见现代文化的印痕。诗人在"寒梅不争春"的共性中发现"这一枝梅"的个性。因此，诗歌不咏其凌寒傲霜之骨，清幽淡雅之味，艳而不妖之色，苍古清秀之姿，只欣赏其低调、安静、清新、自在。这首诗无论意象画面、情感哲理,还是章法结构,都是臻于成熟之作。

文化是一个复合体,它对人是一个"润物细无声"的影响过程,因此,很难把影响一个人的各种文化要素分开来。就如刘明,当他的新诗创作到255首时,突然变新诗为四言古风,且仅一年多时间,已达千首之大观。

兴之所至　笔之所趋

洞庭之滨,水乡泽国,盛产荷莲——正如郭道义先生描述的那般:"洞庭湖滨,绵延数百里者,莲也。"(《荷莲之韵》)莲子、莲藕可为佳肴,莲心、莲茎、莲节也是上等的药材,所以莲不仅与常德人的生活相连,更陶染了常德人的审美观,这方面,郭道义先生《莲花赋》堪为代表——常德人欣赏的是莲"濯淖污泥,一丝不染""亭亭玉立,气度不凡""内蕴风骨,外显自然""冰清玉洁,老而弥坚"。常德人"爱莲倡廉,其廉可鉴。风清气正,河清海晏,荡污涤垢,净化人寰"。郭道义对莲的感情颇具典型性,每年从"小荷才露尖尖角"开始,就有无数猎美者风餐露宿、废寝忘食,企图用镜头将荷莲一生千姿百态的美一劳永逸地擒住,一直到残枝败叶、满目萧然,同时也留下了无数的佳作,戴奇林先生就是其中的一位。

2018年7月9日,戴奇林在其微信朋友圈发了几张当日所拍摄的荷莲照片,这一组照片如一束光,迅速点亮了同样爱荷的诗人的灵感通道,一种熟悉而又陌生的韵律从古远的时光隧道里飘来:

荷为莲开

今日观荷,
心得颇多。

荷花之美，
恰在舍我。
仲夏时节，
暴雨如梭。
临塘摄影，
又遇滂沱。
相机进水，
搓手跺脚。
索性卧伏，
看雨洗荷。
花遭水灌，
瓣裂蕾破。
荷身娇妍，
为莲遮虐。
雨停天朗，
清风拂过。
荷瓣玉碎，
莲蓬放歌。
搭帮荷花，
劫难渡过。
荷为莲开，
四言新说。

刘明的第一首四言诗就这样产生了。虽初为四言，但从诗歌起承转合的章法结构到破题的过程再到哲理内蕴都颇为老到——从此，刘明开始了他的"四言新说"，并一发不可收拾。

在谈到四言诗的创作时，刘明一再强调是"好玩"。这里的"好

玩",绝非娱乐之意。刘明深知文学的严肃性,请读他的近作两首:

桃源三红村

(2020年1月14日)

二〇一九,
古村评选。
桃源三红,
名列其间。
牛车河镇,
地处西边。
三县交界,
坐落丛山。
楼群吊脚,
瓦顶壁板。
明清以降,
保存依然。
海拔九百,
风情灿烂。
溪流淙淙,
古木参天。
鸟翔兽奔,
时冒炊烟。
青山碧水,
古洞亿年。
悬棺挂壁,
灵魂通天。

一九二七，
烽火遍燃。
浯溪取胜，
贺龙开颜。
长寿之邑，
魅力呈现。
寻隐探幽，
览赏自然。
时代进步，
开放必然。
小康遂意，
福满人间。
四言记之，
网络递传。

烟雨汤家溪

（2020年1月15日）

桃源西北，
高峰峻岭。
轿顶山下，
小村秘境。
老屋百栋，
土著千人。
湿润气候，
雾蒸云腾。
洑溪如练，

寨水相邻。
挑檐吊脚,
走马转灯。
古色古香,
气势雄浑。
层峦叠嶂,
山绿水清。
大木参天,
峰挺壑深。
岁月不居,
烟雨留痕。
悬棺突兀,
绝壁千仞。
钟乳倒悬,
溶洞幽深。
红军之路,
石板泛青。
碑文载史,
贺龙招兵。
村风淳朴,
与世无争。
以歌为媒,
四季农耕。
烟叶如蕉,
苎麻蔽人。
火炕腊肉,
钵炖香喷。

勤劳敦厚,
酬报丰盈。
旅游致富,
家门繁荣。
己亥隆冬,
伴友访问。
古老山寨,
再焕青春。

这两首诗创作的时间接近,内容相似,主题也没有太大差别,但语言却绝无重复。其中地理环境、历史文化、风土人情、现代生活,自由转换,深得李白诗歌时空错综之妙,于出入古今中洋溢着一种盛世豪情——这样的创作绝对不是"好玩"。此所谓"好玩"就是兴趣,第一是对创作客体有兴趣,兴之所至,笔之所趋。正如郑板桥所述:"江馆清秋,晨起看竹,烟光日影露气,皆浮动于疏枝密叶之间。胸中勃勃遂有画意。"(《郑板桥集》)所谓触景而生情。故而刘明的四言古诗,题材极为广泛,小到"红烨喜鹊窝""二姐赶牛",大到"主席诞辰日缅怀""通宵达旦看盛典";山水名胜、异域风情等,目之所见,耳之所闻,身之所历,凡动情者,信手拈来,便是华章。"好玩"的另一层意思是创作过程有趣,因而喜欢。关于创作过程,钟嵘在《诗品序》中有生动的描述:"若乃春风春鸟,秋月秋蝉,夏云暑雨,冬月祁寒,斯四候之感诸诗者也。嘉会寄诗以亲,离群托诗以怨。至于楚臣去境,汉妾辞宫。或骨横朔野,魂逐飞蓬。或负戈外戍,杀气雄边。塞客衣单,孀闺泪尽。或士有解佩出朝,一去忘返。女有扬蛾入宠,再盼倾国。凡斯种种,感荡心灵,非陈诗何以展其义?非长歌何以骋其情?"一颗敏感的心感荡于四季更替、生离死别、得失荣辱,使诗人如鲠在喉,不吐不快。此所谓"情动于衷而形于言"。"好玩"另一层意思应该是摒弃功利,不问收获几许的耕耘本身就有一份闲闲的诗意,因此,就有了轻松自在、心情愉悦的写作状态。

人格心理学家阿尔波特(Allport)认为人类有一种"自主性功能",就是兴趣,兴趣是感情状态,而且处于动机的最深水平,它可以驱策人去行动。因此,当我们对某件事情或某项活动产生兴趣时,就会很投入,并表现出心驰神往。同时,兴趣可以使人的智力得到开放,知识得以丰富,眼界得到开阔,并会使人关注环境,对生活充满热情。这也是刘明四言诗的写作一发不可收拾的动因。

古韵新声　妙手华章

众所周知,中国古代诗歌从原始歌谣、甲骨卜辞、《周易》卦爻辞的韵语发展到《诗经》,内容与形式逐步成熟、稳定,形成了风、雅、颂、赋、比、兴的诗歌创作典则以及以四言为主的诗歌体式,对后世诗歌的体裁结构、语言艺术等方面产生了深远影响。然而《诗经》所确立的四言体式,至汉代逐渐被成熟的五言体所取代。正如胡应麟《诗薮》所言:"四言盛于周,汉一变而为五言。"后自魏至晋,虽有数家诗人创作四言诗,亦有成就颇高者,如曹操、嵇康、陶潜诸家,然终非主流。晋以后,文人鲜有四言诗,四言诗至此衰微,不复中兴。至唐,著名诗人刘禹锡被贬武陵近十年,深受地方民谣的影响,也创作不少四言诗,但不成气候。四言诗衰落的原因比较复杂,众论者认为主要是四言诗不能适应表达日益丰富的社会生活和人们日益复杂的思想情感。诚然,这是一个因素,但窃以为还有一个重要的原因,就是《诗经》内容极其丰富,从劳动与爱情、战争与徭役、压迫与反抗到风俗与婚姻、祭祖与宴会,甚至天象、地貌、动物、植物等方方面面,堪为周代社会生活的一面镜子。同样,艺术形式已臻完美,一首《氓》

故事完整，人物鲜明，情节曲折，细节生动，情感细腻，语言精练，将《诗经》"赋"的手法用到了极致，堪称叙事诗之范本；而抒情诗则情感深挚婉转，亦可为后世抒情诗之典范。因此，后人无法超越，只能另辟蹊径。即使敢于超越者，也是寥若晨星。比如曹操，他的《观沧海》，诗人登碣石望沧海，用饱蘸浪漫主义激情的如椽大笔，再现了大海吞吐日月、包蕴万千的壮丽景象，更表达了诗人胸怀天下的气度。全诗语言质朴，想象飞腾，气势磅礴，悲壮苍凉，也只有曹操这位乱世枭雄才有如此才情。

然而，出乎所有人的意料，《诗经》古风却在今天的武陵有了悠悠回响。刘明远袭《诗经》古韵，又承魏晋遗风，给古老的四言诗注入了新鲜的血液，使四言诗犹如枯木逢春，绽放出了新鲜的生命。

心理学家认为，兴趣与个人的认识和情感有着密切的联系。如果一个人对某项事物没有认识，也就不会产生情感，因而也就不会对它发生兴趣。相反，认识越深刻，情感越丰富，兴趣也就越深厚。从刘明的作品中不难发现他对四言诗创作的探索，随着作品数量的不断增加，他对四言诗的认识也越来越深刻，写起来也越来越顺手，艺术上也越来越成熟。

首先，扬四言之长而避四言之短。钟嵘曾评说四言诗"言约意广"，又说四言诗"文繁而意少"。这个评价看起来有矛盾，但是细究就会发现，"言约意广"是因为四言诗的语言极为简约而蕴涵又极为丰厚。但是，这样的语言要求不便于表现事物的转折和跳跃，于是就出现了大量的重言复沓，虽然这是《诗经》的特色，但钟嵘认为这些反复占了诗歌的篇幅，因而导致"文繁而意少"的缺陷。但是在刘明的四言诗甚至是同一题材的四言诗中都没有这一不足。除了前面引用的《桃源三红村》《烟雨汤家溪》两首同题材不同笔法之外，其新作小年两首亦可见其匠心独运。

小年

(2020年1月17日)

腊月廿三,
民俗小年。
原本明日,
如何提前?
后辈追询,
探渊察源。
清朝后期,
帝君祭天。
拜谢灶王,
兼而顺便。
百姓仿效,
开销省半。
北先一日,
南边依然。
早迟由己,
祷在心田。
黎明即起,
执帚系衫。
先内后外,
洒扫庭院。
桌椅拭净,
洗涤窗帘。
祭灶拜火,

醇酒烧钱。
仪式庄重,
女避男献。
窗花满贴,
撰弄春联。
呼儿唤孙,
剃发过年。
洗浴洁身,
粘糖香甜。
老少围桌,
水饺三鲜。
序曲启幕,
春节开端。

再说小年

(2020年1月18日)

今日小年,
民俗承传。
欢天喜地,
迎春启帘。
无际神州,
风光亮眼。
华夏子孙,
送岁接年。
腊月廿四,
祖曰小年。

南方节日，
从无更变。
究其规矩，
老翁慢谈。
删繁去芜，
要者三件。
吉日首务，
清扫庭院。
旮旮旯旯，
敞露新颜。
次者备货，
多多益善。
煮酒熬糖，
预备春联。
三者行礼，
香焚烛燃。
灶火诸神，
佑吾泰健。
儿孙相随，
顶揖膜虔。
中华礼仪，
代代流传。

  诗歌甫一出现在微信群，张雪翔先生随即以四言形式应和点评："小年两首，相承连贯。农耕文明，最重过年。小年大年，各有分担。天道有序，四时轮转。刘君写来，一目了然。文明传承，中华典范。"此言不谬。难得的是这两首同题诗详述了南北小年的风俗，语言质朴自然又活泼传神，出入古今又清通流畅，既无繁文也无重言，诗人是如何避繁文之嫌的呢？首先，诗歌主要运用"赋"的手法，重在"铺陈其事"，洒扫庭除，剃发沐浴，祭祀灶神，煮酒熬糖，迎接新年，一派忙碌，又一派喜气洋洋。更追溯渊源，凸显民风传承。这是刘明诗歌内容丰厚的主要原因。其次，是互文的手法，有同句互文，如"呼儿唤孙""送岁接年"等。有异句互文，使两个句子互相呼应、互相交错，意义上互相渗透、互为补充，由此增加了诗歌的语言弹性和文化密度——这就是张雪翔所谓"小年两首，相承连贯"。互文对词汇量的要求相当高，一般只是偶尔为之，极少像刘明如此密集地运用。再次，是诗人极谙四言诗结构的起承转合之妙。范德玑说："作诗有四法：起要平直，承要舂容，转要变化，合要渊永。"（元代《诗格》）《桃源三红村》可为代表，开头交代缘由，简洁明了，接着对三红村地理位置、自然风光、历史事件的择要描述，既精练又从容，自然引出抒情性的议论，结尾圆满而隽永。因此，"言约而意丰"就是自然的了。

最后，袭《诗经》之风而彰现代之神。正如郭道义先生所说，这是"被时代唤醒的诗歌形式"，四言诗沉睡太久，而刘明却用时代的强音将其唤醒。有人认为刘明的四言诗雅可登庙堂，俗可入茶坊，一首诗中有"删繁去芜"又有"旮旮旯旯"这类雅俗共存的诗句。既可见诗人古典文学之根基，又可见本土文化心理和民间智慧，诗中对山川风物、名胜古迹、历史掌故的描写，意象繁复，意境清新。又四言二拍，节奏鲜明，朗朗上口，颇具《诗经》民谣之风。但是，刘明的四言诗所蕴含的情感则与《诗经》完全不同，这是因为时代不同，个体生命体验就不同，情感情绪当然就不同了。所以，他的四言诗没有徭役之苦，没有重负之怨，没有思念之痛，有的只是或纤细或粗犷，或婉约或豪迈的情致。第一是对生活的热爱之情。这类情感诗歌集中表现在其对日常生

活现象捕捉上,例如:

红桦喜鹊窝

冬日红桦,
访客盈门。
人流如织,
边观边行。
立于丘冈,
远摄全景。
鹊窝入眼,
画面新颖。
照片拍妥,
继而相询。
庄主告曰,
滔滔不停。
枫红如染,
喜鹊迁进。
择高筑巢,
窝搭三层。
二楼卧室,
底厢客厅。
顶间储食,
孵卵兼行。
雄衔主梁,
雌叼壁荆。
日作夜息,

百日方竣。
树下细观，
构巧饰精。
风雨无惧，
冰雪不惊。
夏凉冬暖，
堪比"五星"。
风水吉利，
繁衍兴盛。
"喳喳"迎客，
格外动听。

（2019年12月12日）

这首诗充满着灵化意味，极富情趣之美，有情不难，难的是情趣兼备。主客对答之间透出对生活的深挚情感，一种独特的审美视觉，传达出深切的生命感觉。再如：

粉黛养眼

霜降时节，
伴友踏秋。
澧水河畔，
风光尽收。
平原粉黛，
谁人作秀？

接踵摩肩，

携手踱足。
景区新辟,
紧挨城头。
规模宏阔,
前所未有。
譬若油画,
漫无尽头。
置身其中,
灵魂悠悠。
姐妹嬉戏,
忘情互逗。
pose摆好,
创意不休。

远摄近拍,
巧笑似羞。
身段婀娜,
韵味成熟。
岁月不居,
活力依旧。

四言点赞,
美不胜收。

(2019年10月26日)

　　这首诗是为其夫人的一组照片而作。柔和的色调,极富动感的线条,颜如朝露、笑靥如花的女子……如何不养眼!爱美也是爱生活。诗人抓住一瞬间的审美感觉并赋于笔下,使嬉戏之声可闻,婀娜之形可见,对生命的讴歌也是对纯美的追求。第二,对祖国的歌颂之情。孔子评价《诗经》"诗无邪"，此亦可用来评价刘明四言诗。刘明不负这个伟大时代，他的大多数诗歌都是抒写对祖国山川风物的赞美，对祖国面貌巨变的歌颂，对人民勤劳善良品德的称扬。第三是对美好未来的憧憬。一般这两种情感是互相融合的，祖国的今日美好，注定明日的辉煌，也符合历史发展规律。"诗者，根情，苗言，华声，实义。"（白居易《与元九书》）白居易将诗歌比作植物，情志是其根本，根基牢固，禾苗才会茁壮，花朵才会美丽，果实才会饱满。刘明将一腔激情倾注于他笔下的人、事、物，因此，他的四言诗正气弥漫，格调高昂，极富感染力。

刘明对四言诗的疆域做出了拓展，他在广泛借鉴和转化四言诗的基础上，以一颗对历史、对现实、对文化、对美敏感的心灵，开发了四言诗的审美功能。他对四言诗的开拓，犹如波澜般迭迭推进，并激起了袅袅回响。例如：张雪祥先生的四言点评：

刘君四言，本有渊源。国风大雅，魏武诗篇。诗以言志，歌咏华年。昌平盛世，国泰民安。退休岁月，气定神闲。人生有悟，岁月沉淀。山川风物，东风扑面。信手写来，没有负担。真情表达，豁达坦然。日积月累，蔚为大观。无心插柳，春色满园。可喜可贺，可读可叹。青山不老，晚霞映天。风骨犹存，不减当年！四言附和，长篇在编。民族复兴，生活美满。中华有幸，国梦有圆。刘君四言，山长水远。

随即又有张志平对张雪翔点评的点评：

老兄四言，看似评点，信手一挥，实则美篇。跌宕捭阖，纵横千年，气势磅礴，满山红遍。老兄之风，山高水长，老兄之气，沅澧飘荡。

除此之外，还有许多零零散散的唱和之作。可以预言：不久的将来，刘明四言不仅会成为常德的一种独特文化现象，还将是中国当代诗坛一道不可多得的风景。

（2000年3月19日发表于尚一网）

历史场域中的乡绅叙事
——少鸿长篇小说《百年不孤》乡绅形象蕴含

在当代文坛上,少鸿属于稳扎稳打的作家,也是一位颇具特点的作家。他的特点是不浮躁、不跟风,不玩新鲜花样,他的创作道路,也显示了他对现实主义创作原则的坚守。综观其创作,就会发现,他的题材深深植根于乡村沃土。如果说七年前出版的《大地芬芳》关注的是农民对土地的依赖与深情,是关乎人的物质生存的话,那么《百年不孤》关注的则是人的精神归属和人类优良文化的传承——这一审美视点的转换,正应和了时代的旋律,扣住了时代的脉搏:当人们获得了物质的满足之后,就有了精神的追求。

《百年不孤》有着历史叙事的宏大架构,又有乡村叙事的田园风情,还有乡绅叙事的传统文化蕴含,小说为读者铺展了近现代中国百年历史发展的风云变幻,选取湘北一个偏僻小镇——双龙镇作为故事发生的具体环境,绘制了一帧帧潇湘民间风情的巨幅画卷,塑造了岑励畲、岑国仁两代乡绅形象,表现出对中华文化之根的苦苦追寻。

"乡绅"是古中国行政管理系统中的一个特殊现象。在漫长的"皇权止于县政"的历史时期,乡绅既是县政管理与个体家庭之间的桥梁纽带,也是乡村一切事务的管理者、乡村道德伦理秩序的建设者和维护者、乡村教育和乡村公益事业的倡导者和实践者，是中国传统社会重要的乡村自治力量；同时在漫长的乡绅治理过程中逐步形成的乡绅文化也就成了中国传统文化中的一个重要组成部分，自然也是中国现代乡土文学中的一个表现内容。

其实，乡绅形象早在明清文学中就有出现，但由于其事迹以口传为主，因而人物形象难免呈现单一的色调。对待乡绅群体的这种单一视角于后来文学中的乡绅形象有着深刻的影响。

无论是鲁迅、柔石等启蒙作家笔下的封建社会残渣余孽，还是茅盾、沙汀等左翼革命文学中的农村反动势力，抑或沈从文笔下那股维系传统的中坚力量，皆少了认知历史的理性深度，因而无法摆脱文学传统中乡绅形象的单一性色彩。但无论如何，他们为后来者提供了认识中国"乡绅"及"乡绅文化"的各个侧面——这才有陈忠实笔下的白嘉轩。白嘉轩是20世纪上半叶中国新、旧时代交替中的一个乡绅形象，他是一个矛盾的复合体，既是一位敦厚的长者，又是一个冷血的封建食人者。在他的身上既体现了中国传统文化的精髓，也深刻地暴露出中国封建伦理道德的腐朽和愚昧，由于积极、消极的两种意识在身上融合、碰撞，赋予了这一形象复杂而深厚的文化内涵。

比较前人笔下的"乡绅"形象，陈忠实《白鹿原》中对白嘉轩的刻画明显多了理性的观照，尤其揭示了白嘉轩悲剧的根源：人物自我意识的矛盾及其价值观与外在环境的不相融，导致人物找不到准确的定位而被束缚在矛盾对立中，最终走向悲剧。

相比陈忠实的《白鹿原》，少鸿的《百年不孤》则意境更加宏阔，表现更为肌理，人物形象更完整、更丰满、更真实、更具生命力。

小说塑造了岑励畲和岑国仁两代乡绅形象，其实是三代，因为背后还有一位吾之公，这位吾之公不仅永远活在岑励畲、岑国仁的血液中，还永远活在双龙镇村民的口碑中。他的文化教养、他的公正、他对公益事业的热心深深地激励着岑励畲,又在岑国仁这里发扬光大。

　　小说通过岑励畲、岑国仁父子开仓放粮赈济难民、设立育婴堂防止溺女婴等情节表现了人物乐善好施的品格;选取岑励畲为李家两儿子分家以及岑国仁为龙舟赛做中人等情节一方面突出人物的办事公道,另一方面说明了岑励畲、岑国仁父子在乡民心目中的威望。岑励畲与岑国仁有别于其他作家笔下的乡绅,还有更重要的是:他们是开明的、开放的,他们识大体、顾大局,顺势而为。无论是暗中资助共产党游击队还是对待儿女婚姻,无论是政府募捐还是强占祖屋,无论是长工贵祥自立门户还是公分田产,这对父子都表现出了其他"乡绅"从没有过的开明态度。岑励畲在吾之公的影响之下逐步完善自己的人格,对被押上台遭受批斗时有人打了他一扫帚的事情,他一直耿耿于怀,不断反省自己哪里做错了,哪里得罪人了。他逢人便打听,决意要弄清楚,哪怕遭人误会,他不能容许自己做人有不周之处,甚至到了死不瞑目的地步,当他得知这一扫帚是误打之后他安详地睡去了,并且不再醒来。岑励畲这种对人格完美的追求正是中国"乡绅"可贵文化的内质。

　　如果说岑励畲的性格一出场就已经定型,只是通过历史变迁来完善的话,那么岑国仁则是在岁月中不断磨砺、不断成长,这种动态的塑造人物的方法不仅使形象更加饱满,而且更加生动。他一方面承担着本土发展、接替父亲位置的使命,在长辈那里继承了淳良、温厚、达观和仁义,一方面在心里羡慕弟弟们自由广阔的人生舞台,一方面又在时代发展中不断地丢掉一些消极的东西,汲取新鲜的营养,跟上时代的脚步,融入新的时代。

　　小说把岑励畲和岑国仁两代乡绅放在历史发展的洪流中,揭示了时代发展对人物性格和命运的深刻影响,展现了传统的"乡绅"

文化在近现代风云变幻中走向衰落的过程。

《百年不孤》的书名让人自然联想到马尔克斯的《百年孤独》，撇开《百年孤独》的所谓魔幻现实主义手法不谈。因为马尔克斯一向拒绝承认自己是魔幻现实主义作家，他说，看上去是魔幻的东西，实际上是拉美现实的特征。同样的，《百年孤独》也是一部百年家族史，一部百年变迁的地方兴衰史。但是，《百年孤独》中，每个人都是一个孤独的个体，然后又集合成一部完整的家族与民族的孤独史。虽然孤独的缘由不尽相同，但孤独却贯穿他们的一生。《百年不孤》反其意而用之，正如扉页上赫然写着的："德不孤，必有邻。"这句话出自《论语》，被作家放在这里，成为解读这个故事的钥匙，文有"文眼"，诗有"诗眼"，孔子的这句话亦可视为这本书的"书眼"，透过这扇窗口，读者可以领略百年间的风云开阖，可以上溯源流，寻到民族文化之根。美国著名后殖民批评家爱德华·赛义德（Edward W.Said）认为，"文化"不仅指人类的一种精神实践，而且指一个社会中具有的优秀东西的历史积淀[1]。说到底，二十世纪不同民族之间的许多政治、经济、军事的冲突，其实质大半也是不同文化之间的对抗与冲突。在这样一个急剧动荡的时代，一个各种文化思潮激烈碰撞的时代，这种深植于民族土壤的文化之根有利于我们找回文化自信，增强文化自觉——这也是《百年不孤》中"乡绅"形象的文化蕴含。

注释

[1] E.W.Said, *Culture and Imperialism*, London, 1993, pp, 12-13.

（发表于2015年5月19日《湖南日报》）

作家的胆识与书写的深度
——刘友善和他的《田二要田记》

古人云:"才、学、胆、识,胆为先。"才学固然重要,但胆识更为可贵。有无才学,只是个人人生的际遇,而胆识则是一个人的素质。因此,从某种角度讲,一个作家的胆识是决定作品能否成功的重要因素之一。胆识即胆量与见识。胆量来自铁肩担道义的责任感,一个作家有胆量,才敢于发人之未发,而见识则是对宇宙、人生以及生命意义的独特而深刻的理解。能深刻者未必有胆量,有胆量者又未必能深刻,只有胆、识兼备,才能写出有价值的作品。所以,一个作家的胆识决定着他书写的深度。刘友善的长篇小说《田二要田记》就充分证明了这一点。

刘友善,湘籍武陵人。用他自己的话说,务过农,经过商,坐过机关。丰富的生活阅历和一颗敏感的心加上敏锐的洞察力和深刻的思想玉成了他的文学上的成就。工作之余,刘友善都在默默地经营他的文学领地,短短几年时间,先后出版了农村题材的长篇小说《黄土朝天》和少儿题材的长篇小说《长满水稻的村庄》,2013年刘友善完成了湖南省文联重大扶持项目,出版了长篇新作《田二要田记》。

说《田二要田记》的出版,是2013年湖南文坛的重大收获,一点儿也不夸张。

首先，作家大胆地选取"上访"这样一个公众高度关注十分敏感、普通人不敢涉及又十分重大的社会问题为题材，截取改革开放之后社会转型这一特定历史时期作为背景。故事就发生在这种大环境下的湘西北沅水流域某县的某个村庄，因为县里要招商引资而盲目圈地，致使农民田二失去了他承包的责任田，为了要回赖以生存的稻田，田二先是和以村长麻子远、会计皮兴财为代表的村干部谈判，并提出了合理的赔偿要求，但遭到了村委会的断然拒绝，从此田二被迫踏上了一条从村到乡到县到市到省直到北京的无休无止又徒劳无功的上访之路。其实田二也曾放弃上访，但他开摩的被小人（乡经管站杨站长之流）暗算，摩托车莫名其妙被没收，拾荒又惨遭打击还进了班房，命运再把他逼上了上访的路途。其题材所以敏感，是因为它是时代主旋律中的不和谐之音而被视为不稳定因素。其实，上访者正是基于对上一级党和政府领导的充分信任，他们深信上一级政府能帮他们解决他们在基层没有解决的问题；另外，上访也表明了百姓权利意识的觉醒，一旦利益被损害，便勇敢地站起来维护自己的权益——这正是时代的进步。其主题之所以重大，是因为它牵扯到社会的方方面面，已经成为一个社会问题。小说的结局虽然给整个故事抹上了一层略带侥幸意味的亮色，但这并不是田二上访的结果，这一结果表明：解决问题还要从问题的根源着手。小说以极为荒诞的笔触，独辟蹊径地展现了这个世界一个不大为人知晓的侧面，以呼唤良好的社会秩序的建立。

其次，《田二要田记》给当代小说人物画廊又添了几个鲜活的形象。

这部小说没有传统文学理论中的正面人物。主人公田二是作家着意刻画的形象，他从小生长在农村，与他的祖辈一样和田地打交道。改革开放之初，他也曾向往外面的世界，准备离开农村加入南方淘金的行列,但挚爱土地的父亲一个耳光就打消了他的梦想,从此,他就安安心心侍弄着他的责任田,与田里的庄稼一起经历春夏秋冬,季节轮回,成了一个安分守法的地地道道的中年农民。这个朴实的农民像他父辈一样视土地如命,因为县里"筑巢引凤"而征地,有些农民因此失去了土地,村里只得将责任田重新分包,田二因对村委会的这种做法心生不满而拒绝与会,因为田二的消极抵抗,他的田被人摸走了,而村会计代他摸到了几亩薄田。若田二是顺从的也就认了,偏偏田二是倔强的,他执意要回自己承包的责任田,他甚至摘掉了象征着村委会权力的两块牌子。若是村委会能摆正位置,从农民的切身利益出发,以解决农民的问题为宗旨,给田二道个歉,并适当给予补偿,那后面的故事就当另写了。偏偏村长、会计认为村委会是执行县里的指令,怎么做都是理所当然,并不理会田二的诉求。作品开篇就通过田二与村主任麻子远、村会计皮兴财的较量,将田二与村委会的矛盾摆了出来,同时交代了田二日后上访的缘由。

同时,田二身上又有着很鲜明的新时期农民的特征。一方面,他具有很强的法律意识,当他的权益受到损害时,他能自觉地拿起法律的武器来维护自己的权利和尊严。按《农村土地承包法》规定,农民承包的土地三十年不变,田二正是认准了这一条才据理力争,依法维权。另一方面,他又有很清醒的主人意识,田二有田二作为一个公民的权利,用他的话说是"该死的皮会计代我摸的""他就是摸到一块好田,我也不见得会干""谁也做不了我的主"。在与皮兴财较量时,田二再次强调"不是田差不差,面积少不少的问题",并且质问皮兴财"你凭什么当我的家?"田二坚信,不经过他的同意调整他的田是没有道理甚至是违法的,因此他放出狠话:"老子讲到哪里都要讲赢你。"基于这样的认识,田二怀揣着对上级党和政府的充分信任,手拿法律的武器,踏上了一条受尽屈辱、看尽脸色、吃尽苦头、几近疯狂的漫漫上访之路。这一路也牵出了小至乡政府的牛乡长、县信访局副局长马秋平，大至分管农业和接访的副县长朱义声，他们被田二牵扯着、捆绑着，在田二上访的路上扮演着重要的角色，上演了一幕幕极富荒诞色彩、让人啼笑皆非的闹剧。

田二质朴老实而又不乏精明。因为他老实，村干部欺负他，不仅调了他的田，还认为田二没有胆子去乡政府，因为这个地道的农民甚至"都不知道乡政府的门朝哪方开的"，可是他们低估了田二。因为他老实，所以屡屡受骗。他先到乡政府，乡里相关负责人首先是踢皮球，后又在麻子远的怂恿之下失信于他。他们认为季节到了，生米成了熟饭，田二就无可奈何了，他们再次低估了田二。眼看季节已到谷雨，田二的田仍希望渺茫，他只得去县信访局，可是球又给马局长踢了回来，村里当然更不能指望了。至小满时节，田二已跑了八趟乡政府、四趟县信访局。不知是多少次了，田二见要田无望，只得到市里上访，在市里，他第一次见到了来接他的副县长朱义声，田二满怀希望以为见到了青天老爷，自己的田能要回来了，可是朱义声却一而再、再而三地哄骗他，导致田二几次大闹县政府。

田二又是精明的，他第一次与皮兴财较量，在质问皮兴财之后，田二提到村委会选举投票的事，显然田二是要皮兴财知道，他们家是投了皮兴财的赞成票的，现在皮兴财不仅不感谢，还做他的主调了他的田。田二是想由此打动皮兴财，所以接着他第一次提出了赔偿五千元的要求，他甚至拿走了皮兴财新近买的豪华摩托车的钥匙。若是村里按五千元的要求补偿了田二，那也就没有了后面的故事，但是村里有村里的逻辑：田二一闹就给补偿，那今后会引来很多村民效仿，村里哪有那么多钱来补偿。田二的算盘是精准的，大闹县长办公室之时，再次与牛乡长谈判，田二逼得牛乡长不仅承认自己搞错了，还答应把摩托车归还给田二。田二也答应了牛乡长提出的"不再闹"的请求，但他又不失时机地再一次提出了补偿条件，他说："我可以不闹，补偿嘛，不出村解决我的事，赔礼道歉，补偿五千元钱。出了村，到了乡里，把田退给我，补偿五千元钱。出了乡，到了县里，田退回，补偿一万元钱。出了县，到了市里，补偿三万元钱。出了市，到了省，补偿五万元钱。我已经去省里几次了，没有十万元钱，我死也不会答应。再说摩托车弄得稀巴烂了。"田二并非信口开河，他在心里是算了一笔账的，季节流逝，田地荒芜，上访所耗费的时间、金钱等。如此弄得牛乡长之流哑口无言、无计可施。由此，田二的精明可见一斑。

田二硬气又有点无赖。不是他的你给他他也不要，田二有他的原则。在北京，牛乡长对他说："只要你回去，我自己出钱给你。"田二清楚地回答他："你出得起，我也不要。"而且看到别的上访者向人索要钱财，他"打心眼里瞧不起那些人"。但他又有点无赖，他闹访、缠访。大闹县政府时，副县长朱义声为了暂时的安定，自己给了田二一千元钱。田二得了这么一笔钱，觉得钱来得太容易。"他想，做点出格的行动，还能搞点钱，划算！"田二大闹县政府，并待在县长办公室不肯走，非要见到县长。牛乡长提醒他：这儿"是全县人民的政府，全县人民的办公室，你懂吗？"田二理直气壮地反驳道："全县人民的政府，我也是县里的人民，我不能来吗？"这就是作为农民的田二的逻辑，这种似是而非的道理弄得牛乡长无计可施，只得愤恨地骂田二"简直就是个泼皮"。田二老实而又狡黠，他在一次次被耍后学会了耍人，在包保一层层加级之后，他还能巧妙地避开包保人员带上父母进了京城，看到牛乡长、马局长和朱县长被耍得团团转，他甚至感到了耍人的乐趣。田二是一个有着深厚传统农民意识的现代农民形象，这一形象也寄寓了作家对农民的态度和对土地的深情。

小说中作家着意刻画的另一人物是副县长朱义声。在这个人物身上或多或少地有着作家的影子,刘友善曾做过副县长,分管的就是农业,而县里上访的多为农民,自然他也就要管着这一块了。小说中作家曾借朱义声、马秋平、牛乡长之口写出了这一工作的艰难:"现在上访成了下面最头痛、最麻烦、最费时耗力、最有压力的一件事了。一个上访户,一旦到了省里、北京,大批干部将跟着上省赴京,玩猫捉老鼠和小孩子捉迷藏的游戏,就像豆腐掉进灰里,打也打不得,拍也拍不得,包保的人受了天大的委屈,也只能打落牙齿往肚里吞。""往往上访的还没行动,通知接访的电话就到了。"这一经历使作家在塑造朱义声这个人物时显得得心应手。朱义声虽然贵为副县长,但是他同样生活在传统与现代、自我与环境的夹缝中。从某种角度来看,他甚至活得还不如田二。起码田二遇到不公可以上访,而他则不能,他只能屈从,因为他有所顾忌。

与田二一样,朱义声也是农民的孩子,他们出生在同一时代,但他要比田二幸运得多,大学毕业他就进了县政府,从底层"扫地抹桌打开水送文件的办事员",一步步靠着自己的不懈努力做到了副县长,长期的机关生活形成了他自己独特的性格。他还有着农民的善良与真诚,并与农民有着深厚的感情。他同情田二的遭遇,真心地想给田二解决问题。当他听到田二说上访"并不是为几个钱""只想插几亩田养家糊口"时,他内心深处被"触动"了,甚至"开始自责起来",他责问自己:"作为农民的儿子不善待农民,那还有谁会善待农民呢?"他也曾被田二一家乞丐般的样子所震撼而两眼湿润。但长期的机关生活又使他为人虚假,在市里,朱义声与田二第一次见面,他虽然与田二点头招呼,但细心的田二从他的眼神里,看出了对自己的"厌倦和不屑"。去省里接访田二,在"省政府门口,朱义声一见田二,明显一脸不悦,但立马换了笑脸",并挥手同田二打招呼,还勾肩搭背与田二套近乎。朱义声的这一连串亲热动作并非发自内心,而是职业、职责使然,其虚伪可见。

作为一名党的干部,朱义声对分管的工作可谓恪尽职守,为了执行上级维稳的政策,达到上级零上访、不给市委市政府添乱的要求,他几乎是全身心投入接访、拦访、截访、包保息访等工作中,当他被扯进田二上访之路后,就几乎没过一天安静日子,田二的闹访、缠访弄得他焦头烂额、心力交瘁。但是在对待田二的问题上,他又表现出敷衍应付的态度。作家安排他与田二的第一次见面是他奉命去市里接上访的田二,为了骗田二回家,他随口许约要田二第二天去县政府找他,他只是为了完成任务,把田二哄回家。等较真的田二应约找来,他才知道遇到了不好对付的主。但即使这时他也不曾认真考虑过如何解决田二的问题,而是暗示下属再次许约田二过几天专门在办公室接待他。当他无法回避田二之时,他又打出人情牌,许诺去田二家里看看,弄得朴实的田二感动万分。他就这样一而再、再而三地哄骗田二,以致田二由满怀希望到失望再跌入彻底绝望,对他也是由充分信任到怀疑再到彻底不相信。作者通过这一形象,提出了一个非常严肃的问题,即群众对政府的信任危机,并间接地指出了解决这一问题的途径,即如朱义声一般的政府官员应把群众利益放在首位,切切实实地为群众服务,发现矛盾,及时化解,方能赢得群众的信任。

朱义声是一个清醒的现实主义者,他不仅看到这个时代的伟大,还看到了这个时代的疯狂和荒唐。在他身上,不乏正义感,他不满现实,对县里所谓"筑巢引凤"持怀疑态度,他不赞同县里解决上访问题的方法,因为田二闹访给书记骂了一顿,他还敢于和县委书记争辩。得知杨站长喂田二吃屎,他怒不可遏,听说因为田二闹访要被拘留,便及时阻止。他对现实不满又无能为力且无处诉说,因此,常常生出茫茫人海中的孤绝感。但他又胆小怕事,他甚至"晚上怕走夜路,开会怕说真话"。因为他胆小怕事就缺乏担当,田二爬电视塔之后,他担心田二去北京,便提出补偿给田二一笔钱,但是当牛乡长要他批示一下时,他却不敢担担子,百般推诿。他虽不满现实,但又常常安慰自己"不求有功,但求无愧于心"。作家通过人物生活的具体环境描写和人物语言、行动、心理的刻画,立体地塑造了一个充满矛盾的政府官员形象。

小说在凸显主要人物的立体形象之时,顺带展现了村长麻子远、村会计皮兴财、乡经管站杨站长、县信访局马局长等次要人物不同的个性侧面。就连一直在背后专横跋扈的县委书记、应景式接访的市有关领导等,都能给人留下深刻的印象,也使作品有了一种纵深感。这一系列人物群像构成了田二生活的具体环境,使田二的上访之路矛盾重重、荒诞不经。

语言的原生态是小说的另一大亮点。首先是大量沅水流域的成语、俗语、歇后语的运用,赋予小说的语言鲜明的湘西北地域特色,这些语言既保留了地方口语中富有生命力的成分,又吸收了具有时代感的语汇,增强了人物的个性色彩,还富有浓郁的乡土韵味。其次是小说的叙事极具风格,小说开篇并无惊人之语,但看似平淡的叙述中却暗示了田二与村委会矛盾的严重性,并交代了田二上访的原因——有这样处理问题的村委会,才会有田二,才会有农民上访。作家不厌其烦地描写田二的上访、闹访、缠访和基层干部的接访、拦访、截访、包保的过程,在看似拖沓的叙事中,再现了田二上访之路的艰辛和屈辱,表现了农民对土地的依赖和深情以及基层"小吏"在夹缝中生活的尴尬和无奈,深刻揭示了21世纪初社会生活的矛盾侧面,尖锐地提出了一个无法回避的社会问题,并探讨了解决这一问题的途径,显示了作家对题材处理、主题提炼的一份从容。

(发表于《文学风》2013年11月)

触摸同学世界的温暖与苍凉
——读熊桂坊长篇小说《同学》

虽然熊桂坊已出版长篇小说《不得不爱》《走进女人》《越狱倒计时》和电影文学剧本《妙漾的日子》《吴大观》《辛亥元勋》《越狱倒计时》等作品，其十二集红色网剧《毛泽东的假日》已获国家重大题材小组审核通过，近期将投入拍摄，其电影文学剧本《越狱倒计时》亦曾获国家广电总局颁发的第四届"夏衍杯"一等奖，可是，我却是第一次接触他的文学作品。

《同学》字数约35万，小说铺开了从20世纪70年代中期到改革开放至今的广阔的社会图景，选取大都市北京、特区深圳、小城市常德为人物活动的舞台，以历尽坎坷、不忘初心、勤奋进取、取得成功后又毅然回归的吴道广的人生道路为主要线索，围绕着这条主线，作者还安排了廖潘途、罗长宁、陆卫国等三位同学的人生轨迹为副线，同时王惠、沈尘、谭颖萍、张舒、赵晓婷等一帮同学的人生穿插其中，将时代命运与人物命运、同学之间的命运交织在一起，让他们的人生观、价值观激烈碰撞。该书熔写实与虚构、诗意与思辨于一炉，揭示了时代变化带给人的深刻影响。线索清晰，人物丰满，虚实掩映，奏出了一曲同学世界温暖而苍凉的复调音乐。

作家以独特的审视目光和人生体验，成功地塑造了主人公吴道广的形象，吴道广是生长于那个时代的知识分子的典型。因为父亲在机关工作，使他得以有机会与王惠成为同学又兼邻居，又由于当时学农热潮的影响，让他们有机会亲近，于是，在吴道广年轻的心里种下了爱情的种子，单纯的吴道广欣喜地享受着初恋的美好。可是，由于父亲只是机关锅炉工，在出身于高干家庭的王惠面前他又是自卑的，这种自卑源自内心深处并伴随一生，甚至主人公自己都没有察觉，或者察觉了不愿意承认，因为他根本无法消除、无法战胜，就只能任其发展：他眼睁睁看着罗长宁追求自己的恋人王惠，又眼睁睁看着自己的恋人王惠投入了罗长宁的怀抱，不是因为都是"同学"不好去争，而是因为罗长宁也出身于高干家庭，所以，自卑的吴道广即使考上了北京大学还是觉得自己没有资本去争。几十年的岁月里，他之所以不成家，是因为心灵深处始终有王惠的位置，命运也曾无数次给他与王惠终成眷属的机会，他都放弃了，因为他没有取得成功，自己没有足够的能力给予王惠幸福，也没有足够的资本与罗长宁抗衡。他自己常常为自己辩解，这是因为罗长宁也是同学，而且他们已经成家，自己不能做不道德的事情，当然深受传统影响的吴道广也有优点，但其根本原因还是他的自卑和懦弱，太过善良的人宁可伤己也不肯伤人，这就直接导致了王惠的人生悲剧。当然，王惠自己也有问题，她深爱着吴道广，为着他的事业默默付出，但她和吴道广一样都是极善良而懦弱的人，于是只能伤己，最后甚至宁可自己熄灭那一束生命之光。吴道广的自卑怯懦在两性关系中表现得尤为突出，有时会觉得由于他心里有人，就错过了张舒、夏晓阳，其实也不是，每次都去看夏晓阳和宋向武打羽毛球，内心深处也是出于喜欢，但宋向武太强大了，他想都不敢想，直到后来宋向武出事，夏晓阳主动求爱，他才敢打开自己，他一贯都是被动接受，直到最后还是夏晓阳放弃事业追到常德，表示愿意陪伴他到老，他才被动接受,虽然是欣喜的,但他不肯主动迈出一步。

说吴道广的人生是一场人性光辉照亮的生命之旅一点都不为过。他善良热情,在艰难岁月里的仗义疏财,成就了同学廖潘途一生的幸福;他胸怀坦荡,当恋人孟湘圆离开他去追求自己的梦想时,他给予了极大的支持,成就了他人,哪怕自己孑然一身;对早年利用职权压制他、欺负他,后来落魄的同学陆卫国也是有求必应。他的豁达大度,他的宽容,他对理想的不懈追求,虽历经坎坷而不改初衷,他对传统道德的坚守等,在他自己的生命历程中无不熠熠生辉,并给予了同学足够的温暖。

同时,吴道广奋斗的历程也是一场生命回归之旅。

按照弗洛伊德的精神分析理论,童年的经验对艺术家一生的创作起着至关重要的影响,童年的印象往往伴随终生。《同学》与其他小说的最大区别在于,小说中关于常德的一系列地名都是真实的:常德第六中学、建设桥、肖伍铺、柳叶湖等,甚至当时连接柳叶湖与常德市内的那条可以行船小河都是真实的——这些都是作家儿时生活的地方,这些地名增加了真实感和亲切感,而最让作家心心念念的则是吴道广与王惠初恋时常去的柳叶湖。小说中反复出现的柳叶湖是深植于作家灵魂中的一个意象,柳叶湖因湖面形似一片柳叶而得名,是五万年前形成的一个天然湖泊,属于西洞庭湖的一部分。坐落在湖南常德古城东北,东临洞庭、南依沅水、西傍武陵、北倚太阳山,是上天赐给常德人的一颗明珠。弥漫在柳叶湖上浓浓的乡愁,也源于作家儿时的生活记忆,这种生活经验在经历斗转星移的时空变迁之后,就演变为氤氲在小说字里行间的乡愁情韵。吴道广无论身在哪里,他醒里梦里都在柳叶湖,他背井离乡去追求未来,获得成功后还是要回到柳叶湖畔,求得身心的回归。

在吴道广的身上,读者可以明显地看到作家的身影。出生于

20世纪60年代初期的熊桂坊先生,就是湖南常德市人,在机关大院长大,六中是他的母校。他曾当过机关工作人员,于1991年离职,先后在广州、深圳闯荡,并于2000年去北京从事专业文学创作至今。因此,在小说中,作家感受着吴道广的喜怒哀乐,感受着吴道广予人的温暖和自己内心如水的苍凉——由此,《同学》亦可视为作家的自传性质的小说。

(发表于2019年3月24日《常德日报》)

在欲海中沉沦
——贺用茂长篇小说《杏林沉浮》人物形象解读

随着医疗服务的市场化进程，医疗行业的矛盾也逐步凸显，其负面的社会影响也逐渐呈现出来：药品价格、医药关系、医患矛盾等都是不能回避的现实，但由于情况比较复杂，问题比较敏感，这一现实在文学作品中鲜有涉及。因此，可以说贺用茂长篇小说《杏林沉浮》的出版填补了文学作品关注这一现实的空白。

小说作者用批判现实主义的态度，以医院这一社会关系的枢纽为中心向社会的各个方面辐射——政界、公安、商界、宗教界甚至教育界，撕开了医药行业广受诟病的黑幕，揭示了道德缺失、信仰缺位的现实，塑造了吴辽这一新时期堕落的知识分子的典型，从一个侧面证明了医药行业反腐的迫切性和重要性。

心理学界最著名的"马斯洛需求层次理论"认为，人类的需要是分层次的，由低到高分别是生理需求、安全需求、社会需求、尊重需求、自我实现的需求。这些不同层次的需求构成了人类的欲望，它正是个体成长发展的动机和内在力量。每个人都有欲望，人的欲望不同层次的产生，以及欲望由低层次的追求向高层次的追求的发展规律，决定了欲望既不会因为人类知识水平和精神素质的提高而消失，也不会因为物资生产的极大丰富而湮灭。实际上，欲望正是一把"双刃剑"。一方面，它作为一种重要的原动力存在促使人和社会的发展和进步。人必须要有欲望,禁锢欲望或是欲望匮乏,就不会产生实际行动的动力,不会产生个体以及人类社会的不断发展和进步。对于我们每一个个体来讲,欲望可以使领导者兢兢业业、鞠躬尽瘁,可以使员工积极向上努力工作,可以使老百姓生活充满目标和方向。对于组织者来讲,欲望可以使一个国家不断发展,变得繁荣昌盛,也可以使人类社会不断前进走向文明。另一方面,如果不能很好地把控欲望这种原动力,放纵欲望,同样会带给我们社会的停滞和历史的倒退。人类的欲望不像食欲一样酒足饭饱后就会消失,欲望在更多的情况下是一种正反馈,越是满足,越会产生更大的需求。放纵的利益欲望往往使个人迷失自我,追逐权力利益与享受而不择手段、专横跋扈,并逐渐把社会道德、国家法律等规章制度置之脑后,以至于使国家和人民的利益受到损害,而自身也必将受到应有的惩罚。因而我们每个人应该不断自省,提高认识,谨防权力等各种欲望的放纵和膨胀。

就是说,欲望可以使人奋发向上,也可以使人滑向罪恶的深渊——贺用茂长篇小说《杏林沉浮》就是这一观点的最好诠释。

吴辽的沉沦之路

吴辽虽然出身贫寒,但是高中毕业时,他已经长成"一米七八的个头""模样周正,皮肤白皙而健康,眼睛清澈而有神。步态轻盈,走路如军人般刚劲;交谈有礼,说话似春风般含情。音色柔里带磁,举手投足尽显男儿本色;行事稳中有度,待人接物全是海瑞气节"。他靠着勤学苦读顺利地考上了名校。在填报志愿时,吴辽自有主张,"报效父老乡亲"是他的人生理想,因此,他毅然决然地填报了广济医科大学。在大学里,吴辽——这个淳朴的农家子弟遭遇了别人的算计,因为爱情遭遇了围殴,遭遇了短暂热恋之后的失恋,这或许也为他今后的蜕变埋下了祸根。尽管如此磕磕碰碰，毕业时，吴辽还是放弃了考研，拒绝了留校，怀揣初心，回到了家乡虚县——这个帅气才气兼备的热血青年就这样意气风发地踏上了未知的人生旅途。

小说集中笔力描写了吴辽沉沦的过程。首先是对女色的追逐，让他陷入色欲不能自拔。先是迷倒在人民医院副院长的温柔之乡，后又与药商、女同事纠缠不清。与何一曼结婚后，已为人父的吴辽，不仅周旋于周雨梦、叶子美、赵灵巧、苏启玉之间，还心心念念涂亭"那尊自由女神"，甚至以出差的名义飞往长春，终于如愿以偿，与其说是吴辽实现了多年的心愿，还不如说他报了多年以前遭涂亭背叛的仇。其次是对金钱的追逐。初到单位，就得到了内科主任阙新颜的言传身教，在周雨梦的牵引下又认识了老江湖药商仇海森，在仇海森的调教下，吴辽开始了对金钱的疯狂追逐，不仅接受患者家属的吃请，还利用结婚敛财，甚至把贪婪的手伸到了寺庙。再者是对权力的追逐。在工作中，吴辽不仅意识到权力"光鲜的外表"和"污浊的本质"的"两面性"，更深刻地认识到权力的重要性。由于医术高明，他和县里最高当权者搭上了关系，当表姐供给医院的药品出现质量问题后，书记插手摆平了这一件事，这使得"吴辽再一次领略了权力的魅力"。耳濡目染，此时的吴辽已深谙升迁之道，在送古董不为书记所动之后，他下了一剂猛药——给书记送去了12万元现金，顺利地坐上了人民医院院长的宝座。一切似乎尘埃落定，然而，就在他和涂亭翻云覆雨之时，却传来了县委书记马常寅接受调查的消息——吴辽陷入前途未卜之中。

吴辽堕落的根源

淳朴的农家子弟吴辽也曾奋发向上，也曾热血沸腾，也曾满怀美好的理想。但是,在现实中他却没能坚守。在吴辽堕落的过程中,作者着重刻画了促使他蜕变的环境,揭示了他堕落的根源。当他进入大学时,"大学已经是有钱人的天堂",他的被毁和失恋都因为他来自农村,大学尚且如此,更遑论社会了。进入医院,纯良的他第一次受到单位美女领导的关爱,这一份类似于母爱的感情让他感动不已。可是,他错了,在他还没有意识到是陷阱时,就已深陷其中。在吴辽沉沦的过程中,周雨梦是一个重要的角色,可以说她是各种社会关系的一个缩影,她与杨副县长的暧昧,与药商的利益关系,加上她言传身教使吴辽逐步认识到金钱和权力的重要,并下全力攫取。从某种角度来看,也是这个女人坏了吴辽的胚,起码是吴辽沉迷于女色的催化剂。医院里,"屁都不懂""常用汉字都认不全"的梅得发"凭着白花花的银两""脏兮兮的人脉"当上了院长;吴辽的第一个师傅阙新颜将一位医生的职权用到了极致。工作中,吴辽逐渐摸清了医院的套路:他们与药商互相勾结,吃回扣,坑患者。从某种角度上看,病的是社会、是医院、是他们。作为父母官的县委书记,不仅大胆收受金钱贿赂,对吴辽提供的性贿赂也是来者不拒,更有甚者,还将情妇提拔到重要的工作岗位。以仇海森为首的一帮药商更是带着他出入各种娱乐休闲场所,吃喝玩乐,无所不为。其实,吴辽也曾迷惘、矛盾,他的良心并未彻底泯灭,道德也没有彻底沦丧,当仇海森安排他嫖娼时,他却逃走了。但是他却不曾抗拒美色、金钱和权力的诱惑,连无力的挣扎也不曾有过,我们就这样看着一个青年才俊在如此污浊的环境中一步步走向堕落的深渊却无能为力。作者着力刻画了促使吴辽蜕变的环境,从上至下,病入膏肓。

吴辽的悲剧意义

鲁迅先生在《再论雷峰塔的倒掉》一文中说:"悲剧是将人

生有价值的东西毁灭给人看。"从不忘初心、怀揣梦想的青年才俊到寡廉鲜耻、不择手段的医院院长,《杏林沉浮》完整地呈现了吴辽在情欲、利欲、权欲的诱惑下逐步堕落的过程,吴辽一路腐败、一路升迁、一路沉沦,揭示了现实的荒谬。欲海无涯,对于吴辽美好人生的毁灭,作者和读者一样深感痛心而又无能为力。小说安排了另一个人物赵思邈与之对比,在坚守与沉沦、抵触与融入、鄙视与攀附之间表现了作者对吴辽一般知识分子堕落的批判与悲悯的复杂态度,以及对"赵思邈们"对理想坚定守望的激赏之情,这一悲剧既具社会性也有个性,由此作者严肃地提出了当代知识分子道德坚守的重要性。

(发表于《朗州》2017年第7期)

聆听时代的脉搏

——浅谈戴希小小说的当代性品格

文学的当代性,除了可以按"当下"这个时间界定外,其本质意义的界定,还应该包括以下两层含义:第一,指文学作品是否具有鲜明的问题意识,是否具有质疑现实、警醒世人的先锋性。第二,任何时代都有它自身的现代性或曰当代性,尼采曾说:"所有的历史最终都来到了现代性。"(在当下的语境中,"当代性"这一宽泛的词,其实就是这一意涵上的"现代性")而作为当代人,文学家的任务就在于穿透现实世界的表象揭示其深层的本质,从繁华中看到凋敝,在热闹中看到孤寂,从流行的事物中提取出它可能包含着的在历史中富有诗意的东西,从过渡中抽出永恒。

所以,作家应该立足于瞬息万变、泥沙俱下的此时此地,从中把握、萃取出堪为经典的质素来。为了使任何当代性都值得变成具有历史意义的古典性,必须把人类生活无意间置于其中的神秘美提炼出来,使之成为永恒的诗意美。

从这一点上来说,任何一门艺术的生命力皆在于其"当代性",小小说亦然。这个判断首先是从小说的历史中得来的。

小说自产生之初就带有这个特质。小说本是源自民间的文学样式。桓谭在《世说新语》中称之为"残丛小语",《汉书·艺文志》认为它是"街谈巷语,道听途说者之所造也"。到唐代,仍称"小说者，街谈巷语之说也"（鲁迅《中国小说史略》）。直至明代，仍把杂录、志怪、传奇、丛谈等归入小说一类。而清代则将杂事、异闻、琐语三类称为小说。总之，传统中的小说属于"街谈巷语"，这表明：一是小说产生于民间，其作者都是下里巴人，所反映的都是民风、民情、民心，在民间广泛传播。其二，这一文学样式不仅不被封建统治者所重视，甚至是极力贬低和排斥。虽然后来也为文人接受并有文人专门加工创作，但其文学之末流的地位直至清代也没有改变。小说演变至今，"街谈巷语"之风已逐渐微弱，但小小说却承袭了该文体产生之初的这种特质——草根性。

小小说的这种特质决定了它的当代性。

"草根"直译自英文的grass roots。有人认为它有两层含义：一是指同政府或决策者相对的势力；二是指同主流、精英文化或精英阶层相对应的弱势阶层。陆谷孙主编的《英汉大辞典》把grass-roots单列为一个词条，释义是：①群众的，基层的；②乡村地区的；③基础的；根本的。本人认为，它应该具有两个特点：一是顽强。应该是代表一种"野火烧不尽，春风吹又生"的生命力，新时期小小说的繁荣充分证明了这一点；二是广泛。遍布每一个角落，小小说因其篇幅短小，不需要有大量连续的阅读时间，所以读者甚众，刊载也不需要太多的版面，便于传播。因此，"草根性"就是平民性、广泛性、贴近性。由于贴近生活，小说作者更容易感触时代的脉搏，更容易体验到生活中富有诗意的质素，也就更方便记录现实生活的点点滴滴，并用将这些片断组成广阔的历史画卷，在时代的不断变迁中获得永恒的意义。

小小说的创作队伍也体现这一特点，他们绝大多数都是从事各行各业的业余作者；他们的文学素养和文化程度也参差不齐，他们甚至没有专业作家那样娴熟而高超的技巧。戴希就是其中颇具代表性的一位，这位农民的儿子，毕业于湖南卫生学校，长期任职于基层政法系统。但是,生活的土壤催生创作的激情,他的作品保留了这个时代生命的活力,呈现出一种健康向上的格调。

因为扎根生活的沃土,可谓源头活水。戴希的创作始于1992年,迄今已发表微型小说300来篇,其题材可谓广采博取,时空跨越古今中外,亲情、友情、爱情;家庭、社会;官场、市井。人物上至皇帝、市长、局长、厂长、科长,下至失足妇女、乞丐。戴希说,他的小说题材皆源自生活、工作中的所见、所闻、所历。作品中所叙无一不是身边之事,所写无一不是身边之人。比如《谁狠》中利用职权争强斗狠的D科长和G科长,《老子是劳改犯》中举着砍刀抗税的雷公,《炫耀》中那个虚荣而可悲的七七,昧着良心贪图不义之财反而被骗钱财的裴奶奶,屡教不改总吃剩饭的母亲,都是我们熟悉的"当代"人,在他们身上有着鲜明的时代印痕。即使是一只鹦鹉、一条京巴狗也无不折射出"当代"人生世相。这无数的小浪花构成当代生活的广阔图景,因此,阅读他的小小说不仅能看到生活的本相,体会生活的原味,更能感受到时代的生活气息。

小小说的"当代性"还有着更深一层的含义,那就是它在表现"当代"人物质生活的同时,更能表达、传递"当代"人精神生活中最新的震荡和最新的感悟,延续、记忆着人类精神生活中绵长久远的追问、困顿、挣扎、搏斗。戴希的小小说也不例外,它撷取的是一个场面、一段对话、一个镜头,但却能表现当代人精神生活中最新的感荡、矛盾、迷茫和追问。它就像一粒种子,饱含着春苗的希望、夏花的灿烂、秋实的喜悦,我称之为"小制作,大担当"。人民文学出版社出版的戴希小小说集子《每个人都幸福》,共收录其作品153篇,这些作品如同闪闪发光的明珠,每一颗都有一个闪光之点,按不同的光点,作者将其分为几大类:有的反映东西文化的碰撞、有的针砭时弊、有的是以动物世界折射当代众生相,还有揭露现实世界的荒谬——可谓主题多样。

还有叙写情感一类,也不乏精品。比如《装修》,取材于当代人生活中的一件平常事,但随着房子装修的进程,一间充满阳光的小屋也随之搭建而成,其间洋溢着人与人之间关系的和谐与美好,感人至深。没有一颗美好的心灵,是不可能营造如此诗意的氛围、传达出如此美好的情感的。这种美和诗意,只要有人类存在就会需要,而不仅是当代——这就是我所谓"可能包含着的在历史中富有诗意的东西",是"从过渡中抽出的永恒"。

《别林斯基论文学》中说:"我们时代的艺术应该是在当代意识的优美的形象中,表现或体现当代对于生活的意义和目的、对于人类前途、对于生存的永恒真理的见解。"戴希小小说集开卷之作《我们都幸福》,叙述的是苏老师与一群有生理缺陷的学生围绕着"我不幸福""怎样才幸福"这两个问题的对话,通过苏老师睿智的启发,最后得出不幸只有一点点,幸福却有那么多,所以"我们每个人都幸福"的结论。这一人生哲理不仅为这群特殊的孩子打开了通往幸福的大门,也向世人开启了一扇可以欣赏清风明月的窗。生活在纷繁复杂的现代社会,人们无可选择地永远告别了田园牧歌式的单纯,常常庸人自扰式地为芝麻小事而纠结,甚至事事追求完美,殊不知残缺才是完美的,正像无与伦比的断臂维纳斯。因此,忽视已经拥有的美好,那才是最大的不幸。作者通过一个很浅显的故事,揭示生活中晦暗不明的现象和生命的超越性意义,严肃地破解生命之谜、人生之谜。作者的意图不外乎通过那些追问、那些感悟,发人深省,并借以表达善良而美好的愿望:每个人都幸福。我想这也应该是这篇小小说被多次转载,并收入《2009年中国小小说精选》的主要原因。

"当代性"还应该是作家在全球化浪潮冲击下益发强烈的本土意识和因社会贫富分化而激发的现实关怀。这个集子中最能体现一个作家的社会责任感和道德良知的应该是《良心》。作品以刚分配到派出所工作的公安大学毕业的高才生的视角,叙述了一家私营饲料厂猪饲料被盗后,"我"奉所长之命前去破案的故事。上天助人,"我"顺着蛛丝马迹找到了"盗贼",但正当"我"兴高采烈之时,眼前之景却让"我"惊呆了:一家三口正坐在桌边用餐,丈夫、妻子、女儿每人端一碗又涩又黄的稀粥狼吞虎咽。主人告诉"我""是猪饲料汤",那一刻,"我"似乎什么都明白了,可又什么都没明白。眼前这对下岗夫妻:"病恹恹的"男人希望进拘留所,因为那里有米饭吃,女人一副也是"憔悴的模样"——这一切强烈地震撼了"我","我"不仅没抓他们,反而给了200元的慰问金,并如实报告给了所长,盗窃案就这样不了了之。这是特殊时期一个下岗职工生活的缩影,有着鲜明的时代烙印。虽然情与法的矛盾伴随国家的产生就已存在,但《良知》却有着"当代性"意义——错位的现实带给人们精神的困惑。事物的本质往往让人触目惊心,一个有良知的人该如何面对,当法律所不能及之时,还得借助道德的力量,可谓言近而旨远。

　　戴希善于在时代进程中发现问题。这本集子的压卷之作《死亡之约》,取材于历史,却警醒着世人。所谓"死亡之约"说的是唐太宗和朝廷关押的死刑犯的约定:李世民在贞观七年腊月初八,准许在押的390名死刑犯不受任何约束地回家看望他们的妻儿父母,并约好来年即贞观八年九月初四主动返回朝廷大狱伏法,而罪犯们居然没有一个爽约。李世民被罪犯们的诚信感动,当即宣布赦免所有囚犯。故事到这里,"以诚心换取诚心"的主题已经很鲜明了。但作者为了更深一层,在史料的基础上做了大胆的想象和加工。贞观十四年,在国家危难之际,390名被赦囚犯主动请求上战场,英勇杀敌,用自己的血肉之躯换来了国家的安定。这个结尾在前一主题的基础上升华到了"以诚心换忠心"的高度。

虽然是历史性的题材,其意义却有着鲜明的当代性。

戴希从历史中提炼出美好,用一个小故事来承载厚重的历史文化内涵,来承载一个作者的社会责任,来呼唤当代人道德的回归、诚信的回归。

戴希小小说不仅反映了中国社会加速现代化、社会转型和社会矛盾的变化,还反映了人们精神世界的纷繁复杂,以及人们审美趋向多元化的现实。所以,他的作品的"当代性"品格,还表现在不断地求新求变。戴希不仅写小小说,还写散文和诗歌。仅就他的小小说,也是随物赋形,格局不一,有的呈现着散文的感性,有的甚至如散文诗章,有的干脆就是诗体,有时也用寓言。就篇幅而言,有袖珍式的,也有稍长一些的,可以说题材广泛,主题多样,风格多变。我们知道,短小的作品,容易予人一览无余的乏味之感,所以,清人刘熙载在《艺概》中指出:"断篇宜纡折,不然则味薄。"戴希深谙此道,他的小小说,匠心独运,尺水之中,波澜起伏。比如《良心》不仅情节结构极尽曲折之美,人物心理亦极富变化之妙。接到破案任务,"我""暗下决心"一定"又快又准"地破获此案。由于案件毫无头绪,"我"又"不禁犯愁"。然而天不绝人,"我"终于发现蛛丝马迹,感觉成竹在胸,不禁一阵"窃喜"。但正当"人赃俱获"时,"我"却"大吃一惊"。真相大白之后"我""心生怜悯",只能选择"忐忑不安"地离开。目睹杂草丛生一片破败的服装厂大院,"我"的心田也一片"荒凉"。直至结案,"我"仍在"遭受良心的折磨"。正如荷迦兹《美的分析》中所说:"变化产生美。"《良心》带给读者的正是一种动态之美。但是荷迦兹又说:"我的意思是指一种有组织的变化""因为没有组织的变化、没有设计的变化,就是混乱,就是丑陋"。这就要求作者首先要在合乎生活逻辑的基础求变化,情节组织合乎情理,这才不会"乱"。其次要在单纯中求变化,这才会产生美。《良心》将单纯的情节线索和复杂的人物心理变化线索交织在一起，单纯中有一种繁复的美感。客观现实与情感世界互为表里，极大地拓展了小小说反映社会生活的空间，极大地满足了当代读者多元的审美诉求。

戴希总是不断努力使自己的作品从一个侧面凸显特定时期的时代特征、价值观念、文化取向和审美追求，呈现出鲜明的"当代性"品格。

（发表于《青年作家》2010年第8期）

亦庄亦谐　妙趣横生
——"趣"说戴希诗歌集《凝视》

　　2017年1月，微小说作家戴希出版了他的第一部诗歌集子。众所周知，诗人审美地感受现实的心理方式或者说诗人与现实的审美关系异于小说家，也就是说，虽然诗歌和小说同属文学，但不同的门类、不同体裁文学的审美视点也不同。有理论家认为，从审美视点来考察，文学可分为外视点文学和内视点文学，外视点文学指小说、戏剧等非诗文学，这类文学主要表现为叙述世界，反映客观世界的丰富多彩；而内视点文学是指诗歌、散文等抒情文学，这类文学主要表现为体验世界，披露心灵世界的精微细腻。因此，虽然外视点文学也需要感受体验，但其材料来源主要靠视觉，也就是观察，即使是想象中的世界，其人际关系也要深根于现实，其表现手法则以叙述为主。而内视点文学虽然也需要观察，但主要靠心觉即心灵的眼睛，捕捉"无状之状，无物之象"，其表现方式则以抒情为要。

　　读戴希的诗集《凝视》，却发现，诗人打破了叙事文学和抒情文学的藩篱，他的诗寓理于事、寓情于景，事、景、情、理治于一炉，有时令人遐思，有时叫人展颜，可谓亦庄亦谐，妙趣横生。

　　说到"趣"，总让人觉得神秘而难以捕捉。其实"趣"是中国古典美学术语，泛指人们的审美理想及审美情趣，包括人们在审美过程中的趣尚、趣味以及对艺术美的认识、理解、要求等等。在具体作品中,它是一种将情、景、理高度熔铸而产生的艺术效果,是诗歌作品表现力、感染力和启示力的巧妙汇聚,是诗人和读者在思想、爱好、性情等方面形成的一种默契。一首诗有情并不难,难的是兼而有趣。

这部由中国出版集团现代出版社推出的诗集,收录了诗人从1992年以来25年间的诗作共98首。其中不乏情趣盎然之作。那阳台上一叶一叶晾晒着的"乡情",尽管我"凝神看她/如何卷起叶子的边缘""屏息听她/浅唱低吟蒸腾的心音"。可她"无论骄阳似火/无论秋风阵阵""都一样/葱郁如春"。(《乡情》)诗人化抽象为具象,将对故乡的情感化为一株植物。那"一叶挨一叶地/排上阳台/晾晒"的就是诗人在记忆深处翻检与故乡有关的林林总总,这一连贯动作,很细腻很轻柔。而接下来的"凝神看她"和"屏息听她"连续动作则很专注很深情,这些细节中,不仅蕴含了对故乡始终如一的热爱之情,更富有韵趣,从而使诗歌有了一种独特的风致。集子中的《春天》《日子》和《农家》也属于这类富有情趣、余味隽永之作,尤其《农家》,意象生动,色彩温暖,画面温馨。

有论者认为戴希的诗歌有比较强的思想性,这是因为他的诗歌富含哲理的缘故。诗不排斥说理,但不能用抽象、直露的理语入诗,而要用具体生动、自然和谐的美的形象去表现一定的道理。所以,一首诗要说明一个道理也不难,难的是兼而有趣。理趣是指表现哲理的诗歌,要写出具有感发读者的审美情趣。正如包恢所说:"状理则理趣浑然,状事则事情昭然,状物则物态宛然,有穷智极力之所不能到者,犹造化自然之声也。"(宋·包恢《答曾子华论诗》)也就是强调说理、叙事、状物自然和谐、鲜明生动,具有强烈的感染力,能感发读者的审美情趣。在《伞》中,诗人用三个人来寓指三种人生态度：一种是擎伞遮雨，第二种是举伞遮阳，这两种是有选择性地用伞来"遮"，表面上是遮雨遮阳，实则还想遮住什么，就不得而知了。而第三种是任何时候都不撑伞。这种完全不遮的行为也许是光明正大不需要"遮"，也许这才是真正的"遮"，所谓大智慧是也。如果仅止于此，算不得好诗。但是诗歌运用对比的手法，首先第一种"大步流星"与第二种"缓缓前行"对比，用词也很讲究，一"擎"一"举"，一"遮"雨，一"遮"阳，其栩栩如生甚至可以让人分辨出他们的性别和神情。第一、二种又和第三种对比，引导读者进入诗歌的意境，获得某种生活的启示。集子中这类蕴含理趣的作品不少，比如《凝视》，集子以此为题，应该是有深意的。"我"无数次"长久地凝视／一块坚硬的石头"，并"固执地幻想／有朝一日／她也能绽放／芬芳美丽的花"，因此"我""忽视了／一朵其实很美丽的花／亦在长久地凝视／那块铁一样的石头"，直到最后也变成了"一块冰凉的石头"。由于"我"带着某种虚妄的期待甚至痴守一份虚无而忽视了身边的美好，等到这美好消失，"我"又以悼亡者的姿态去追忆——其实这也是一种有趣的人生。由于这种"趣"的存在，使作品中的"理"不生硬，也使诗歌要表现的人生具有了某种喜剧的色彩。

与以上二"趣"不同的是，戴希诗歌中还有一种"无理而妙"的奇趣。《一个人的生存状态》："有时是自己的脸／有时不是自己的脸／有时是自己的心／有时不是自己的心／有时说自己的话／有时不说自己的话／有时做自己的事／有时不做自己的事／有时坚守自己的位置／有时不坚守自己的位置／有时走自己的路／有时不走自己的路／有时发自己的光／有时不发自己的光／有时找得到自己／有时找不到自己／有时是自己／有时不是自己"。这种矛盾对立一种是有理，一种是无理。诗人以事理上的无理来艺术地表现情理上的有理，这就是古人所谓"无理而妙"。"有时是自己的脸""有时找得到自己""有时是自己的心"，这是合理的，但是"有时不是自己的脸／有时找不到自己／有时不是自己的心"甚至"有时不是自己"，这就荒唐了，"荒唐"就是"无理"，这就是这首诗在艺术描写上违背客观事物常理的荒谬性；所谓"有趣味"的美妙之处，是指这些虽悖于物理，却符合现实中人们真实的"生存状态"，所以，它妙就妙在"无理"。

《守候》也是颇具奇趣的一首小诗。"一只鸭子在窝里生蛋／一只猫与她并肩而卧／宁静　温馨　机警／像一对厮守的鸳鸯／每次都这样／哎哎哎／谁的眼泪在飞"。一只母鸭生蛋是再正常不过的事情了，但是，每次陪伴她的却不是公鸭，而是一只猫，在动物学中，猫虽已被驯养，但它还是属于兽类。这种禽兽和谐的画面就是"无理"的，然而，却是真实生活写照，所以有人"眼泪在飞"。这首诗最精彩、最有趣的就是这个结尾，因为人的心理想象活动带有随意性、跳跃性、无逻辑形式，能够从这一种意象瞬间转变为另一种意象。禽兽和谐的画面为什么让人"眼泪在飞"？这种"不通之通"的艺术描写使人的联想翅膀无限展开，同时使诗歌在艺术表现上获得了广阔的背景和丰富的内涵，收到"无理而妙"的艺术效果。

戴希对现实生活的审美感受和体验经过自我改造、提炼、熔铸而成"趣"，并将"趣"物化在作品中，从而形成了作品的独特的艺术趣味。

（发表于2018年5月11日《湖南日报》）

坚守与求新
——戴希小小说集《其实很简单》印象

戴希的小小说以其多样的题材、鲜明的主旨不仅形成了自己的风格，而且在当代文坛上奠定了自己的地位。他的"在场性"表达决定了对历史、对现实的审视深度，也决定了他作品的价值。这种对现实的关注使他的作品呈现出鲜明的批判现实主义风格，但是，风格即个性，风格即僵化。一位作家的创作风格一旦形成就意味着他的作品有了自己的个性，但同时作家又有可能囿于某种模式无法超越而陷入僵化，就连欧·亨利也不能幸免。戴希深谙此道，他在漫长的创作道路上一面坚守着现实主义的原则，一面大胆探索求新求变。

这本由著名小小说作家及评论家杨晓敏、秦俑主编的"第七届小小说金麻雀奖获奖作者自选集"《其实很简单》，共选入戴希小小说创作各个时期的作品47篇，集中地体现了戴希在几十年小小说创作道路上的坚守与探索。

戴希的有些作品，几乎是现实生活的真实呈现，读者甚至难以察觉其对生活的提炼和加工，具有一种白描现实主义的风格。艺术的真实性可以说是小说的生命，也是作家孜孜以求的效果，但由于各人对生活认识理解的不同而导致对事物本质及发展规律揭示的差异。《记得那时》讲述的是一个孩子捡到一笔"巨款"

之后的故事,从辛笛发现"路上躺着七元钱"到他向曾老师上交三元,到老师如何"赞许"、校长如何"推介"、学校如何宣传、他如何反省自责、又如何"掉钱"这一过程真实到就是身边发生的一样。作品中的辛笛虽然是位小学三年级学生,但他的心理、行为已经打上了鲜明的时代烙印,而又极为符合一个儿童的特点。

戴希有时将人物放在美丑之间,只是客观地呈现,读者很难判断这种人物的属性,《雅盗》主人公是一个真正意义上的盗贼,他第一次到白正家就是真来偷盗的,当他看到主人留下的300元时,他"开始有些生气",甚至"动怒"。第三次来虽然不是为偷,但是尽管他所崇拜的人苦心规劝,也不能改变他的"秉性",使他"金盆洗手""从善如流"。但他却又不是一般意义上的小偷,倘若触碰到他心灵深处最柔软的角落,他也会"心头却一热,眼眶也有点湿"的。而且这个窃贼不仅喜欢阅读文学作品,崇敬文人,他还喜欢文化人利用留言条的交流沟通方式——此所谓"雅盗"。同时,他虽然未能金盆洗手,但却向白正表示"今后,我会精心选点,只偷该偷之户,譬如贪腐官家和黑心商家……"——此所谓盗亦有道。

与作者以前的作品相比,《雅盗》的环境描写也做了大胆的尝试。戴希的小小说很注重对环境的描写,他总希望能在短小的篇幅里传达更多的时代气息,《雅盗》亦如是。

除了真实地呈现之外,戴希的作品还有着白描现实主义的简洁凝练,但同时又不失铺排跌宕。小小说有着小说的共性,需要引人入胜的故事情节,而凝练也正是受小小说短小的篇幅所限,虽铺排跌宕却不能汪洋恣肆,因此,戴希将诗歌创作的经验借鉴过来,形成了他作品的简洁之风,但是虽然简洁却丝毫不影响作品反映现实的深度。《都赢了》是一篇难得的高度凝练之作,小说写的是某厂一名叫"小秦"的司机如何与修理厂厂长勾结做局从"临时工"摇身一变而登上"人事科科长"宝座的故事。作品前半部分是为其表，却逻辑严密，没有丝毫破绽，后半部分是为其里，也就是那个"局"，读后不得不令人被小秦的智商而折服，同时又为小秦之流挤进管理队伍以及那些厂长、副厂长之流的智商和贪婪而忧愤。这是一个很复杂的"局"，但作者却将其浓缩为340多字的篇幅，其前因后果，逻辑清楚，映射出表面光鲜时代背后的龌龊。

戴希对现实主义原则的坚守还表现在他对当代人心理的深刻呈现。一个社会的变革，必然带给人们心灵的震荡，这些自然也逃不过目光敏锐的作者的眼睛。

面对人类宏大的精神世界，哲学家也感到困惑。因为在科学技术时代，理想主义激情已失却鼓舞人心的魅力，而且科技思维模式已经浸渍了哲学及其他人文科学，人们开始将人的任何一种状况加以量化，包括生活的质。比如幸福，人们试图将其量化为住什么房子、开什么车子、拥有多少金钱或者做到什么级别的官位。但当时人正在把幸福分解为许多要素，而又试图计算这些要素的质之时，戴希却在严肃地思考这个浅显而又深奥的问题，并通过《我们都幸福》提出了自己的看法和见解。

《其实很简单》也是一篇颇具现实主义功力的作品，小说集以此为名也颇具深意。世间事原是简单的，只看你如何看、如何处。一位平时怕踩死蚂蚁的男人却能在危急时刻大义凛然，挺身而出，按常理推论这背后一定掩藏着什么隐秘的原因。但随着记者的深入采访，一个再简单不过的理由被揭示出来，那是一束从一颗清澈澄明的童心中发出来的人性美的光芒，也是足以使一位懦夫变成勇士的力量。这种手法让部分读者觉得少了回味，但有些事情只有抽丝剥茧才能直逼真相——这种严密的理性思维干预亦是戴希作品现实主义的一大特色。

　　选入集子中的还有历史题材的作品,历史一直是小说家们取之不尽的源泉,但是戴希写历史却有其独特之处,他写历史不是为了影射现实。他总能将笔下的历史人物、历史事件转换成正能量的源头,《鹞鹰之死》讲述的是唐太宗时著名谏臣魏徵不惜冒着被杀头的危险而向皇上进谏的故事,包含的是居安思危、切勿玩物丧志的道理,塑造了一代明君、一代贤相的形象。同是历史题材的《鹿战》的蕴含极其丰富,对强大的楚国而言,被眼前的利益牵着走,终将走上不归路;对弱势的齐国而言,扬长避短,不战而胜,智取楚国。

　　迄今为止,戴希公开发表的微小说800多篇,获得过世界华文微型小说大赛奖、中国小小说十大热点人物、冰心图书奖等近乎全国有影响的所有微小说奖项。同时他在诗歌、散文领域也有不错的斩获,并试图打破文体之间的藩篱,将各种表现手法综合运用到小小说创作中,探索小小说创作新方法、新途径。

　　首先在体式上,戴希不断尝试改变小小说原有的故事结构,《祝你生日快乐》《"红狐狸"与"北方狼"》的故事,作者安排了三四种不同的结局,这一结构表面上看只是打破了原有的故事框架,而实则是面对复杂的现实,打破了固有的思维方式而导致——一件事情用不同的视角看会呈现不同状态,用不同的方式处理会有不同的结果。这一探索虽有前人经验借鉴,但却很契合当今这个多变的社会。诗体小小说《婚检风波》也是一个大胆的试验,虽然有着诗歌的分行排列和思维的跳跃,但故事情节完整,主题集中。而且诗风亦庄亦谐,颇具讽刺意味。戴希常常借助一个故事来阐明某种道理,《童心》《天堂·地狱》就属于这一类。寓言体小小说源远流长,但这种贴近时代的作品却不多。也许有人认为有失浅显,但这种以极少的文字寓深刻道理的作品却能给人清清浅浅的澄澈新鲜之感,使人在愉悦中受到某种启迪,因此,戴希的试验是成功的。

生活在继续,创作在继续,探索也在继续,期待戴希创作出更多更好的力作。

(发表于2017年8月11日《文艺报》)

人生有戏　戏有人生
——戴希微小说的戏剧性效应

一个人无论哪个领域的成功很大程度取决于他的勤奋，作家也不例外。微小说作家戴希多年来除了工作中的日常文书的撰写之外，文学创作笔耕不辍，不仅微小说，更是时有诗歌散文集出版。他新近发表的九篇微小说，分别载于《湘江文艺》《红豆》《小说月刊》等杂志，这一组作品呈现出浓郁的戏剧色彩，因而有一种戏剧性效应。

从广义角度讲，戏剧性（theatricality）是美学的一般范畴，主要指在假定情境中人物心理的直观外现。戏剧性是把人物的内心活动（思想、感情、意志及其他心理因素）通过外部动作、台词、表情等直观外现出来，直接诉诸观众的感官。

人们在谈到戏剧性的时候，还常常涉及偶然性、巧合、骤变等等现象，特别是当人们把这一概念作为生活用语时，往往取这种含义——本文即如是，这是戏剧性的原始的、外在的含义。

而效应（Effect），则是指由某种动因或原因所产生的一种特定的科学现象，通常以其发现者的名字来命名，如法拉第效应。

"效应"一词使用的范围较广，它还指在有限环境下，一些因素和一些结果而构成的一种因果现象，多用于对一种自然现象和社会现象的描述，并不一定指严格的科学定理、定律中的因果关系。

例如温室效应、蝴蝶效应等等。

效应也有"作用"之意,如《后汉书·方术传下·郭玉》:"和帝时,为太医丞,多有效应。"

经济学上的效应是指消费者消费商品时感受到的满足程度——本文取该义,主要探讨戴希新近几篇微小说的戏剧性情节设置带给读者的一种审美期待的满足感。

戴希对世界的观察、对生活的体验细致入微,勤于思考并自觉打破文体之间的藩篱,在微小说中运用传统戏剧的表现手法,使读者在阅读中获得一种波澜迭起的美感,满足读者猎奇、释疑、求真的审美心理。

在新作五篇即《画家与商人》《投案自首的小偷》《升迁捷径》(皆发表于《湘江文艺》2018年6月)、《红色收藏》(《小说月刊》2018年12月)、《只想大哭一场》(《山东文学》2018年11月)中,作家运用了类似的方法,或在故事开端因误会而带来悬念,或在作品结尾(故事结局)时由于各种因素而导致情节"转折",收到既在意料之外,又在情理之中之效。一幅未完成的绘画作品在画家和商人之间来回倒腾,可世事难料,"若干年后""画家那幅没有脚的虾画反而更值钱、珍贵得多""只是当时,画家和商人都没想到"(《画家和商人》)。时过境迁,当画家的身价疯涨,当人们的审美转向多元,欣赏残缺美甚至错误美,所以,没有脚的虾画更珍贵就合情合理了。而《投案自首的小偷》则带有某种喜剧的意味,张女士巨款被盗,警察正苦于找不到线索,并"做好了长期作战的准备","可非常出乎预料,第二天一大早,两个小偷就结伴来公安局,主动投案自首",而且他们竟是多次挂号的惯犯,情节突转,不由得让人吃惊而又疑惑——悬念由此产生。可是,两名小偷道出投案自首的原因却让人啼笑皆非:"我们原本只打算弄个几十上百元零花,哪料……""这么多钱嘞,我越想越怕，再说，也消受不了啊！晚上，我恐惧得很，精神差不多要崩溃！找到甲一说，他也一样。那不如，去公安投案自首吧，主动交了这笔钱，图个心安！"当结果超出希望太多，人会有种无形的压力甚至恐惧，这种心理很正常，他们只是真正意义上的"小偷"，只在错误和犯罪的边缘游走，不想犯罪，确切地说，他们害怕犯罪。所以，他们的投案自首既出人意料又符合人物的跌宕起伏心理。在微小的篇幅里掀起情节和心理的波澜，可见其匠心。《升迁捷径》则有种"歪打正着"的黑色幽默。副乡长张蕴玉"因自己升官心切，又难觅提拔捷径，心烦意乱之下，才没碴找碴"，把一肚子怒火发到上访者温奉娇身上，"怀着深仇大恨狠狠揍了她一顿。原打算如若受了处分，仕途梗阻，就脚板底下抹猪油，一溜了之，辞职去沿海打拼的。"张副乡长前途悬而未决，可是"于书记不仅没有要求乡里批评处分张蕴玉，还立马指示县委组织部，火速走通程序，将张蕴玉直接提拔为乡长，一年后，又直接任命张蕴玉为乡党委书记"。戏里有人生，张蕴玉身上明显就有吉林省舒兰市前副市长韩迎新的影子，韩迎新沦为阶下囚，以悲剧的形式结束了她跋扈的为官之路。有于书记之流当权，张蕴玉们还需要为升迁发愁吗？剧情的翻转颇具讽刺意味。与《升迁捷径》相比，《红色收藏》是属于敲山震虎的正剧，故事是因"我"爱好收藏，偶然获得一件红色收藏品的信息而起。可是当"我"前去收购这件藏品时，主人白老太太却坚持不要钱白送给"我"，更加离奇的是市水利局王局长托司机还给"我"送来重礼，正在"我"百思不得其解时，晚报上登出了市委书记被"双规"的消息，"我"才恍然大悟，原来王局长和他的老妈误会"我"是纪检部门的内线，打着"红色收藏"的幌子，在悄悄查他的老底——谜底由此解开。作品虽然运用的是戏剧中的"误会"法，但联系过去的官场生态，顿觉曲折中又有无穷回味。

《只想大哭一场》是戴希新作五篇中最为有趣的一篇。首先是反常合道之妙。"已连续三次失恋！这回，又不得不和自己深爱着的男友分手，李小妮心里特别难受，真想号啕大哭一场。""但她却不能在家里哭""也不想去单位哭"，觉得"在其他地方哭也不好"。

　　"可是她真的忍不住要放声大哭一场"，最后她选中了殡仪馆。"于是火速来到殡仪馆，找到馆内最大、吊唁者熙来攘往的一个厅"。"便眼泪汪汪地直奔进去，扑通一声跪在灵柩前，一把眼泪，一把鼻涕，呼天抢地，大哭起来"。除了动作的连贯性颇富戏剧色彩之外，读者可能会觉得好笑，因为这太不合常理，太离奇了。但是，这背后却有着很复杂的情绪——她让我联想起韩小惠的散文《有话对你说》，那个在人群中孤独无依、寂寞无助的"我"，那个"有话对你说""上穷碧落下黄泉"都要去寻找到"你"的"我"，那个最后都不知"你"是谁、"你"在哪里的"我"，写尽了现代人精神无所依傍、灵魂无处安歇的悲凉。李小妮正经历着同样的孤独无助、无处诉说之苦，因此，她的故事虽离奇却是合理。其次是"误会"之妙，其妙在情节迂回辗转。由于李小妮的反常举动直接引起了死者家属的"误会"，于是就有了"谈判"一幕，由于李小妮根本就没有心理准备，所以她先是"一愣"，然后又"若有所思地摇摇头"，如是几个回合之后，李小妮明确表示："我分文不要！只想痛哭一场，我太伤心了！"到这里，"误会"似乎解除了，可是作家又安排了两个可能的故事结局让"误会"继续。这两个不同的结局既符合李小妮的性格，又揭示了生活和人性的复杂性，丰富了故事的内容，增强了戏剧效果。

　　文学艺术作品中的戏剧性因素，与其说是从戏剧中借鉴而来的，不如说是小说以及各类艺术作品本身就应具有的。无论是古典的章回小说，还是新小说，都不能离开戏剧性的问题。进入新时期，由于社会、人性、审美等方面的原因，戏剧性不仅已经远远超出了戏剧创作本身而走向新的发展，而且，读者对生活戏剧性的表现比如那种传统意义上的悬念、巧合、离奇等等有了更多的期待。所以说，在文学新浪潮的冲击下，传统的小说观虽然发生了变化，但作家对于小说中戏剧性的效果却要有新的调整和新的探索。

（发表于2019年8月2日《文艺报》）

把日子酿成诗　把诗过成日子
——序戴希诗集《黑鸟》

　　余光中是当代文坛鲜见的诗文双璧的大家，他常常把诗歌的笔法引入散文创作，比如意象的繁复纷呈、句式的长短参差、节奏的纡徐有致等等，又把散文的技巧用于文学评论，既有真知灼见，又文采斐然——用他自己话来说就是有些"以诗为文，以文为论"的倾向。因此，他的散文既具散文的写实又有诗歌的灵动；而他的评论文章则达到了哲学思考与美学诗意的充分调和，使读者在接受智慧启迪时享受美的熏染。其实在古代，文体之间本就很少有这种藩篱，不仅古典散文中有大量篇幅具有小说的雏形，比如《郑伯克段于鄢》（《左传》）、《廉蔺列传》（《史记》）等名篇中情节结构、人物性格、环境展示为后来的小说创作提供了极好的借鉴，就是诗歌尤其叙事诗中也具备小说的要素，从《诗经》中的《氓》到汉乐府中的《陌上桑》以及被誉为"乐府双璧"的《孔雀东南飞》和《木兰辞》等篇目，情节之精彩、人物之鲜活则完全可以当作诗体小说来品读。

　　戴希在微小说领域深耕几十年，并做了大胆的探索，取得了令人瞩目的成就。近几年，他在创作微小说的同时，其思绪常常逃逸到诗歌里，不仅尝试创作诗体微小说，更发挥他极善于捕捉现实生活细节和稍纵即逝的灵感之优势，将五光十色的生活酿成了诗。继2017年第一部诗集《凝视》之后,近期将推出他的第二部诗集《黑鸟》。

《黑鸟》收集了诗人近些年创作的诗歌113首,诗人按其内容分为"家国情怀""美景如画""世态百相""爱情短笛""文化茶座""妙言趣语""人生咏叹""青春絮语"等八个小辑。诗集以"黑鸟"为题,并将"黑鸟"一诗放在首篇,值得细细品味。诗歌开头劈空而来,一个特写:

> 摆开马步　拉开弹弓　瞄准
> 弹丸箭一般射去　我家屋后
> 那棵高高的苦楝树上
> 黑鸟惨叫一声　落地

这是一个猎鸟的场面,姿势、动作极富画面感,画面本身也没有什么神奇之处,但是短句子,快节奏,又有黑鸟的惨叫声穿过画面而来,视觉冲击的同时又带来听觉冲击——这个画面对乡下孩子来说并不陌生。但是紧接下来的一小节却出人意料。

> 父亲满脸怒容　冲向我
> 一把夺过弹弓　折断
> 又冷不丁　扇了我一记
> 响亮的耳光
> 小混蛋　谁让你射
> 他可是——你爷爷的魂灵

"满面怒容""冲""夺""折""扇"一连串动作生动地呈现了父亲的愤怒程度,可是对他的打骂以及警告我不以为然,可是父亲却"长跪于那只鸟前"并"沉痛地 掩埋了那只鸟"。其实诗歌到这里也可以结束，然而，诗人却写到了后来：

> 事后我也悄悄　落了很多泪
> 忆起儿时的恶作剧
> 我至今心疼　懊悔　想大哭
> 父亲留不住　像爷爷一样　走了
> 父亲的魂灵也会像爷爷一样
> 变成一只黑鸟吗

我成长了，读懂了父亲，我"心疼"，我"懊悔"甚至"悄悄落了很多泪"，可是父亲"留不住"。"我"常常疑惑：他也会像爷爷一样变成一只黑鸟守护我们的家吗？那种对生命的无法挽留的悲哀溢于字里行间。但若将此诗当作抒写儿时猎鸟被父亲训斥，年长后又幡然醒悟并怀念父亲之诗来读则嫌肤浅，诗人将此诗辑入"家国情怀"则另有匠心。千百年来，我们的祖辈在此繁衍，他们不懂环境保护的大道理，但却始终对大自然保持一颗敬畏之心，并用一种特使的方式代代相传。古人云："凡善怕者，必身有所正，言有所规，行有所止，偶有逾矩，亦不出大格。"意思是凡知道畏惧的人，必言谨身正，说话有分寸，行为不冲动，虽偶尔有些出格之处，但不会出现大的过失。是的，心有所惧，则行有所循。正因如此，才有世世代代的青山常在绿水长流。诗人赋予"黑鸟"这一意象以特殊的内涵，留给人久久的余韵。

综观戴希的诗歌，两点有别于其他诗人的作品。

第一，纪实与梦幻相融。戴希打破文体限制，有意或自觉地将微小说的技法引入诗歌创作。《黑鸟》可以说截取了生活的一个断面，情节、人物——人物的神情、语言、动作，都是小说具备的要素，并运用第一人称，增加了亲历性和纪实感。戴希的诗歌善于捕捉生活细节："父亲的手紧抓我的手／父亲的手臂把我的手臂／托举成飞翔的鹰翅／我们在登山呢好高好大的一座山／然而才过半山腰／父亲的躯干／就慢慢弯成了一把箭在弦上的弓／我不禁勾下头来偷看／但见父亲的脸沟壑密布／父亲的身躯　已形同槁木"（《我坐在父亲的肩上》）。在父亲的肩上被托举成鹰的翼翅应该是每个人儿时的幸福时光，诗人将遥远的记忆与梦幻融合，拓出了一片新境：不要以为今天的一切都是自己奋斗的结果，没有父辈的基石，我们将一事无成，哪怕他们已经作古。

> 戴希的这种手法有时似真似幻
> 走着走着
> 我遇到一个人
> 走着走着
> 又遇到一个人
> 走着走着
> ……
> 我大汗淋漓
>
> ——《走着走着》

似乎是写实，又近乎梦幻，这种不带任何感情色彩的平静叙述却带有莫名的神秘感、朦胧感，因此，每一个读者都有可能读出自己的人生体验。

第二，哲理与诗意相生。诗歌素有说理的传统，但不能用抽象、直露的理语入诗，而要用具体生动、自然和谐包含着诗人情怀的形象去表现一定的道理，所以，一首诗要说明一个道理也不难，难的是兼而有味。

> 关在笼子里的老虎
> 还有山雀
> 它们都是
> 不自由的
> 那么
> 让它们不自由的笼子
> 自己就自由吗

戴希的诗歌语言平淡无奇，但就是耐咀嚼，有回味，这首《笼子》亦然。人们常常只关注关在笼子里失去了山林的"老虎"和失去了天空的"山雀"，可是却忽略了同样受人控制的"笼子"，或许"笼子"也因为囚禁"老虎"和"山雀"而洋洋自得。表面上看，"老虎""山雀"和"笼子"没有可比性，因为一是有生命的一是无生命之物，无生命之物谈何自由！可是诗人却将自己独特的情感倾注于不受关注的"笼子"，并赋予其生命。当你囚禁别人之时，你同时也禁锢了自己，因此你也是很可怜也是值得关注和同情的。

戴希喜欢观察，善于思考，因此他的诗大多情感内敛，而较少有一泻千里波涛澎湃的激情。生活在纷繁复杂的现代社会，人们无可选择地永远告别了田园牧歌式的单纯，常常庸人自扰式地为芝麻小事而纠结，自感自伤，尤其找不到幸福感。对这种普遍的现代病，戴希有自己的体悟。先是在微小说《每个人都幸福》中表明了自己的幸福观，后又在《幸福是什么》中做出了形色各异的哲理而诗意的表达，但最终还是要归结为："幸福是现实的存在／幸福是一双鞋穿上一双脚／一双脚走出一条路／一条路通向／一个归宿。"诗艺地揭示生活中晦暗不明的现象和生命的超越性意义，严肃地破解生命之谜、人生之谜。作者的意图不外乎通过那些追问，那些感悟，发人深省。

由于诗人对生活有着很深的感悟，他在找到自己归宿的同时，也把诗过成了日子，我们常说把日子过成诗容易，而要把诗过成日子，就没那么容易了，在这里，诗人做到了。

"春风说绿就绿了／鲜花说开就开了／河流说清就清了／百灵说唱就唱了／云彩说笑就笑了／彩球儿说来就来了／甘蔗说甜就甜了。"（《日子》）

甜的何止是甘蔗，也不止是日子，更是一种心境，一种由内而外的自然平和的心境，也唯有这样，我们才可以"机不可失失不再来／关键是把握时间／流水汩汩淙淙／像行进的音乐／我们可不能在岸边／昏昏欲睡"（《把握时间》）。

受诗人之嘱，为《黑鸟》匆匆写下以上文字，难免挂一漏万，又有见仁见智，唯抛砖引玉而已。

（发表于2019年11月1日《湖南日报》）

代有才人　各领风骚

——《武陵优秀诗选》导读

古代大教育家孔子曾把"不学诗，无以言"和"不学礼，无以立"相提并论。他认为，一个人要与人交流并立足于社会，语言和礼仪是必要素质，而语言表达水平则可通过学习《诗经》来提高。古代又有所谓"登高能赋，可以为大夫"之论，主要也是指用赋诗的方式达到政治外交场合文雅委婉的交流目的，风雅情趣和诗骚传统已浸润中国文化和中国人的心灵数千年。因此，可以说中国文学的天空，就是一脉灿烂的银河。

拂去厚厚的时间尘埃，武陵这一片诗意的天空，闪耀着许多熠熠生辉的名字：屈原、陶渊明、刘禹锡……他们用一颗慧心感受自然、社会与人生的美好，捕捉着其中的哲理，留下了无数动人的诗章。《武陵优秀诗选》的面世，即为常德这片灿烂的天空再添44颗耀眼的星子。

该诗集按诗人出生年代共分四辑。第一辑共收录四位诗人及其代表作10首。四位诗人同在革命熔炉里锻炼成长，其中陈辉最为年长，又离世最早。这位17岁参加革命的抗日英雄，一生只有匆匆24年。虽然诗歌创作经历不长，但因其参加了火热的实际斗争，和人民有着密切的血肉联系，他的诗歌创作始终和其战斗生活结合在一起，所以他用热血谱就的那些壮丽诗篇洋溢着炽热的爱国激情。他留给后人的《十月的歌》（田间所编）等诗篇饱含着对祖国、对人民、对党深沉的爱，显示了坚贞的民族气节和对共产主义事业坚定不移的信仰。所以他的诗是以鲜血和生命熔铸成的战斗诗篇，不但具有很深刻的思想性，也具有很高的艺术价值，是革命现实主义和革命浪漫主义的完美结合。

"虽然我埋怨我不是一个琴师，我无法拨动六弦琴，把我对你的爱一一吐出"，但我却是"属于你的大手大脚的劳动人民的儿子"。《为祖国而歌》一开始诗人即表明自己属于伟大的祖国，并有自己表达爱的方式——这不仅与他战斗英雄的身份相符，同时也为诗歌的抒情奠定了基调。诗人一再表明自己是属于祖国的，因为祖国以爱情的乳浆养育了"我"，而"我"也将以"我"的血肉保卫她。也许明天就会倒下，但哪怕面对敌人的屠刀，诗人表示不仅不会滴一滴眼泪，而且还会高笑。因为作为祖国大手大脚的儿子、祖国的守卫者，为了祖国美好的明天献出自己宝贵的生命是自己的光荣义务。诗人运用呼告的手法，抒写了对祖国深沉的爱和随时为之献身的凛然正气。因为当时作者担任晋察冀一支武工队的政委，每天都面临敌人的屠刀，敌人践踏下的晋察冀也是满目疮痍。但是，在一位对祖国、对这块土地怀着深厚的爱的英雄眼里："我的晋察冀啊，你的简陋的田园，你的质朴的农村，你的燃着战火的土地，它比天上的伊甸园，还要美丽。"（《献诸——为伊甸园而歌》）伊甸园在圣经的原文中含有乐园的意思。这样的乐园让年轻的英雄无比留恋。但作为和平的守卫者，诗人早就做好了为之随时牺牲的准备："也许啊，我的歌声明天不幸停止，我的生命被敌人撕碎，然而我的血肉啊，它将化作芬芳的花朵，开在你的路上。"而且，即使因此而牺牲，他也仍然希望自己的血肉所开的花，"红的是忠贞，黄的是纯洁，白的是爱情，绿的是幸福，紫的是顽强"。

这两首诗题目虽不同，但所抒发的都是一个儿子对祖国母亲赤诚的爱，感情浓烈，格调壮美，意境高华。

被评论界认为新诗史上第一个有着完整而饱满诗人形象的诗人昌耀，也曾随人民志愿军投身朝鲜战场，其诗歌创作亦始于这一时期，其后他的诗歌创作历经50年直到他2001年去世。在长达二十多年（20世纪50年代初到70年代中期）的新诗荒芜期，昌耀（有论者认为还可加上黄翔和食指，因为他们在60年代也有少量的创作）却交出了自己作为独立诗人的合格答卷，使得作为整体的中国诗人在面对历史集体失语的时候不至于过分尴尬。

昌耀用数十年的时光一直在潜心塑造生命神秘、寂寥和坚韧的形象，这当然也是一个诗人的内在肖像，正如《内陆高迥》中那"一则垂立的身影""一个""西行在旷远公路"的"蓬头垢面的旅行者"。这一个独行者同时也是"挑战者"，他孤独而强大，他也许为了梦想，也许为了宗教圣地，也许为了觅一知己，也许只是为了独行。昌耀说："我是一个大诗观的主张者与实行者。"为了践行其大诗观，他的诗大量运用西部荒蛮的意象：戈壁、烽火、驼队、高原、烈风等，形成了如《内陆高迥》一般阔大而苍凉的意境。昌耀的独特之处在于，通过独特的节奏处理和抽象思辨，试图赋予这些意象以西部独特的旺盛的生命力，从而最终使他所有诗篇成为本质意义上的生命的诗篇。尽管昌耀追求的是恢弘的诗歌效果，但他并不是一味地关注于宏大的意象，许多时候他倒是善于从细微处阐发个体化的生命观和世界观。比如他的《人、花与黑陶罐》，诗人从妻子手中的一束花想到鲜活生命折损之后的"痛苦""绝望、孤独、饥渴、泣零"，并由这束花插入黑陶罐之后对"我"与自然、生活的隔绝以及这束花对我的视觉、听觉和嗅觉的遮蔽来表达某种哲学的思辨意义，这种对于生活细节的诗性观察，赋予了这首诗丰腴的质感和生命的张力。

澧水该是一条怎样的河流，竟孕育了章家一门两诗人（准确地讲应该是三诗人，这是后话）。堂兄弟一起长大，一起参加志愿军，几乎同时被打成右派。堂兄未央是我国著名的老一辈诗人，也是这四位中唯一尚在人世的诗人。1950年开始发表作品，著有诗集《祖国，我回来了》、长诗《杨秀珍》、短篇小说集《巨鸟》《桂花飘香的时候》等。诗歌《假如我重活一次》获1980年全国中青年诗歌奖。在那些激情燃烧的岁月里，他那充满豪情而又朴实无华的诗句，激励着无数年轻人投身于祖国建设的洪流。他从湖南常德临澧的田野上走出来，是解放军这所大学校大熔炉把他培养锻造成才。谈到《祖国，我回来了》的创作过程，未央说："1952年冬天，我从朝鲜前线回到东北一个县城学习民间曲艺。在经历了两年多的战争日子之后，看到大街上人来人往、笑语喧哗，对比朝鲜硝烟滚滚、血肉横飞，更觉珍贵。我思前想后，写了一首诗，抒发自己对战争与和平的感受，对祖国的怀念和对友邦的同情。"正因如此，至今读来，诗中洋溢着的对祖国母亲的赤子之情仍旧感人肺腑。

堂弟饮可也曾满腔热血投入到抗美援朝的战场，也曾激情满怀地创办文学社团，在反右的政治运动中他也未能幸免。但是，这样的经历不仅没有打垮诗人，反倒使诗人更加成熟、更加坚强。只是爱女的遽然离去，留给了他无尽的哀伤。不管怎样挽留、怎样寻找，女儿终究还是决绝地去了。诗人质问女儿："为什么你要来，做我的女儿？"人生自古谁无死，纵使要凋谢，也不该在花季！在肝肠寸断的父亲心里，"你是一行欲干未干的泪痕；你是一块将化未化的寒冰；你是一缕欲泯未泯的花魂；你是一页将开未开的窗棂；你是一封欲封未封的书信；你是一颗将爆未爆的火星；你是一个欲醒未醒的梦境；你是一扇将启未启的闸门"。博喻的手法言其一切美好即将开始却已结束，就如同玫瑰含苞未放却已凋落。这是一位父亲吟唱的"一首断肠的歌"。

著名诗人余光中曾说,诗歌对于诗人,只是生前浮名,徒增扰攘。但对于一个民族来说,则是经天之大业,诗柱一折,文庙岌岌可危。是的,诗人的生命是有限的,而诗则可以不朽。诗人的不朽就是他的诗活在发烫的嘴唇和流动的血液里。今日,我只能长跪于沅江北岸,手捧诗卷,燃一缕心香,祭渺渺诗魂。

狄尔泰认为:"诗的问题就是生命(生活)的问题,就是通过体验生活而获得生命价值超越的问题。"是的,诗与生命相关联,但诗歌不等于生命和生活。本身,诗的世界是诗人"外师造化""中得心源"而创造出来的。当生活世界与我们的意志、旨趣相契合时,缪斯就会降临。

《武陵优秀诗选》共收录了44位诗人的203首诗歌。相对于以上4位诗坛前辈,另40位诗人虽然出生在一个崭新的时代,但同样经历了沧海桑田的时代巨变,并感受着这种一日千里的变化带给世人心理的巨大冲击。生活五光十色,感情千头万绪。因此,他们在继承前辈的某些传统之时,更注重用心去体验,或开放内心,或返回内心;或以心观物,使物皆着我之色彩;或以心观心,反躬自照。

这些诗抒情手段有所不同,或借景抒怀,或托物言志,或直抒胸臆,或寓理于事,其情感亦有大情小爱之别。但却有一个突出的共性,那就是对这片热土的挚爱,诗歌中出现的大量的人名、地名、江河、街巷之名,神话传说、历史遗迹,决定了这些诗歌鲜明的武陵地方特色。诗意的土地,孕育一颗颗诗心,锦心绣口著成华章。

从《下车常德》开始,"城头山""那几粒五千年的稻种"就在诗人心中蠢蠢萌动,善卷、屈原、李白、陶渊明、刘禹锡、江盈科、范仲淹、昌耀纷至沓来;"柳叶大道"上那些缠绵的柳丝、那些"长亭短亭"、那些送别的场景；桃花源里已是"人面不知何处去，桃花依旧笑春风"；高山巷里高山不再有，可刘海砍樵的动人传说依旧流传……

"思接千载""视通万里"，历史纵深感和现代感兼备。诗人把外在世界与内在生命当作其思维运动的纵横两轴。须臾间，珠玉之声可闻，风云之色可观。抒写了一位太平盛世履新官员的激动之情、幸福之感，既飘逸又沉潜。

麦芒，这位20世纪80年代初毕业于北京大学的才子，虽然站在美国大学的讲台，但那颗心似乎一直未能找到安放之所。他的《我扼腕叹嗟，面对喜鹊……》，面对一只报喜的鸟儿，诗人嗟叹命运的无可把握。寓理于情，情理相生。在这群诗人中间，麦芒是独特的，他的笔下也有温馨的田园：枯萎的金黄色的向日葵、盛开的粉红木槿，还有绿的叶、蝉声、鸟鸣……但更多的却是"沉默的足音"，是对青年时代叩问"山水重重和大雾茫茫"的感慨。但诗人感而不伤，并不断地鼓励自己：开阔些，坚韧些，因为还未到寻根的时候。

善于思索的戴希常常在平凡的事物中发现深刻的哲理。他本是小小说作家，叙事是他的当行本色。然而，在诗的世界里，他一样得心应手。他的《凝视》《一个人的生存状态》《伞》，都是饱含哲理之作。"有时是自己，有时不是自己"岂止是"一个人的生存状态"，简直就是这个时代人们共同的生存状态。戴希还善于运用一些模糊词语，那把"伞"可以遮住暴雨、遮住骄阳，但对于撑伞人而言，它还可能遮住了沿途的风景；对路人而言，它又遮住了伞下的人。越来越拥挤的世界让人没有了隐私，于是就没有了安全感。人们彼此防范，想守住最后一点心灵的领地。可是，有个人却从不撑伞，完全把自己暴露在暴雨、骄阳之下，暴露在行人的眼中，这怎能不叫人纳闷："难道，他就不想，遮住什么。"在这首短诗中,"什么"一词出现了三次,每一次的意义都不同。这种同中蕴异的手法赋予了诗歌某种韵味和情趣,耐读、耐品。尤其是他的《凝视》,"我"长久地凝视一块石头,幻想她能开出芬芳美丽的花朵。却忽视一朵美丽香艳的花对那块石头的凝视,直至那朵花也变成了冰凉的石头,直至那块石头上的泪滴"盛开如花"。那朵花是因为"我"的"凝视"而"凝视"吗?人生原是这样,一个个错误的"凝视"最终都变成冰凉的石头吗?这首诗极富韵致也极富画面感。生命如夏花般美丽而短暂,最后都将如石头般冰冷坚硬。感慨深沉,蕴理深刻。

胡诗词的《故园》则是一首清新的田园牧歌,蕴含着对宁静生活的向往之情。罗鹿鸣的《两地桃源一处相思》很能让人想起"一种相思两处闲愁"的诗句。但此诗并非写爱情,而是用两岸相同的地名"桃源"为诗歌触媒。尤其是诗歌最后一小节将情感推向高潮,抒发了家国难圆、骨肉分离的民族之痛。

熊国华在《与石榴对话》中,从石榴由青涩到成熟的色彩变化发现了两种人生不同的况味,最后得出"最亲近你的人也是伤害你的人"的感慨,水到渠成。从《远去的补碗人》和《农民兄弟》可见冯文正内心深处的平民情结,没有深刻的体验,做不到如此体察入微。周碧华面对今日的洞庭,眼前之景触发心中之情。他的《忧伤的洞庭》是一首蕴藉深沉的佳作。是谁将一碧如洗的洞庭摔得支离破碎?是谁掠夺了鱼的家园?是谁将那一望无际的光芒点点收藏?随着思索的深入,追问也步步紧逼,最后直达人类的终极关怀与拷问。余志权在《城市没有学做人的地方》和《城市已无收获可盼》中,表达了对物质文明发达的现代生活的迷茫,突出了现代城市人的焦虑与不安,对比强烈。杨徽的笔总是满含情感,所以用"一切景语皆情语"来评价他的散文诗最恰切。而涂林立的《外婆》和熊刚的《母亲的菜篮子》从日常生活提炼朴素的诗意，在细节中蕴含深挚的情感。

沅芷澧兰。古人认为大地犹如人体，山脉为其脊梁，草木为其毛发，河流为其血脉，血脉旺则毛发盛。的确，万物皆因水而灵动。临水而居的武陵女诗人群更是兰心蕙质，她们敏感于历史、敏感于现实。在喧嚣的尘世创造生命的意义，使自己达到一种诗意的自由之境，而不至于使自己在日常生活的惯性中麻痹、猥琐，失掉其内在的灵性。

在这群诗人中，资格比较老的要数雅捷了。她最早的诗集是1996年由广西民族出版社出版的《赶路人》，还记得集中有一首构思非常精巧的小诗《梦》。这位勤奋的诗人在2004年先后出版了《折扇》和《第三只眼的歌》。2012年又再次出版了诗集《和一棵树说话》，这个题目让我想起苏童的短篇小说《樱桃》和韩小蕙的抒情散文《有话对你说》。苏童叙写的是一个人鬼相恋而终未成眷属的故事，后者写"我"因为"有话对你说"而上穷碧落下黄泉地寻找"你"而终不可得，两者意在向读者传达一种尘世的孤绝感。正如《和一棵树说话》一样，人世间或者无人会听，或者无人能懂，既然不能交流，那就不如干脆向一棵树倾诉吧。诗人选择"树"这一意象很值得玩味。"树"没有阳光雨露就枯萎，一到严冬就凋落，一遇春风就发芽。所以，他是有生命有灵性有感应的形象，因此，他听得懂"我"说的；而"树"又是不会说话的，所以"我"说给他什么都是会保密的，因此他是可信的。这世间能听得懂诗人又可信的就只有诗人自己了。所以，诗人和一棵树说话其实就是返回自己的内心，将人生诉说给自己听。雅捷长于从日常生活中提炼诗意，有时真弄不清是她诗化了生活还是生活本来如诗。她的咏物诗《夜来香》抓住夜来香夜晚开花这一特点，看似无心的点染，淡到透明的语言，传达出的则是一份绵长的韵致。

"飞翔的白鹭"、奔跑的骏马，就连黑暗中的"春草"也在

"飞奔",窗外的高楼似乎也在"飞",邓朝晖的诗歌语言已具备自己的风格。这位安静的女诗人有着一颗"不安的飞翔"的灵魂。还有那些流水、那些渡船、那些日月的流转,连人都在"赶往春天的路上"。这些极具动感的意象让人想起时间的流动,青春的流动。"我"不是"低头打马"便是"打马一横",不是"长亭送别"便是在"高低起伏"的"古道"甚至"险恶江湖"中行走。这种人在旅途无所归依的漂泊感、孤独感既是时代的,也是个体的。

谈雅丽是一位技巧娴熟的女诗人,她的《鱼水谣》用呼告手法,祈使句式,要求"你"从爱洞庭湖开始,沿着"我"的血脉,溯源而上,然后是"我"的故乡、"我"是亲人,还有那些流逝的岁月。层层推进,步步换景,颇有欧阳修"平芜尽处是春山,行人更在春山外"的佳境,其手法又深得朦胧派要领,意象繁复,予人立体纵深之感。谈雅丽很善于用一些清雅的诗句,勾勒一幅幅风情画。她的《给我一座临水古镇》,有如水墨点染,意象清丽,澄澈静美。

充分现代化造成了城市人在快速生活中的迟钝,在日常忙碌中的傲慢,在优裕享受中的粗暴。在狂热追求中的冷漠。人们感到自己深深陷入一个飞速发展而不可知的世界。所以"我是我生命的异数",我一边期待远方,一边在远方他乡"不住的回望""我"一手捂着因水小牵念的疼,"一手怀揣远方"。陈小玲准确地把握了现代人边缘化的尴尬心境。

因为是"城里穿梭的孩子",所以"我从小就了解一条街到另一条街的奥秘",但是因为一个个"小小的十字路口,太多的选择,让我徘徊、彷徨,以致不能前行"。因为我是城里穿梭的孩子,所以"乡村对我如此陌生"。然而,在我的想象中,乡村的"羊肠小道""炊烟缭绕的农家",带有"泥土气味的豆荚""匍匐在南瓜叶面上""偷偷喘息的七星瓢虫"、"沉沉的木门"的吱呀声、"布满锈迹的门环"、"咣当"之声、鹅黄的米粒……一切的一切，又是如此的熟悉，熟悉到如数家珍，描写极为细腻，又极富画面感。诗人巧妙地将"熟悉"与"陌生"对举，写现代城市人对生活的迷惘，对宁静乡村生活的向往。章晓虹是诗人饮可之女、未央之侄女，这就是前文所谓"一门三诗人"。

在城里待得太久太久，你不妨"来到这片森林，这个湖泊"，来听湖水给你说"精灵曾回来过"的故事，唐静会带着你走进一个迷人的童话故事，而最让你惊奇的是你居然就是那故事的主角。还有《红叶》里的那份婉约的心事，精致一如唐静其人。在舒丹丹这里，"一场爱的发生，就像一壶水"，有人将水壶坐在火上就走了，任凭水变暖、变热然后沸腾，然后冷却回到太初。这壶水"没有遇到茶叶，甚至没被烧水的人"。这是一场爱的悲剧，可人生又何尝不是如此。

武陵诗坛不仅人才辈出，且频频获奖，源于他们"诗意栖居"的一种生命态度。但是，正如余光中所说："一个民族在文学批评上所表现的没落和沉寂，说明该民族对于美的判断，若非欠缺真知灼见，便是没有责任感。"因此，武陵优秀诗歌还需要有更多的评论者向读者推荐佳作，引导读者领略诗歌佳境。有了诗人与读者（包括评论家）的互动，武陵的星空一定会更加璀璨。

（本文为《武陵优秀诗选》序，写于2009年2月）

一道亮丽的风景
——悦读《常德小小说选集》

一个事物的发展,既有其时代的因素,也是其自身运动发展的必然趋势。审视小小说这条蜿蜒的河流,其源头可溯至魏晋南北朝时期的志怪小说与轶事小说,甚至可追溯至更远的先秦时代的《山海经》和《穆天子传》,以及汉代班固所著《汉书》中的部分篇目。但小小说的兴盛还是在魏晋时期。

志怪小说何以在魏晋南北朝时期出现前所未有的盛况?首先是和当时宗教迷信思想的风行密切相关。我国自秦汉以来,神仙之说盛行,汉末又大畅巫风,加之道教的兴起,佛教的传入,巫师、僧侣大都"张皇鬼神,称道灵异"(鲁迅《中国小说史略》)。而整个魏晋时期,社会动荡不安,人民生活不保,生命也常受到威胁,因而极容易接受宗教迷信思想的影响。在这种情况下,出现了很多记录灵鬼怪异的小说是必然的。而志怪一类,又以干宝的《搜神记》成就最高,虽然作者主观目的是宣扬宗教迷信,但其中亦保留了一些人民按照自己的愿望编造的神异故事,所以具有一定的人民性。又魏晋时期清谈玄理、品评人物之风兴起,这就促成了记录人物轶事小说的出现。与志怪小说不同,轶事小说是以现实人物的言行为对象,具有写实性。刘义庆的《世说新语》即是魏晋轶事小说集大成者。它广泛地反映了由汉末至晋士族阶级的思想、生活面貌，其艺术价值正如鲁迅所说"记言则玄远冷俊，记行则高简瑰奇"。它善于把记言和记行结合起来，在细节中突出人物的性格和精神面貌，其语言精练含蓄，隽永传神，具有了小说的初始规模，对后世影响很大。这一时期，无论是志怪类的《搜神记》《续齐谐记》，还是记事类的《世说新语》《绿窗新语》，都有不少短小精悍的小小说。

虽说小小说古已有之，但因为中国古代文学的分类界线一直比较模糊，直至唐传奇的出现才开始明确。但小小说也一直属于短篇小说。随着改革开放，经济的腾飞，人们生活节奏的加快，一方面，读者有了"速效刺激"的审美诉求，另一方面小小说的作者几乎都是从事各行各业的业余作者，他们没有大块的时间来营构鸿篇巨制，正所谓"残丛小语"是也。从文学自身的发展来看，新时期首先迎来的是短篇小说的潮头，而后来向两极延伸，一方面短篇小说的篇幅越拉越长，向中篇发展，另一方面追求精短。于是，小小说渐渐独立出来，与长篇、中篇、短篇一起组成了小说的"四大家族"。

在当代小小说这一族谱上，有一道亮丽的风景赫然其间——常德小小说作者群。这一群作者推动了小小说的发展繁荣，或是小小说的发展驱动着他们的创作激情，抑或二者相激相荡，才有了今天的硕果，这个问题已不重要。重要的是在沅江边上的这座历史名城里活跃着以白旭初、戴希、伍中正等为代表的位居"全国小小说50强"的小小说作者群，同时他们也活跃在当今中国文坛的大舞台，所以，《小小说选刊》的主编杨晓敏先生评价说："常德已成为当代微型小说的重镇。"事实证明，此言不谬。

作为这一作者群向2011年新年献礼，《常德小小说选集》出版了。该集收录了46位作者的小小说123篇。这篇篇作品，犹如粒粒明珠，不仅见证着生活海洋的波涛汹涌，也折射着七色阳光——

形成了当代中国文坛上一道不可多得的风景。

一、这是一道写实的风景

微型小说,因其来源于"街谈巷语",所以,它与生俱来就有贴近生活的优势。这里所谓"写实",并非指简单地描摹现实的风貌。而是不仅忠实的反映现实生活的愿望,更需要对生活的切肤感受和深刻洞察,引起读者对于现实的思考和美学判断。因此,写实,必然使小小说具有较高的认识价值和审美意义。

欧湘林的《红嘴儿》,作为这个集子的首篇,反映的是一支小小的口红改变姑娘们的面貌进而改变山里人的传统观念的思想主旨。就作品的写实性带给我们的认识价值而言,刘绍英的《渔鼓》和《三棒鼓》两篇不能不提。这位在澧水河边长大的女子,性格中既有着大河的豪气,又有着似水的柔情。集子中除了《停电》(也是写实之作)之外,其余6篇可视作澧水篇系列。而其中《渔鼓》《三棒鼓》亦可视为姊妹篇。渔鼓和三棒鼓是流传于湘西北沅澧流域一带的民间曲艺形式,因为缺少文化生活,而民间艺人说唱的又是武松打虎、梁山伯与祝英台等颇带传奇色彩的故事,所以每逢农闲时节,或传统节日抑或红白喜事,就会有渔鼓、三棒鼓艺人的表演。正是他们,那些英雄的传奇才得以流传,也正是他们,向一些无知的心灵开启了一扇扇可以欣赏清风明月的窗。可是,那种闲坐听书的日子已经被时代的车轮永远的载走了。当农村青壮年涌进城市,他们留下了老人和儿童,同时也把电视机留给了乡村。永远也播不完的电视剧成了乡村主要的消遣方式,所以,时至今日,作古的不仅只有刘老倌,还有渔鼓和三棒鼓,还有那种田园牧歌式的乡村生活,正如苍凉的不仅是长哥的声音,还有作者的内心。这两篇作品的可贵之处在于:作者对当代生活、对时代精神所作的历史的观照,一个新事物的出现,必然以一种旧事物的消亡为代价,这就是新旧交替的规律。但是物质生活如此多彩的今天,人们为什么还要对过去的岁月念念不忘呢?这不是"怀旧"二字承载得了的,因为失去的不仅是时光,更重要的是宝贵的历史文化财富。

就其写实性而言,集子中还有一类是带有明显批判意味的。比如欧湘林的《野味》,穷得叮当响而指望着市里的希望工程款改造危房的白校长,福至心灵变戏法一般弄来五花八门的所谓"野味",正当他惴惴不安之时,却意外得到好消息,他如愿以偿,可是,他还没来得及高兴,却又得到了上级还要再来吃一顿"野味"的指示。尺水之中,波澜迭起,层层推进。正如清人刘熙载所说:"短篇宜纡折,不然则味薄。"(《艺概》)《野味》行文曲折有致,富有余韵。如果说这篇《野味》对现实的批判还比较温和的话,那么戴希的《羊吃什么》则要犀利一些,一个养羊专业户成功了,但相关不相关的部门则纷纷前来,巧设陷阱,弄得户主啼笑皆非。这两篇作品有着异曲同工之妙,同是写现实的丑恶和小人物的无奈,都是生活中的喜剧,也都是苦涩的喜剧。喜剧是把无价值的撕破给人看,现实中我们不难找到与之类似的现象、类似的人物,但作者并非只是呈现现实的风貌,而是让人们涩涩地笑过之后深深的思考。

写实性还表现在作者对当代人心理的深刻呈现。一个社会的变革,必然带给人们心灵的震荡,这些自然也逃不过目光敏锐的作者的眼睛。集子中收录了一些异曲同工之作,除了上述两篇之外,还有白旭初与李富军的《夫妻舞伴》,这两篇作品,准确地把握了当今家庭中夫妻貌似和谐的神离。伍中正的《紫桐》《周小鱼的爱情》和刘绍英的《苇叶青青》亦然,都是感叹纯真时代的逝去和时人拜金风气的盛行。

写实的"实",对于可以虚构的小小说来说,不应作实有其事来理解，正如鲁迅所说："创作则可以缀合、抒写，只要逼真，不必实有其事也。"（《怎么写》）他又说，虽"不必是曾有的事实，但必须是会有的实情。"（《什么是讽刺》）因此，这"实"，无非是指曾经有的或者按事物的发展逻辑可能有的实事。亦即追求真实感，以达到艺术的真实。白旭初的《寄钱》，表面上似乎是母亲需要儿子寄生活费也就是寄钱，实则表现了当今的老人对亲情的深层渴望，在父母眼中，钱，只是亲情的载体。胡秋菊的《拯救》，通过一个孩子的心灵疾病，折射出当代家庭以及社会的疾病，两篇作品，取材都很小，但却具有深远的时代意义。彭其芳的《擦鞋女》以第一人称的口吻叙述，给人一种亲历感，也增强了其真实性，更折射出当代人的心理疾病。

二、这是一道饱含哲理的风景

面对人类宏大的精神世界，哲学家也感到困惑。因为在科学技术时代，理想主义激情已失却鼓舞人心的魅力，而且科技思维模式已经浸渍了哲学及其他人文科学，人们开始将人的任何一种状况加以量化，包括生活的质。比如幸福，人们试图将其量化为住什么房子、开什么车子、拥有多少金钱或者做到什么级别的官位。但当时人正在把幸福分解为许多要素，而又试图计算这些要素的质之时，戴希却在严肃的思考这个浅显而又深奥的问题，并通过《我们都幸福》提出了自己的看法和见解。《我们都幸福》，叙述的是苏老师与一群有生理缺陷的学生围绕着"我不幸福""怎样才幸福"这两个问题的对话，通过苏老师睿智的启发，最后得出不幸只有一点点，幸福却有那么多，所以"我们每个人都幸福"的结论。这一人生哲理不仅为这群特殊的孩子打开了通往幸福的大门，也向世人开启了一扇可以欣赏清风明月的窗。

少鸿的《穿错鞋》，通过丈夫醉酒穿错鞋而导致离婚的故事，揭示了细节决定命运的生活哲理。李永芹的《擦鞋匠》，叙述的是"我"和一个擦鞋匠打交道的故事，揭示了生活中的许多平衡就是靠不平衡来维持的道理。真可谓言近而旨远。这世上没有绝对的平衡，只要心态平衡了，就没有不平之事。在平凡中蕴含深刻的人生哲理。罗永常的《逃逸的鱼》，全文用隐喻、象征的手法，塑造了一位正气凛然的副市长的形象。作品有两个层面，显性层面叙述的是一对父子钓鱼的故事，而隐形层面则是宏发房产开发公司总经理想得到一块黄金地皮，不惜用各种诱饵诱惑副市长冯宽上当终不可得，巧妙的是作者借用戏剧中对话推动情节的技巧，将这两个层面交织在一起，表面平静实则暗潮汹涌。哲理意味虽不是那么浓，但其意蕴则很富有警世性：只要保持清醒的头脑和高洁的品格，就永远也不会做别人钩上的"鱼"。

三、这是一道富有诗意的风景

罗丹告诉我们："美是到处都有的。对于我们的眼睛，不是缺少美，而是缺少发现。"（《罗丹艺术论》）这里所谓美，就是生活中富有诗意的部分。此所谓诗意包含两层：一是语言的节奏及词语组合的华美，具有诗的表现形式；二是指内在情感意蕴具有诗的质素，而能将二者融合并生动地呈现于读者面前才能称得上真正的富有诗意。从某种角度而言，生命的意义在于生命的诗化。只有通过体验、回忆、想象，生命才能诗意地存在，才能与本真对话，才能走向审美的人生，这是生命美学的意义所在。从这个意义上看，文学艺术家要比其他人幸福得多。品读这个集子，就会有浓浓的诗意氤氲左右，而尤为拨动读者心弦的当属《渔鼓》《三棒鼓》和《美人如花隔云端》，前两篇出自刘绍英之手，后者为唐静所作，虽同为女性作者，同为诗意浓郁之作，但其诗意却有着不同的风格。初识刘绍英，是一次文友的聚餐，如今的聚餐意义已不在"餐"，而在于"聚"。席间,刘女士表现出的豪气不仅不让须眉,竟有压倒须眉之势,这次聚会,她的大气给我留下了深刻印象。拿到这本集子,又见到了她的名字,就想见识一下她的文笔。但她的作品,却向我敞开了另一扇小窗,让我窥见了这位豪放女子苍凉的心境。与她在聚会时的表现完全背离的是一种对于时光流逝的感伤情怀。与刘绍英敏感与历史的变迁不同的是文文静静的唐静的心思则更加细密,感情之弦更细更柔,只需轻轻一触,就会奏出幽幽的乐音。《美人如花隔云端》,题目就很诗意,而作品表现的又是青春的美好与成长的苦涩,感伤的是青春与爱情的流逝。更难能可贵的是,作者将一段刻骨铭心的美丽恋情写得云淡风轻,就如她笑靥里的轻愁。

少鸿的《生命的颜色》是一首生命的赞歌,它有着诗的意境,有着歌的旋律。在这篇小制作中,读者见识了专业作家对小说环境的渲染,情节的截取以及人物形象的塑造。最可贵的是作品中的几个片段描写,语言充满画面感:水灾过后的满目荒凉、蜷曲在树杈上的躯体、记者脚底下从泥沙中弹跳出来的那一株绿色棉花苗,犹如电影中的特写镜头,带给读者以强烈的视觉冲击,同时也震撼读者的心灵。

四、这是一道变形的风景

小小说产生初始即有志怪与写实两大支流,只是在文学发展的历史长河中,这两条支流往往呈现此消彼长的态势。但在当代,志怪一支已不常见,即使有,一般也不放在小小说里。正如生活的五味,阳光的七彩,读者的多层次、文学欣赏的多元决定了小小说作者的不同追求。让人惊异的是,在《常德小小说选集》中,居然有人远袭小小说志怪的传统,以达到对现实作变形反映的目的。读者看这样的风景,就如看哈哈镜一般。

海蠡的《野人》即是该集中这一类的代表作。作者假借邑人赵某与好事之富翁敷衍成文。作品表现的是今人之事，篇幅短小而内涵丰富，赵某为获取百万奖金捉拿野人，几年如一日，虽九死犹未悔，最终反被人当作野人悬赏捉拿。这个故事对当今媒体的胡乱炒作、类似赵某的愚蠢的执着，都具有很深的讽刺。作者虚构怪诞的故事以影射生活的怪诞。与海蠡志怪风格有异的是胡逸仁的《关于这次医疗事故》，光看这个类似于汇报材料或调查报告的题目，读者就可略知作者所持的叙事立场。这是一位亡者的自叙，他无比屈辱地活，无比凄凉地死，无比风光地下葬。作者采用变形的手法，使作品中的人物摆脱了自然规律的束缚，用第一人称叙述其生前身后之事，唯其采用第一人称，才能让人看到风光葬礼背后隐藏的屈辱和悲凉。作者用异常冷峻的口吻，异常犀利的笔锋，解剖人情世相，力透纸背。俗话说：当局者迷，旁观者清。而这一局中人却始终异常的清醒。他清醒地看着自己被朋友算计，看着自己的女人投入别人的怀抱；他清醒地看着自己完整的家变得破败，自己也由一家之主变为家里的多余人；他清醒地看着亲人将他扔在医院，然后弃病危的他而去；他清醒地体会自己一点一滴地死去，清醒地看着家人与自己平静的告别；他清醒地看着亲人朋友将自己死亡的意义无限放大；看着自己风光地下葬；看着儿女继续着各自的前程；清醒地看着女人抹去了一切关于自己的痕迹；看着自己的家走进新的时代。这种清醒，加重了其悲剧色彩。就悲剧理论而言，这个悲剧与崇高无关，这只是一个平凡的小人物的悲剧，唯其如此，才能打动读者的肺腑。

由于作品比较丰富，精品也不少，又由于时间和篇幅的限制，难免挂一漏万，这是很遗憾的事。但我会继续注视着这道风景，解读这道风景。

（发表于《写作》2011年6月）

问渠那得清如许　为有源头活水来
——《武陵优秀文学作品选》点评

当初朱熹读的是什么书已不可考,但这位宋代的大学问家通过读书获取新知所达到的心境澄明的境界却是给后人启发与激励。此处借用这位古代的大学者的读书感想,除了表明自己阅读《武陵优秀文学作品选》的感受,更重要的是要说明该文集众作者不竭的创作灵感,是因为有汩汩而流的源头活水,既包括读书,亦包括生活。

改革开放以来,常德文化生态环境不断改善,以善卷文化为核心的大桃花源文化建设取得了可喜的成绩。今年是常德文化的丰收年——继年初《常德优秀小小说选》出版之后,武陵区委宣传部、武陵区文联又推出了《武陵优秀文学作品选》。该集收录了51位作者的219篇作品。因为集子分诗歌、散文、小说三种题材,所以,本文将分类加以点评。

诗歌卷——情动于衷而形于言。毋庸置疑,诗歌是情感的产物。《毛诗序》说:"诗者,志之所之也。在心为志,发言为诗,情动于衷而形于外。"这里的"情""志"都是指思想感情。白居易在《与元九书》中也曾说:"诗者,根情、苗言、华声、实义。"他将诗歌比喻成植物,形象地说明了情感、语言、声律和意蕴对于诗歌的重要性。的确,一首好诗需这四个要素才能达到一种意境之美。而在这四要素之中，情感尤为重要，没有这个根本，更遑论语言声律和意蕴。

该集中共收录诗歌107首，每一首都是饱含深情之作，其中既有"小我"的亲情、友情、爱情，亦有家国之大爱。其抒情手段亦有不同：有借景抒怀，有托物言志，有直抒胸臆，有的寓理于事。

陈小玲的《你要一个不少地还我》，这首诗放在开篇除了作者姓氏的原因之外，仔细品味，还真有其合理性。这首诗既模糊又明晰，究竟是爱情、友情还是其他，不能很确定，但主题却又明朗：物质的可以买回来，但精神的没法弥补，所以不得不计较。善于思索的戴希常常在平凡的事物中发现深刻的哲理，他的《凝视》《一个人的生存状态》《伞》和《钓鱼》，都是饱含哲理之作，尤其《凝视》，极富画面感。生命如夏花般美丽而短暂，最后都将如石头般冰冷坚硬，感慨深沉，蕴理深刻。熊刚在《与石榴对话》中，从石榴由青涩和成熟的色彩变化发现了两种人生不同的况味，最后得出"最亲近你的人也是伤害你的人"的感慨，水到渠成。邓朝晖长于叙事与抒情，并将二者巧妙融合，她的《安居》，抒写对于时光流逝的感慨，对于"安居"的现状，心已宽恕，又有不甘，这种心态颇具人类共通性。还有《一个人》中那些"寻找"的辛苦，《尘世之外》中那些莫可名状的忧伤都写得很细腻，很动人。从《远去的补碗人》和《农民兄弟》可见冯文正内心深处的平民情结，没有深刻的体验，做不到如此体察入微。集中收录了龚道国的《祖国，我看见你》，这首诗书写的是一种大爱的情怀。我们无时无刻不在寻找，很多美好就遗落在寻找的途中。我们天天高唱爱国之歌，却不知如何去爱。诗歌通过麦子、油菜、水稻、桂花等具体物象告诉我们：祖国不是一个空泛的概念，爱祖国就从爱家园开始，从爱生活出发。而胡诗词的《故园》则是一首清新的田园牧歌，其中蕴含着对宁静生活的向往之情。

黄修林的《流浪》，写出了现代人无法逃避的流浪的宿命，也是人类共同的宿命。他的《汨罗吊古》，借屈原几遭流放，投身汨罗的史实，落脚点却在歌颂花开如月、五谷丰登、千舟竞渡、珠白酒黄、畅赋新词的新时代，两首诗构思都非常巧妙。罗鹿鸣的《两地桃源一处相思》很能让人想起"一种相思两处闲愁"的诗句。但此诗并非写爱情，而是用两岸相同的地名"桃源"为诗歌触媒。尤其是诗歌最后一小节将情感推向高潮，抒发了家国难圆、骨肉分离的民族之痛。

麦芒，这位20世纪80年代初毕业于北京大学的才子，虽然站在美国大学的讲台，但那颗心似乎一直未能找到安放之所。他的《我扼腕叹嗟，面对喜鹊……》，面对一只报喜的鸟儿，诗人嗟叹命运的无可把握。寓理于情，情理相生。在这群诗人中间，麦芒是独特的，他的笔下也有温馨的田园：枯萎的金黄色的向日葵、盛开的粉红木槿，还有绿的叶、蝉声、鸟鸣……但心却在远方，于是不断地鼓励自己：开阔些，坚韧些，因为还未到寻根的时候。谈雅丽很善于用一些清雅的诗句，勾勒一幅幅风情画。她的《给我一座临水古镇》，有如水墨点染，意象清丽，澄澈静美。唐静的《红叶》里的那份婉约的心事，精致一如其人。读《枉人歌》《薰衣草花田》《沙棘》，怎也不能和唐益红这位瘦弱的女子联系起来，她的诗风可以用她《沙棘》中的三个词来形容：耀眼、真实、尖厉。艳丽的桃花、火焰般的阳光、飞奔的马蹄、尖厉的呼喊，这种尖厉还表现在语言的速度和力度上。杨徽的笔总是满含情感，所以用"一切景语皆情语"来评价的散文诗最恰切。

在这群诗人中，除了麦芒，资格比较老的要数雅捷了。她最早的诗集是1996年由广西民族出版社出版的《赶路人》，还记得集中有一首构思非常精巧的小诗《梦》。这位勤奋的诗人在2004年先后出版了《折扇》和《第三只眼的歌》。雅捷长于从生活中提炼诗意,读她的《妈妈的新衣》《我是短信,你是电话》《下雪了》和《幸福的滋味》,有时真搞不清是她诗化了生活还是生活本来如诗。她的《男不男女不女》也很有味道,通过描写当今典型的几类女性形象,抨击变态的社会,入木三分,却又无怨无怼甚至有些淡泊,这是诗人自我风神的写照,字里行间透露出夹缝中生存的无奈。从日常生活提炼诗意的还有涂林立的《外婆》和熊刚的《母亲的菜篮子》。

谢溟认为:"景乃诗之媒,情乃诗之胚,合而为诗。"(《四溟诗话》)周碧华面对今日的洞庭,眼前之景触发心中之情。他的《忧伤的洞庭》是一首蕴藉深沉的佳作。是谁将一碧如洗的洞庭摔得支离破碎?是谁掠夺了鱼的家园?是谁将那一望无际的光芒点点收藏?随着思索的深入,追问也步步紧逼,最后直达人类终极关怀与拷问。余志权在《城市已无收获可盼》中,突出了现代城市人的焦虑与不安,对比强烈。在众多的现代诗、散文诗中,还有一首形式独特的律诗,即铁明东的《曲阜行》,这也是一首借景抒情格调高昂之作。

多数论者认为当今没有好诗,这种看法不是没有道理,但又难免偏颇。第一,中国素有诗国之称,文学史上有几次诗歌创作的巅峰,实难超越。第二,由于欣赏和评论者的个体差异,包括学识素养、年龄气质、品评角度等,所以标准难以一致。当然还有诸多原因,此处不一一分析。

我所认为的好诗,就是生命饱满、情感真挚、蕴含深刻、语言清新,神韵飘举的诗作,因此,在我眼里,集中所收皆为佳作。

散文卷——随物赋形　不拘一格

散文的概念可以从古代、现代和当代去认识。古代散文是与韵文骈文相对而言,即指不押韵和句法不整齐的文章,是广义散文。现代散文指除小说、诗歌、戏剧之外的文章。当代散文是一种从题材内容到表现形式都是相当自由的文体,它题材广阔,大到战争风云,高山大川;小到一缕思绪,一花一草。它巧于营构,形式自由,随笔、杂感、写景、叙事,随物赋形,手法灵活,语言优美,篇幅短小。该集散文卷收录了22位作者的散文作品54篇。这些作品记述了在良好的常德文化生态环境之下我们曾经的生命体验,抒写了我们曾经的情感波动。也比较集中地反映了常德的历史文化、现实风貌、山川风物以及风土人情,笔法不拘一格,其中不乏有意境有深度有力度的作品。

彭其芳的《情寄招屈亭》通过对招屈亭及其环境的描写,书写怀古之幽情,感叹人世的沧桑巨变,语言简练,感慨深沉。毛欣法的抒情系列散文《心系宝峰湖》《准格尔晨曲》以及《长河落日圆》,写得虽是不同的景致,但情景交融所达到的一份境界却是令人神往。戴希《一堂深刻的解剖课》步步为营,结论自然彰显,是小说家的当行本色。谈雅丽的《沅水的第三条河岸》,由一条沅水牵出久远的历史,牵出了善卷、屈原、刘禹锡这些丰富了常德历史文化的人物。刘绍英的澧水系列,细节生动传神,她的《点马灯的日子》和《打赤脚的日子》,将人带到了那段宁静的岁月,字里行间洋溢着澧阳平原的生活气息。而《捕生》更是通过日常生活的描写,将笔触探至母性柔软的心灵,感人肺腑。唐静的笔调一如既往,《十七岁的单车》抒写的即是岁月流逝,青春不再的淡淡感伤情怀。海蠡本名李晓海,这是一位历史文化底蕴非常深厚、思维异常活跃的作者,且兼工书画,曾创作反映常德史前社会生活和辛亥革命烈士蒋翊武生平事迹的电影剧本《太阳城》和《将翊武》。他的《外婆的"警报袋"》,通过对"警报袋"其名由来的考证,带出一片抗战的历史烟云,既有历史的深度又有现实的亲切感。胡秋菊的随笔《一个台子的恨》,由燕太子丹悲情的一生引出一段精彩的议论，由个别上升到一般，名写历史，实警今人，颇具深度。冯明亮的《怡情桃花溪》和张文刚的《栀子花》都属于情感浓郁的小品文，语言精练，小而可品，怡人性情。而诸柏林笔下的故乡、祖父、古枫、血土以及青毛牸，则是一片鲜活的生命的场，发散着原生态的旺盛活力。平凡的生活，泛着健康而自然的底色，饱满生动。在周碧华眼里，有很多时候很多东西都要换个角度来看，比如刘禹锡，他的坎坷的经历就玉成了他在文学史上的成就，这就是《幸福的流放》所要表现的——失之东隅收之桑榆。

黄修林的三篇散文，一篇写景抒情（《澧阳平原》），格调粗犷；一篇因事缘情（《养花》），笔触细腻；一篇杂感（《文学与文化》），颇显文气。随物赋形，写景叙事，抒情议论，皆见功力。周晖的《渔樵村赏荷》，将前人咏荷的诗句引入文中，意境古雅，格调清新。杨徽的《打糍粑》，将打糍粑的民俗写得喜气洋洋。其中有对如水时光的感慨，有对辛勤劳作的回忆，更有丰收的喜欢和对未来的憧憬与祝福。曹先辉的《常德水文化》与《落路口》两篇，笔墨洗练，极富特色，小地方却有着极为丰富的历史文化内涵。

窃以为，散文源自人的生命的律动，应予人以生命的深层感动，予人以心魂的震撼。散文须心灵开阔、精神超拔、情思饱满、气韵生动。散文必须有"我"，有"我"的情感，"我"的体验，但这里的自我，不是缘于身边琐事、儿女情长、囿于一己之私的小我，而是有着深刻的生命体验、深入到自我灵魂的深处，体现出作者灵魂的渴望和追求，进而反映出作者对国家和民族命运的思考，折射出时代的风貌。这一点，这些散文做到了。

小说卷——见微知著　言近旨远

近几年，常德的小说迅速崛起，不仅有陶少鸿《花枝乱颤》和《大地芬芳》那样的宏大叙事之作，亦有白旭初、戴希、伍中正这样的小小说作者跻身于全国小小说50强。该优秀作品集共收录小说作者33人的58篇小说。除了一个短篇之外，其余都是小小说。就是这个短篇字数也只略超2000，因此就篇幅而言，都是小制作，但就其内蕴来看，则可称作大担当，正所谓一滴水能折射太阳的光辉。

作为首篇，白旭初的《农民父亲》，通过在城里做官的儿子带人帮乡下父亲收割稻子的叙述，反映的不仅是代沟，也是城乡的鸿沟，更有传统与现代的矛盾冲突。他的《反响》笔锋直指新闻的务虚性。

王军杰的《女婿之间》在情节安排上很见功力。一个高高在上、自以为是的记者怎么也想不到要采访的技术革新能手就是平日里自己当小工使唤的连襟，人物关系设置很巧妙，很有余味。伍中正的《向果》，则用散文诗一般的形式，诗歌的语言，将真善美、假丑恶对立起来，既具语言的美感，又有警醒的力度。

杨徽善于运用对比手法来写人，《不缺钱》中作者简笔勾勒了游小姐和画家两个人物形象，并用对比手法突出表现了两种不同的人格，引人思考。

胡秋菊的《拯救》，通过一个孩子的心灵疾病，折射出当代家庭以及社会的疾病，两篇作品，取材都很小，但却具有深远的时代意义。

少鸿的《穿错鞋》，通过丈夫醉酒穿错鞋而导致离婚的故事，揭示了细节决定命运的生活哲理。李永芹的《擦鞋匠》，叙述的是"我"和一个擦鞋匠打交道的故事，揭示了生活中的许多平衡就是靠不平衡来维持的道理。真可谓言近而旨远。这世上没有绝对的平衡，只要心态平衡了，就没有不平之事。在平凡中蕴含深刻的人生哲理。

品读这个集子里的小说,也会有浓浓的诗意氤氲左右,而尤为拨动读者心弦的当属《渔鼓》《三棒鼓》和《美人如花隔云端》,前两篇出自刘绍英之手,后者为唐静所作,虽同为女性作者,同为诗意浓郁之作,但其诗意却有着不同的风格。刘绍英的作品,向我们敞开了一扇小窗,透过这个窗口,读者可以窥见这位豪放女子苍凉的心境,并触动对于时光流逝的感伤情怀。与刘绍英敏感于历史的变迁不同的是文文静静的唐静的心思则更加细密,感情之弦更细更柔,只需轻轻一触,就会奏出幽幽的乐音。《美人如花隔云端》,题目就很诗意,而作品表现的又是青春的美好与成长的苦涩,感伤的是青春与爱情的流逝。更难能可贵的是,作者将一段刻骨铭心的美丽恋情写得云淡风轻,一如她浅浅笑靥里的轻愁。

让人惊异的是,在小说卷中,居然有人远袭小小说志怪的传统,以达到对现实作变形反映的目的。读者看这样的风景,就如看哈哈镜一般。

海螽的《野人》即是该集中这一类的代表作。和他的散文《外婆的警报袋》不同,《野人》中作者假借邑人赵某与好事之富翁敷衍成文。作品用文言的形式表现今人之事,语言精练,而内涵深刻。作者虚构一个怪诞的故事以影射现实的荒谬。

作为压卷之作,《李国干升官记》是这个集子里唯一的一个短篇。作者张志平,文学艺术修养深厚,才子而不风流,口碑极佳。小说看起来与传统写法无异,但仔细品读就会发现其构思之巧妙。小说开头交代了李光荣升官的缘由,不甘平庸的李光荣通过自学获得大专文凭正赶上创建学习型社会的当口,因此,他顺理成章地转成了国家干部。不久,部长升迁,李光荣又如愿地升为副科级。小说通过李光荣转干、升官之后的一系列遭遇,刻画了当今机关的人生世态相,反映了李光荣由平民到官员的心路历程。小说选取两个转折点,一是李光荣转干,身份变了,人物的内心也随之而变,这些变化虽然是微妙的,但作者仍然从李光荣对出差中报到时登记的身份、住宿的档次以及称呼的计较这些细节上捕捉到了。第二是李光荣升任副主任之后,小说截取人物一天的生活来描写,职位的变动带给人物的心理的变化,写得极为细腻、生动、传神。

听到升迁消息,李光荣心里"春风荡漾",兴奋得一夜未眠。可当他第一天坐在办公室时,脑袋里却是"一片空白",怎么也找不到以前的那份自在。但凭着多年的机关工作经历,他迅速地找到了支点,可谁知"满腔的热情"又给人搅了。还好他窝着的一肚子火,在廖博士这个迂夫子身上得到了发泄,李国干的心理那份畅快就像"六月天扇油纸扇"一样——这么一个在民间流行的比喻,既形象传达出了李国干的心理,又颇富亲切感,十分贴切。因为是第一次以副主任身份参加会议,李国干心里未免还有些"发虚",果然遭到了行政科长讥讽,李国干的心里"越想越沮丧",于是就想去老伙计那里找点安慰,可是他自己的心态变了,他居高临下的手势惹人反感。触了半天霉头,李国干心理"烦透了"。此时的李国干心里已经俨然是一名副科级国家干部,可在周围人眼里他仍是一个司机,这种周围环境与人物内心构成极大反差,矛盾由此产生,喜剧效果也由此而来。包括他接下来在打印社碰壁,管闲事差点惹火烧身都是这个原因。在信访办的遭遇看起来似乎是他"爱管闲事"的性格使然,其实质还是李国干领导身份的心理作祟。

最后一场戏很重要。在接待上级领导的过程中,李国干先后遭到冷遇,燃烧的热情已经完全熄灭,可是山重水复而又柳暗花明,李国干受到了空前的重视,找到了前所未有的"自信"的感觉,李国干的这一天尝遍了人生五味。小说情节跌宕起伏,峰回路转,尤其是心理描写，生动传神、极富张力。

记得钟嵘曾在他的《诗品序》中生动地阐述了诗歌产生的根源，其实，散文、小说又何尝不是如此呢？只要有一颗敏感的心，就能捕捉到由四季更替带来的景物的变化并由此产生的人的心灵的变化，捕捉到人世间的悲欢离合，捕捉到时代发展带来的沧桑巨变。"渠清如许"，是因为有"源头活水"。

我是幸运的，于第一时间欣赏到这么多优秀的作品，只是作品太丰富，又文类繁多，风格各异，虽通读数遍，反复品味，却是无法一一点评，是一憾，无论是对作者、读者还是我本人；作者是幸运的，生而逢时，又在常德这块风水宝地；常德是幸运，它不仅得天独厚，并且进入了一个改革开放发展的新时代，还拥有这么多深爱这片土地的作者。

（《武陵优秀文学作品选》，湖南人民出版社，2011年出版）

钟声不常鸣　只在未敲时
——序钟声长篇小说《红唇》

在我们这个江南小城里，有一个时聚时散的文人小圈子，亦可以说是乡土式的文学"沙龙"。常常是有人挥手一吆喝，大家立马飞奔而来，在饭桌，在K房，在郊野，从国际形势到家长里短，从天文地理到官场政治，从社会生活到文学现状，从长篇巨制到精短笑谈，颇有"指点江山，激扬文字"的架势。而每当这时，只有一个人，常常静坐一旁，一烟在手，两眼向上，听众人天马行空任评说，他始终沉默不语，其淡定犹如一得道高僧，一陌生路人。而其实，或许他还是这场聚会的发起者和组织者——这个人就是钟声。

钟声，本名钟儒勇，其人一如其名。出生于20世纪60年代的他，由于生活在洞庭湖畔的常德，自小即深受湖湘文化的濡染。当过兵，上过大学，当过教师，做过报社记者，工、农、商、学、兵、政、教——如此丰富的阅历，使得外表粗犷的他有一颗十分细腻敏感的心，成就了他儒勇的双重人格。钟声如今在湖南省常德市鼎城区财政局工作，任常德市鼎城区作家协会主席，省作协会员。

钟声敦实身材，宛如一口厚重的钟；钟声不爱说话，又像一口不常鸣响的钟。然而，就是这口钟，一声轰鸣，又写出了一部40万字的长篇小说！作为一个基层公务员，为饭碗奔波之余，痴迷于文学创作,多少年锲而不舍,多少个寒来暑往,孤灯下伏案书写,一个个人间场景,一个个鲜活人物,一个个如戏情节,从世态炎凉中提炼常见又未能参破的主题,确实非常不易,尤其在我们这个浮躁冷漠、物欲横流和及时行乐的社会。

其实早在部队服役期间,钟声就和参加过对越自卫反击战的老战友一道,共同创作了长篇报告文学《战火中的青春》,并于1980年在《河南文学》上发表,这是钟声的处女作。从部队回到家乡,不甘平庸的钟声放弃了工作的机会,而选择了通过高考进入大学学习。毕业后分到山区中学工作,山区生活艰苦,条件恶劣。由于生活阅历的逐步丰富,对生活的感悟也更深切,所以教学之余,他又重拾搁置已久的文笔,一盏煤油灯陪伴他度过了多少个漫漫长夜。那些如烟的往事,那些精彩的部队生活片段提炼成长篇散文《笑的回忆》(1982年在《散文》杂志首页发表)。那些追求、迷茫、徘徊、痛苦和奋进都浓缩在长诗《不必回答》(1985年在《芙蓉》上发表)。那些五味生活、七色阳光,那些鲜活的人物都映射在中篇小说《是对还是错》(1996年在《上海文学》发表)、《红颜厂长》(同年在温州市公开杂志《文学青年》上发表)。1996年是钟声创作的丰收之年,也是这一年,他的短篇小说《狭路相逢》获全国青年作家征文大赛三等奖。自此钟声不仅文思泉涌,且创作日渐成熟,之后10年,他时有小说诗歌在市级以上报刊获奖。用钟声自己的话来说:90年代是我精力最充沛时期(而立之后年龄),也是我文学作品创作的鼎盛和丰收时期。步入中年,钟声的目光日渐敏锐,思想日趋深刻,善于观察、思考的他开始了一些宏大叙事之作,其中包括长篇小说和影视文学作品。长篇小说《红唇》即是这一时期的力作。

在这样一个崇尚人生时速的时代,长篇小说的遭遇可以想见。尽管第八届茅盾文学奖出现了共39卷450万字的长篇小说《你在高原》,据说这是作家张炜倾20多年心血完成的被称为"已知中外小说史上篇幅最长的一部纯文学著作",中国作协主席铁凝也曾高度评价这部小说是我国当代长篇小说创作具有重量的新收获,认为"作品对于人类发展历程的沉思、对于道德良心的拷问、对于底层民众命运和精神深处的探询、对于自然生态平衡揪心的关注等方面,都给我们留下了深刻的印象"。但是,据我所知(请恕本人孤陋寡闻)到目前为止,有关这部长篇的批评似乎只有一些获奖点评,少见其故事情节人物形象抑或创作手法的集中评论。并不是这部获奖作品名不符实,而是在这样一个快节奏的社会里,人们很难停下匆忙的脚步来欣赏这样一帧人类历史、社会生活的长幅画卷;在这样一个浮华的世界里,谁能潜下心来走进如此恢弘的架构,品味五味杂陈的人生。

其实作家未必始料不及,但是他们仍然热爱,依然追求,依然坚守——钟声亦如此。

《红唇》截取改革开放前后这一特殊历史时期作为人物活动的背景,展现了这一时期广阔的社会生活图景,通过农村青年成功在人生道路上的执着追求、情感迷茫,以及痛苦抉择,揭示了时代变迁带给人物命运及心理的深刻变化。

《红唇》主人公成功是一个生活在巨变时代而试图通过个人奋斗来改变命运的小人物。他从小生长在农村,六七十年代,国家经济发展缓慢,物质匮乏,由于成功家里人口多,劳动力少,每每年终结算,别人家里可分得收入,可他家里却还要出口粮款,其生活艰难可想而知。这样的生长环境使成功从小就养成了沉默少语的习惯,但同时也造就了成功坚韧不屈的个性。高中求学时成功就立志上进,学习勤奋,因此进入大学学习。但是大学毕业分配,由于没有关系,他只能去山村学校教书。学非所用,他心里有怨气,但他不仅从不表露,而且一心扑在教学上,希望能做出成绩证明自己的才华。他干一行爱一行的精神，得到上级领导的认可，终于调入教委工作。从此他从一名山村教师成了一个小市民、一位机关干部，这种地位的变化或多或少会对他的心理产生一定的影响。

时光进入80年代，虽然改革开放的春风已经吹来，但世人还睁着迷蒙的双眼观望，此时的成功除了努力认真地搞好工作，还和妻子共同经营着小家庭，夫妻恩爱，孩子健康，生活其乐融融。可是，当改革的洪流以滚滚之势汹涌而来之时，都市生活的色彩缤纷也浸染着成功的灵魂。及至他调入设计院，终于学以致用，随之而来的是生活条件的改善。成功也开始呼朋唤友，推杯换盏，唱歌跳舞，沉醉于灯红酒绿。由于成功为人耿直，心地善良，多愁善感，乐于助人，无疑广结人缘，但这也为他后来感情生活上的可悲纠结埋下了祸因。90年代开始，都市生活发生了飞跃性的变化，歌厅舞厅如雨后春笋一般，谋生的各色人等从四面八方涌进城市，城里人纷纷放弃原有的铁饭碗，下海捞钱的手段五花八门，有钱老板也多了起来。面对浮华生活的诱惑，人心躁动不安，似乎一夜之间，城市变得让人无法指认。而此时的成功，人生似乎走入低谷，工作不顺心，才华得不到应有的发挥，家庭关系开始出现裂痕。他看不惯巴结上司、做表面文章的人，也不愿与不廉政廉洁的领导打得火热。因此在设计院被排挤，好的工作岗位没有他的份，有油水的科室没有他的位置，他心灰意冷。但成功性格中的不服输促使他决定闯出自己的一片天。他只身来到另一都市谋求发展，凭着他的智力、能力、毅力，成功赚了很多钱，但是他的心却是学生的，感情的折磨、同事的排挤、上司的玩弄权术使他深深认识到人心难测。钱为何物，情为何物？他将自己挣来的300多万留给父母小儿少部分外，其实大部分毅然决然地捐了出去，用来修筑防洪大堤、敬老院，造福生他养他的家乡。

故事围绕主人公成功的工作、生活、情感变化而展开,深刻剖析了社会大变革背景下中下阶层小人物的心理变化,有力揭示了社会环境对人物命运的影响,成功的心路历程和命运轨迹始终交织在一起:由积极向上深得上级赏识到工作受挫心灰意冷到志得意满情感出轨再到看破红尘出家为僧,这是成功个人的悲剧,也是社会的悲剧。成功追求、坚守和挣扎,但他似乎不能掌控自己的命运,他被某种洪流所裹挟,身不由己——小说字里行间透出命运无可把握的悲凉。作者将主人公命名为"成功"也颇具反讽的意味,从成功的人生悲剧来看,甚至可以说"红唇"意象也有着某种诡异的暗示。最具震撼力的是小说的结尾,心力交瘁的成功在雨中跪向苍天大海,跪向自己的家乡。那声声悲怆的呐喊,字字撞击读者的心灵。用作者自己的话来说,写这部小说的目的,是想通过对成功人生悲剧的描写,以警示人们在当今万尘千染的社会里应有道德底线,不能迷失生活坐标。

《红唇》,一部反映20世纪末期跨入新千年之际,在精神坚守、事业沉浮、情感得失上人的本性暴露的长篇巨著。作品运用现实主义表现手法,一个个人物和故事仿佛就在读者的身边,那样真切,那样动人,催人警醒,催人奋发。

全书以主人公成功的情感变化、事业成败为主要线索,塑造了雅洁、白云、吴乘南、柯岩、曾琴、叶梅等一群鲜明生动的人物形象,成功地再现了新旧交替时期中下等阶层的众生百相。

小说内容丰富,情节生动,结构严谨,格调凝重,未经打磨的语言保留了远水流域原住民生活的原汁原味,读后令人深思,不忍释卷。

在一般人眼里,至今仍在基层工作的钟声,仕途上或许算不得很成功。但作为业余作者,钟声对文学的那份热爱、那份追求、那份坚守,却是难能可贵的;而他在文学创作上取得的成绩,更是令人瞩目。

从80年代初开始，钟声即在全国10多家部省市级公开报刊发表文学作品300余篇，共计60多万字。其体裁包括小说、诗歌、散文、报告文学、法制评论等。先后有《狭路相逢》等5个短篇小说、《一个平凡的我》等60多首诗歌获奖。钟声创作主线总是跟随生活的脚步，应和时代的脉搏，从山村到城市，从乡人到市民。钟声说"生活是自己写作的生命"，长篇小说《红唇》出版，证明此言不谬！

(《红唇》，团结出版社，2010年12月出版)

不用扬鞭自奋蹄

——写在钟儒勇长篇小说《管家》出版之前

也许一个名字真的只是一个代码,但是名字无论对长辈还是对本人的巨大心理暗示作用却是不容忽视的。因此,每当有孩子降生,家中长辈无不搜肠刮肚、绞尽脑汁,请先生,查字典,非得将祖辈的祝福与希望,宇宙自然与历史文化等浓缩于其中不肯罢休。钟儒勇——不知道这个名字寄托了长辈多少的厚望,也不知道这个名字承载了他本人多少的梦想,只知道他一直是朝着这个方向努力着、奋斗着的。

钟儒勇笔名钟声,早些年,一直朝着能文能武的目标前进——种过田,扛过枪,教过书,经过商。但无论何时,文学始终是他的梦想,1996年参加全国路遥小说散文征文大赛,其短篇小说《狭路相逢》捧回三等奖。诗歌《一个平凡的我》获市级广电征文大赛二等奖。初次参赛,便有斩获,大大地激发了他的创作热情。但是阴差阳错,他进了行政机关。在生活的磨砺中,他反而沉静下来,此后的十多年间,仅不时有短篇文章见诸报刊。

可是,梦还在。

在机关工作中,他细心观察,潜心感悟,积极思考。他观察着身边的人和事,体验着他们的喜怒哀乐,经历着他们的升迁荣辱,品尝着他们的酸甜苦辣,多年的积累之后,近几年,钟儒勇的文学创作呈现出井喷的态势。2013年10月他的第一部长篇小说《红唇》问世,这部小说因成功地塑造了一个名叫成功的人在追求成功的路上惨遭失败的故事,道出了这个社会小人物生存的艰难和内心深处的哀伤而获得市级第一届原创作品大赛二等奖。32万字的《红唇》甫一完稿,他立即着手创作第二部长篇小说《管家》,2013年3月至2014年11月,仅用一年多时间,他就完成了这部近30万字的小说。期间,还在《都市小说》杂志上发表了约4万字的中篇《假如明天会再来》。目前,他正在构思第三个长篇。问及钟儒勇的创作,他坦言没有什么功利,就是想表达、想写出自己的所见、所闻、所思、所感。我想,这就是所谓"不用扬鞭自奋蹄"的境界了,无论人生,还是创作,境界如此,夫复何求!

钟儒勇是一个善于将工作和梦想统一起来、把生活提炼为艺术的作家,《管家》既是他的工作再现,也是艺术地呈现。小说以20世纪改革开放之初的八九十年代南方的江东县为背景,以主人公刘锦扬走马上任县财政局局长开始,到他得到离任的消息即将履职县财经委主任结束。从一个侧面反映了滚滚而来的改革大潮带给人们的深刻影响,展开了一幅幅充满时代气息的社会生活图景,成功地塑造了刘锦扬这个新时期人民"管家"的典型形象。

作为全县人民的管家,刘锦扬走马上任伊始,便深感其责任重大。作为财政局局长,他要管好江东县这个大家;作为男人,他又要管好自己的小家,他当然希望两全其美。但是当二者无法兼顾时,他毅然舍小家顾大家。为了工作,他无法照顾身患绝症的妻子;为了纪律,也不能徇私把儿子调到身边。这就导致了他妻子患病而亡、儿女弃他而去,最后只落得孤家寡人的凄凉结果。

作为人民的"管家",他站得高,看得远,钻得透。上任伊始,他面临的形势是严峻的:天天都是找他要钱的人,有讨薪的酒厂退休工人,有县老干局的局长,有县水泥产、氮肥厂、县公安、政府办……还有全县人民，仿佛有千万只手、千万张嘴伸到他的面前，可是县财政收入不过亿元，僧多粥少。面对困境，刘锦扬深知要管好这个"家"，一方面要节流，另一方面要开源。节流方面他采取紧急的事慢处理，不太紧急的事先放一边的做法。而开源则首先制定了"三、五、八、一"财政收入上台阶的规划，然后调查走访，讨论研究，不放过任何一个聚财的机会。为了从根本上扭转全县财政的困难局面，刘锦扬采取了极其有效的措施。

首先，他从儿女孝敬他的食物中发现了商机——利用自然资源生产猕猴桃酒。一方面发动山民采摘野生猕猴桃，一方面组织山民栽种猕猴桃，并不断拓展基地，这一举措不仅使酒厂摆脱困境，也解决了退休工人的工资及医药费，同时，以刘锦扬为首的基层官员也赢得了人民的爱戴。第二大举措是他看准了香糯米的市场之后，动员村民栽种香糯稻。虽然第一次遭受了天灾，但并没有动摇刘锦扬的决心，终于获得成功。第三是充分利用本地资源，伐竹造纸，终于使纸厂起死回生。第四是为县药材公司提供资金收购中药材并打开了市场。

刘锦扬在开源节流的同时，暗访市场，整肃财政纪律。他从严治家，发现女儿女婿偷税的情况，要求他们补缴税款，并由此发动了一场依法缴税的运动，收到了显著的成效。

工作中，刘锦扬是个敢于碰硬的人，他明知控购办石三宝有靠山，而贪污超生罚款的吴仁是同事也是财政局副局长吴福正的儿子，他还是痛下决心，将触犯法律的石三宝交给了司法部门，对情节较轻的吴仁则采取较温和的退还的办法。

刘锦扬主政县财政期间，他深知打铁还需本身硬，所以，他顾了大家，忽略了小家，但他无怨无悔。可是，正当局面打开，工作取得初步成绩之时，却传来了他即将离任的消息，这种人在江湖、身不由己的境遇不能不使他深深地感伤。

小说通过这一系列情节，再现了改革开放之初基层工作步履维艰的情势，刻画了刘锦扬这一人民的好"管家"形象，反映了基层工作者的无奈与艰辛。同时，作家更将笔触延伸至历史，将人物命运与国家的命运联系在一起，揭示了历史在人物心里的深深烙印，并为刘锦扬忠于职守、舍小家顾大家的道德操守找到了落脚点，皮之不存，毛将焉附？没有大家，哪有小家——升华了主人公的道德情操和思想境界。

小说中还有一个人物不容忽视，那就是财政局副局长吴福正，作家精心安排这个人物与刘锦扬联袂出现是深有用意的。虽然他良心未泯，知错能改，工作上也找得准自己的位置，懂得合作。但是，他却是自私的、软弱的、暧昧的，作家让他的这些负面的性格来衬托刘锦扬的无私、坚强和明朗，如此，刘锦扬的形象就更加立体了。这个有能力、有魄力、有人格魅力的刘锦扬正是我们时代、我们人民需要的好"管家"。

长期供职于县一级财政部门，从事着"管家"的职业，其中的哀乐荣辱、汗水泪水、世态人情，在在自知。可贵的是作家将这些提炼为艺术，并通过刘锦扬这一艺术形象表现出来，赋予了这一形象以不朽的现实意义和审美价值。

在《管家》出版之前得以欣赏，何其有幸！为报作者赐读之恩，匆草如上感想，聊作序言。浮光掠影，不及深探，是一憾！

（《管家》，现代出版社，2016年11月出版）

多棱镜中的现代中国

——邓爱珍和她的长篇小说《一家人》

一个青年有着文学之梦不足为奇,而一个老人还怀揣着文学的梦想则不能不令人称奇了,仅仅梦想一下文学也不足为奇,而让人惊异的是她还一步步地去实现这个梦想——这位老人作者就是邓爱珍。

近几年,邓爱珍的创作热情集中爆发,先是推出她的第一部长篇力作《残荷》,今年又推出倾其心力打造的另一长篇——59万多字的《一家人》。如果说在《残荷》中作者手里拿着的是一面单面镜,主要以自己为模特儿,叙写一群有身体缺陷的人的生活,将他们心灵的纯净美好与外表的残缺、他们内心的坚强与现实的残酷对照起来,反映他们生存之艰难、奋斗之艰辛、成功之不易。那么,在《一家人》中,作者手里握着的则是一面多棱镜,她不断转换视角,试图映射出当今社会的方方面面,以达到全面反映现实生活的目的。

首先,它是一面官场腐败之镜。小说中的重要人物雍师烈、甄言志、解亚沃三位官员与商人黄兰英相互勾结,在土地买卖中输送利益;市长秘书解亚沃更是为了自己的前途,不惜抛弃怀上他骨肉的恋人也是大学同学梅借春,而娶市委书记之女高金兰为妻,为其仕途铺平了道路;雍师烈本有美满的家庭,如意的仕途,却为了利益与商人黄兰英关系暧昧。这些人事，堪称当代官场腐败的缩印版。作者还在其中穿插了解亚沃与黑文才、毕相高等黑心商人狼狈为奸的情节。这一系列腐败行为终于引起了中央高层的注意，最后，最高人民检察院检察长宝剑出鞘，所有恶人得到了应有的下场。邓爱珍是一个信奉善恶有报的人，所以她的作品中一般都蕴含惩恶扬善的主旨。

其次，它是一面食、药品安全之镜。小说安排了制假、掺假、售假商人黑文才等与以李建勋等为代表的良心食、药品商人之间的生死较量，提出了伪劣食品和"洋垃圾"食品组合而成的"新鸦片"对人们的毒害问题，试图引起有关方面的密切关注，并唤醒愚昧的国人不要为了一己私利而互相戕害。

第三，它是一面环境保护之镜。在反映这一主题时，作者选取了湖南省郴州发生的历史上罕见的冰冻灾害和汶川地震、玉树地震以及湖南省某县某铝业公司等现实中的实例，尤其小说中击光铝业铝锭生产不仅给周围的环境造成了无可估量的破坏，甚至威胁到了当地居民的生命安全。虽然作为小说这样的题材未免太实了些，但却极大地彰显了作者的主观意图——为华夏子孙，保护好环境。

第四，它是一面中华道德之镜。新时期以来，随着传统道德不断被打破，而新的道德秩序又尚未建立，社会上尔虞我诈甚至杀人越货已让人司空见惯。作品中这一部分内容似乎是重头戏，涉及的人物上至最高人民检察院检察长周思来，下至普通农民，还有生物系教授、长寿专家、"国讲团"成员，他们之间不仅各有使命，且关系错综复杂。并叙述了寡妇文富英身患两种绝症之时，在媒体的帮助下，得到了申父市政府及社会各界人士的大力捐助，并使其获得重生故事。林林总总，都指向同一意义——呼唤道德良知的回归。

《一家人》的主线是邓九司等6位女子在失去丈夫之后,从农村来到城市,走上经商之路并获得成功的故事,作品中也若隐若现贯穿着这条主线,并围绕着这几个人物安排了申父市有1000多名员工规模的企业家及12位北大毕业生纵横商海等多条副线。作品中人物众多,关系错综复杂,线索千头万绪,场面不断变换,有如万花筒般,让人目不暇接。

邓爱珍的古典文化底蕴在作品中也得到了彰显,小说运用传统的章回体形式,又在叙述中夹杂大量的古典诗词,使作品具有古雅的韵致。不过这也给阅读带来了极大的难度,毕竟古典诗词语言浓缩,需要一定的古典文学的功底,这就限制了阅读群体。好在读者也不必在诗词上费太多心力,因为这并不影响对作品的理解。

作者将对梦想的追求和对现实社会的关注密切结合,将自己的文学梦想融入大中国梦之中,将小我的命运与国家的命运紧密勾连,不仅给新时期中国文学增添了新的篇章,也给所有追梦之人树立了很好的典范。

(发表于《湖南工人报》2015年11月27日)

善卷：从传说到史实
——周友恩和他的《德祖善卷》

20世纪90年代初期，当时还在中学教数学的周友恩就在杂志上公开发表了两篇历史学论文。在当时，这两篇学术论文的观点并没有在学术界引起多大反响，但作者对历史的浓厚兴趣和强烈的质疑精神却初现端倪。后来，由于某种机缘，周友恩开始关注地方文化，在对沅澧流域文化的考察中，他发现武陵乃至中华文化之根在于一个传说中的人物——善卷。于是，周友恩一头扎进善卷研究之中，十年光阴，业余时间都交给了善卷。2010年6月，由团结出版社出版了他的第一部长篇人物传记《德山——上古高士善卷评传》，这本书的出版在社会上引起了不小的影响，众多评论家纷纷给予了很高的评价。他们认为，该书对于弘扬中华传统道德文化是个不小的贡献，因此获颁"常德市第一届原创文艺作品二等奖"。接着周友恩又投入到了更进一步的研究之中——把善卷放到中华文化的大背景下，探讨这一历史人物的核心价值及其对当代社会发展的意义。于2015年5月，其研究成果《德祖善卷》这部30万字的著作由湖南人民出版社正式出版发行。

比较第一部，读者不难发现，《德祖善卷》的研究更全面、更深入、更科学，具体来说，有以下三方面的突出贡献：

坐历史之实

虽然善卷的故事在长江与黄河流域广泛流传,但仅止于传说。隔了厚厚的时间屏障,善卷仅仅是浩茫的历史云烟中的一个影子,而且这个影子不仅模糊还极不完整。要复活这一人物,非一日之功。在近3000个日子里,作者访问了10多家图书馆,查阅了1000多种史料——凡是与善卷有关无论文字记载还是考古发掘,远至先秦近至当代,共搜集、整理了30多万字的有关善卷的历史资料,作了近50万字的笔记,并从大量的史料中梳理出了善卷的主要生平事迹:

第一,善卷的出生。一个人的出生之地都坐实了,还能怀疑他的存在吗?于是作者从大量的方志和古迹以及出土文物中,坐实了善卷的出生之地——山东单县。

第二,善卷事迹。即两次拒绝帝位,第一次退隐江苏宜兴,有善卷洞为证;第二次到湖南常德,这次时间更久,并再次隐遁至沅陵,这一次退隐不仅有德山善德观为其有力的物证,其遗迹善卷坛、善卷井、善卷亭、善卷书院等更是遍布枉山(即德山)。善卷的再次遁隐,由于沅陵地处湘西腹地,崇山峻岭,少有人烟,交通信息严重闭塞,所以前人对善卷生命的最后时光常用"不知所终"来形容,这也是后人怀疑其真实性的原因之一。但辰溪酉山不仅留下了善卷设坛传道授业之遗迹,更有清乾隆年间陶金锴、杨鸿观所修《溆浦县志》的清楚记载,善卷晚年"隐于卢峰山中,葬于辰溪大酉山之九峰岭"——这就坐实了善卷的葬身之所。

第三,善卷身后之事。作者用宋朝两位皇帝先后为其封茔、立祠、赐额并加封为"高蹈先生""遁世高蹈先生"的史实来证明善卷为历史人物——一国之君绝不会为一个虚拟的人物赐封的。

通过善卷生平事迹的考察,使其从久远的传说中有血有肉、有思想、有个性地出现在读者眼前。其前情后事清楚有力地证明了善卷实有其人,其所为确有其事。

溯道德之源

让善卷这个历史人物丰满地、立体地清晰起来不是研究的最终目的,用作者的话来讲,该研究的意义在于给物质和精神严重失衡的当代人注入"精神之钙",即善卷之德。因此,作者综合史料,并加以提炼,从中抽象出善卷这个人物的核心价值——善卷之德的具体内容。确切地说,这些"德"集中地体现了善卷的智慧,或者说是中华民族的智慧,有的就是一个智者的处世之道,比如顺应时势、就利避害、心意自得、中庸等。在归纳出善卷之德的这些具体内容之后,作者指出,这就是长江流域文明史以及汉民族道德文化的重要源头及其在历史长河中的悠悠回响。

定善卷之位

在坐实了善卷其人其事、概括了善卷之德之后,作者进而确立了善卷在历史上的地位、影响及其当代性意义。

首先,定其历史地位。作者把善卷放在上古高士群体中,运用对比烘托的手法,尤其通过与同为尧帝敬重的许由在生活态度、生活方式以及人生目标追求等方面的比较;又以尧舜二帝拜师让贤和善卷的直言进谏和拒绝帝位、一再退隐的史实,并辅以大量的历史文献中关于善卷的论述,突显了善卷之德;确立了善卷"古之贤人也"(嵇康《圣贤高士传》)的历史地位。

其次,就其文化影响方面,作者以善卷两拒帝位、三次遁逸于湘西北蛮荒之地设坛传经讲学,教化乡民,一扫"信神弄鬼、好巫喜傩、粗鄙无礼"之风,使之"人气和柔",成为"守节礼仪之国"的史实之外,更兼其日出而作日入而息,春耕秋收,在大宇宙和小宇宙之中逍遥自得的人生追求，从而揭示了善卷在禅让文化、道家文化、释家文化、儒家文化，尤其中华民族"立"的精神等方面的影响——这不仅是华夏文化的重要源头，也是长江流域文明史之滥觞。

《德祖善卷》的作者以探根溯源为基本思路，从最原始的材料出发，以一种全新的视角，求真求实的科学态度，充分运用文献研究、定性研究、系统科学等研究方法，将科学的严密性与文学的可读性有机融合，开拓出了传统道德研究的新境界，打开了一条通往上古文明的通道，为华夏文明的探源工程做出了重要贡献。

（发表于《当代商报》2015年11月26日）

博观而约取　厚积而薄发
——聂国骏和他的文学梦

出生在20世纪60年代初期的聂国骏，和那个时代生长在农村的大多数青年不一样，他热爱家乡，热爱读书，又怀着文学的梦想。可是，阴差阳错，参加工作之后的几十年里，却一直在经济部门，整天与公文、数字打交道。繁忙而枯燥的公务，男人的事业追求，不允许他的梦想抬头，也不敢背上"不务正业"之名。但是，那个梦一直沉睡在心灵深处，有如大石下面的种子，压力再大，它也要挣扎着长出来，并蓬勃成一片盎然生机。

虽然在机关，工作经历相对简单，但聂国骏却善于细心观察、潜心感悟、勤于思考。他观察着身边的人和事，体验着他们的荣辱升迁，感受着他们的喜怒哀乐，品尝着他们的酸甜苦辣，多年的生活积累之后，那个年轻的梦开始萌动了。2013年，他在《常德日报》发表了第一篇微小说，这篇题为《智商情商》写的是一位公司经理和他办公室女文员的故事。公司经理大强看世界杯羽毛球混双比赛时，有一个男女运动员同救一个险球时双双倒地，女运动员还倒在了男运动员身上的镜头，受到启发的大强当即计上心来，"我何不练练混双呢？"于是，他打起了新来的眉清目秀的文员小米的主意。大强担心小米"情商"不够不上道，于是从身着情侣运动装练单打开始到找陪练练双打，步步诱导，循序渐进,岂料小米不仅心领神会,且深谙其道,主动出击,弄得大强心花怒放。正在大强渐入佳境之时,不迟不早,小米的电话响了,并且是她男朋友,约看晚场电影。故事到此戛然而止,不仅留给大强无限的怅惘,也留给读者充分的余味。这个经理不放在眼里的小米,"智商情商"皆不在大强之下。初次尝试微小说创作,聂国骏就表现出了一种构思技巧的成熟,这为他后来的微小说创作的井喷态势提供了可能。

最近几年,聂国骏先后创作了50多篇微小说,目前正筹划出版集子。正如他自己所说,发现社会上阳光照不到事物,他就要予以揭露和批判,当然,文学作品必须遵循自己的创作规律,用故事、用形象来承载作家的思想,不能像政论文一样矛头直指靶心。

在聂国骏的众多微小说篇目中,有一篇题为《远村》,第一次看到这个题目,觉得匠心别具,远村以作者的家乡为原型,客观距离其实并不远。但是,村子里的清澈小河已不再,和银杏的那份青梅竹马的纯情已不再,曾经热闹的村子如今只剩下留守的老人和孩童,连抬丧的8个人都凑不齐。这一切,怎不叫国祥感慨万千小说处处运用对比的手法来突出乡村的巨变,并指向一个核心——那座儿时的村子是永远回不去了。

这篇小说的从容叙事和精确描写有着散文的真实感。

"路上,随处是乱扔的垃圾,尤其是灌溉渠内,漂浮着一层的白色和有色垃圾。他不禁想起小时候读书在这条路上走来走去的情景,那时沟渠两边绿荫匝地,沟内长年清水淙淙流淌,不知名的水草和丝草随流水一起一伏,经常可看到三五成群在水底嘴啄尾摆悠闲觅食的黑壳鲫鱼,和在水面上快速来回穿梭的刁子鱼。国祥目光远眺收回,收回又远眺,但怎么也觅不到儿时的踪影。"眼前所见和记忆中呈现,镜头切换自如,国祥目光的寻觅强化了他内心的失落。

"行到牛角湖,望着污浊的湖水,国祥的思绪回到了在这游泳、绞丝草、捉鱼摸虾的孩提时代。一个炎热的中午,国祥邀不到伴,一人偷偷来到湖边,见湖里有一个人正在游,他高兴得叫了起来,短裤一扯就跳下了湖。吓得那个人又喊又叫,喝了几口湖水。原来是大队叫银杏的小女孩,从此他和银杏之间,有了一种说不清道不明的情愫。"可是,命运多变,几十年一晃就过去了,曾经的银杏已不再是那个玩水的女孩,而是被时光、被生活磨砺得粗糙不堪的庸俗女人。和牛角湖一样今非昔比。怎不叫国祥心神恍惚,唏嘘不已!

巧的是,"村里一个在城里打工的小伙子,被车撞死了。由于村里青壮劳力都外出打工了,凑不齐八个能抬丧的男劳力"。国祥背着母亲、硬着头皮去当了一回丧夫。可是,"当一声锣响,哭声突至,吼声如雷陡起步时",国祥哪里见得了这阵仗,他动作慢了一拍,"棺木重重地压了过来,一下闪了腰",只得灰溜溜回城去了。国祥是永远回不来那个记忆中的村子了,因为它随着工业化、现代化的加速,越来越远了,从这个意义上来讲,《远村》抒写的是几辈人共同的乡愁。

和《远村》的亲历性不同,《署名》的故事性更强,小说写的是文化局某副科长冒杰星弄巧成拙的故事。故事是这样开始的:"某知名刊物,由于深受读者喜爱,发行量年年稳中有升。为了进一步扩大影响,回报读者多年的厚爱,决定在创刊五十周年之际,举办以弘扬传统文明,挖掘、保护、繁荣地域文化发展的论文征集大赛。市文化局综合科的副科长冒杰星,已写了五六年材料,在市宣传口小有名气,他看到征文正对业务范畴,跃跃欲试。"其实冒杰星也有自己的小算盘,他"想借此机会展示身手,积点资本,调到省会去,和在省直机关工作的爱人双栖双飞"。

说干就干,"他拟定了文章的写作大纲,列出了材料收集内容,参考了本市若干文献和统计资料，半个月后一篇洋洋万言的论文形成了。从文化理念，文化品牌打造，地方特色文化的挖掘和人才保护及培养……可以说文章是观点鲜明、论据充分、论证严谨科学"。

本来一切按计划完成，眼看就要如愿以偿了，可是，冒杰星自作聪明，"出于慎重和尊重，只是副科长的小冒，把饱含自己心血的文章初稿交给了科长，客气说请把把关"。由此引出故事中的副局长、局长等一连串人物，参赛之事也因此生出波澜。由于多人参与，成果已不属个人，于是就牵出了署名的问题，也就有后面因署名不具真实性而取消参赛资格的故事。就故事的逻辑性来看，没有深厚的生活底蕴是编不出来的，这样一环紧扣一环的故事结构具有极强的真实性。这篇作品批判的不是某个人，也不是某一现象，而是植入机关工作人员灵魂深处的劣根性，因此格外有力度。

聂国骏的微小说创作大多直指社会焦点热点，这就决定了他作品的社会意义，同时，他也注重故事性，因而也具有可读性。假以时日，他一定能写出更好的作品。

(原载于《武陵微小说评论集》，九州出版社，2018年7月出版)

广角镜中的文坛风云
——《李云飞评论文选》序

初识李云飞先生,是在《桃花源》杂志社组织举办的湘西北文学创作交流活动中,有朋友向李云飞介绍说我是写文学评论的,李先生说他也搞文学评论,我不在意地笑了笑。因为负责任的文学评论是件费力又不讨巧的事情,不仅要花时间阅读并吃透原作,而且要费心思将阅读所得上升到理性的高度并准确地表达出来——这种为他人做嫁衣裳的活要么是有科研任务的高校教师,要么是为尽朋友的情分。而一般人搞文学评论,只不过一时兴起,发表一点阅读感想或读书随笔罢了。及至这本几十万字的《李云飞评论文选》初稿摆在我的案头时,我不禁惊异、惊诧,继而油然而生出敬意,这种对文坛长期的密切关注不仅是兴之所至,更是一份责任和使命了。

李云飞其人,乃是供职于湖南省桃源县审计局的一位中国注册会计师协会会员,但他同时也是湖南省作家协会会员,中国丁玲研究会会员,桃源县作家协会副主席,政协桃源县第九、第十、第十一、第十二届委员会委员。还曾是下乡知青、矿工、尿毒症患者和网络时评人,其网名有方鑫、方科、方飞等。曾被新华网提名为新华网全国首届十大网友候选人。其散文《9月19日,我在桃源这样度过》获国务院新闻办公室举办的"亿万网民共同记录中国一日'"活动征文银奖,论文《行政机关与内部控制制度》获2009年全国内部审计与内部控制体系理论建设研讨暨经验交流优秀论文提名奖。目前,已出版《李云飞作品集》第一卷《文坛情未了》、第二卷《我的胡说》、第三卷《财审余墨》、第四卷《财审余墨(二)》和自传体纪实文学作品《坦荡人生》。其中,《文坛情未了》获第八届丁玲文艺奖,《财审余墨》《财审余墨(二)》获常德市第七届社会科学奖。此外,还出版了中国第一部审计志《桃源县志·审计志》和编著印刷了《桃源剿匪史》等,就以上成果,其于文坛的活跃程度可见一斑。

算起来,《李云飞评论文选》应该是他公开出版的第五部文集了。这部集子收录了李云飞1985年至2018年30多年间的文学评论文章35篇,其中25篇是评论常德市和桃源县的作家(作者)的文章,如陶少鸿4篇、罗水常3篇、曾辉2篇;8篇是评论常德市外的作家及作品,如在全国知名度高的和较高的作家有蒋子龙、王跃文、杨少衡、邓宏顺等;2篇属于文艺理论的文章。李云飞手中握着的是一种可以增加画面纵深感和清晰度的广角镜,镜头对准30多年间的常德乃至中国文坛,选取其中具有代表性的作家作品及文学现象,并灵活运用哲学、美学、社会学、文学理论的尺度解析作家及其作品的现实意义和美学价值。可以说,这部集子是自改革开放以来常德乃至中国文学发展的缩影,其中不仅有着新时期文学发展的脉络,更有着文学未来走向的启迪;不仅有对这一时期文坛动态的宏大观照,也有对作家作品的微观透视。综观全集,其评论文章具有独特的风采,具体表现如下:

首先,文章理性坚实。论者遵循文学评论规律,尊重客观事实,从具体的作品或文学现象入手,自觉运用文学或美学理论对作品进行深入解读。比如成文于1985年的《试论蒋子龙小说创作的美学追求》(发表于《小说评论》1986年第4期)是李云龙写得最早的一篇评论，文章紧扣观点，从蒋子龙的文学主张到他的创作实践以及作品的社会反响进行了深刻地剖析，最后上升到蒋子龙的美学追求。其中有引用，有反驳，论据充分，观点集中鲜明，逻辑严密，美学尺度把握得当，这篇文章就是用今天的眼光来看，也是一篇不可多得的文学评论。在《蕴含众多的典型性格，展示真实的生活画卷——读长篇小说〈审计报告〉》一文中，李云飞将作家、作品以及作品中的人物放在时代的大背景来考察，揭示了文学生长所必须的条件，让读者知其然还知其所以然。集子中《追求人格的独立与思想的自主——评晋剧〈傅山进京〉》也是理性色彩比较浓的一篇，文章从作品的情节安排、矛盾设置、人物表演等方面的分析入手，进而揭示作品的历史意义和作者的艺术主张，层层递进，结论水到渠成。还有《他走向男子汉——少鸿和他的早期小说》中对少鸿早期小说分类的准确，有一段议论文字很到位。"所谓审美感知结构定式，实际上是作者的思想认识水平，即对生活认识、理解的程度。一个作家对社会生活、对历史变革的思考越深入、认识越具体、理解越深刻，越会感到事物之间的复杂联系以及它们所蕴含的丰富内容所表达的作品主题也就越丰富多义。然而任何生活素材变成艺术作品，都要经过作家的艺术构思，而作家进行艺术构思时采取的方式，就决定作家的审美感知结构定式。综观少鸿的全部小说，有不少小说带有自传性质的这种感知结构定式。这虽然帮助于他，但更是限制了他，即使他笔下的人物不同程度地定向类型化（如《雾》与《落霞》），造成了单一的艺术视角。少鸿是明白这个道理的，他在提高思想认识水平的前提下，决心对自己的艺术构思方式进行变化，既从原来的审美感知结构定式中起步，又从中走出来，与多方位、多侧面的审美观点结合起来，即从原来转为注重反映普遍存在的生活现象，转向较多地注意揭示蕴含于这些生活现象之中的社会因素。《梦生子》的前面几节表面看来似乎与作品主题无关，但实际上,正是作者匠心所在,正是这几节,集中表现了造成荒唐、怪诞年月的社会历史原因。"这段引用文字比较长,因为只有读到评论中相对完整的议论,才能了解论者如何从审美感知结构定式的概念、作用以及在作家作品中的呈现,表现出来十分严谨的思维。以上种种都是构成文章坚实理性的要素。

其次,论者运笔灵活。李云飞虽然能把握文学评论的原则,但他的文学评论文章运笔又相当灵活,并不削作品之足以适理论之履。先从命题来看,文集中像《谁是白乌鸦?——读杨刚良的中篇小说〈白乌鸦〉》《他走向男子汉——少鸿和他的早期小说》,有的标题甚至用到商榷的口吻等,这类标题,假如没有副标题,读者很难判断文章体裁的属性,但是,有了副标题,不仅不觉得不合规范,反而给人别具一格的感觉了。再看文章用笔,文章中常用到"不知你有没有……感觉"这类疑问句来开启下文,这种生活中与人谈话的句式和语气,用在文学评论文章中就少了咄咄逼人的气势,不仅读者可以接受,就是对作者也会有种与老朋友交流的畅快。再看文集中《在寻找自己的艺术位置——评〈文学新人〉1986年的小说》一文的开头一段文字,论者并不做一些诸如《文学新人》是部什么书、什么时间由哪里出版等看似必要的交代,而是紧扣文题开门见山,直截了当地指出其缺陷性,之后又紧接着转换角度将这些缺陷转化为优势——这就不仅表现出了行文的自如,而更是一位论者的宽厚和圆融了。

综观全集内容,实在精彩太多,不胜枚举,为篇幅所限,笔者只能择其一二以飨热爱文学及其评论的读者。更多精华,还需读者一一领悟。在《李云飞评论文选》出版之前,遵嘱匆匆写下以上文字,以聊充序言。

2019年2月16日

裁云剪水　别出机杼
——谈李晓海微小说的构思

李海蠡，原名李晓海。在武陵甚至全国微小说作家群中，李晓海应该都是"另类"的，他的"另类"，不是因为他的微小说创作有近20年的历史，但产量却并不高，而是因为他知识面极广，几乎上知天文下知地理，通晓古今中外历史变迁、山川风物。他爱好极多，书画篆刻、小说散文、电影剧本……无不涉猎，书法通古今之变，自成一体，油画人文主义为导，深邃厚重。他思维敏捷，口若悬河。其深厚的文学艺术素养使他的微小说构思呈现出迥异于他人的气象。

说到构思，有人认为这一概念仅仅针对文学作品的结构特点而言，其实则不然。艺术构思是作家在深入生活和体验生活的基础上，根据自己的创作意图把对实际生活的感受与认识统一起来，酝酿、创造成为艺术形象而进行的一系列的思维活动。

艺术构思包括作品题材的选取和提炼，主题思想的酝酿和确定，人物性格、人物活动及人物与人物之间的相互关系的考量和设计，故事情节发展与整体结构布局的安排和设置，以及探索与选择最恰当的表现形式等，这是一个感性思维与理性思维交替运用的过程。李晓海的微小说构思的巧妙首先表现在其对题材的选取和提炼上。从他2000年创作的第一篇微小说《原欲》到创作于

2016年的《血鞋》，再到2017年第10期《小说选刊》转载的《白瓷盘》（该小说获得了"紫荆花开"纪念香港回归二十周年庆世界华文微小说征文大赛三等奖），都充分说明了作者对历史题材处理的精湛艺术。

若视《血鞋》仅为一篇描写一条忠义之犬报仇殉义的故事则未免肤浅。这篇小说的精彩之处在于有限的篇幅里展现了广阔的社会图景：明熹宗沉迷木活，无心政事，导致宦官专权、结党营私、草菅人命的社会乱象以及新君拨乱反正、整肃朝纲的皇权更替，如此巨大的时空跨度全靠作者娴熟地借用了电影蒙太奇的手法。

"朱由校在皇宫里忙活，这位大明皇帝兼木匠，打算做一对花几儿，他埋在木料堆里，挑选出一方上好的花梨木来。"

"他一斧头砍将下去。"

"咔嚓！一颗人头，血淋淋的人头，同时，在江南大地上滚落。"

"时在甲子仲秋，岁次天启四年九月。"

作品开头即用一个电影的特写镜头：醉心木活的皇帝一斧头下去，本来这个镜头并无神奇之处，但是，镜头中出现的并非是那一截花梨木，而是江南某处被锦衣卫砍掉的忠烈之士秦泰的人头，两个看似没有丝毫关联而实则就是皇帝疏理朝政而误国所造成的血淋淋的现实。镜头组接在一起，跳跃、紧凑、十足的画面感带给读者的不仅是视觉的猛烈冲击，更是内心的强烈震撼。而整个故事，却用一条忠义之犬和一双血鞋贯穿，紧扣题目又蕴藉深沉，诡异的氛围增加了故事的神秘色彩和可读性。

与《血鞋》相比，虽同是历史题材，作品开头同样令人称奇。但《白瓷盘》的文化蕴含更丰富。这一只生产于7000多年前白瓷盘，不仅是汤家岗文化的代表符号，更是中华民族智慧的结晶。所以，不管是水生祖辈的无意获得，还是水生与它的不期而遇，还是它最后的归宿，似乎都是天意，又都是人为——只有祖国强大了、统一了，白瓷盘才有它最好的归宿。但作品令人称赞的还不只是赞扬了水生这个人物的思想境界，赞美了中华灿烂的古代文明，更重要的是，借白瓷盘曲折的经历，深入现实生活，揭露人与人之间的畸形关系，水生得知媳妇受生活所迫，卖掉了白瓷盘，"水生拽着媳妇，找到古董贩子，从某学生家长追起，追到某校教导主任，再追到某教育局长，局长说，东西被我儿子拿走了，儿子呢，又把它送给了某大学校长，校长说，教育厅长喜欢它，就留在他那儿，再找到某教育厅长，厅长说，我查了一下，对不起，我家老二把它卖给了一个古董贩子……至此，线索中断，只能梦里依稀了。"这种顺手牵羊术更加深了作品的现实意义。

李晓海以现实为题材的微小说构思同样精彩。改革开放以后，随着沿海发达地区对劳务不断增长的需求，农村青壮年劳动力纷纷背井离乡，加入劳务大军的行列，他们将自己的家和年幼的孩子交给年迈的父母。繁重的劳动和相对稳定的收入以及城市里陌生的灯红酒绿，使他们暂时忘却家乡的一切，忘记初心——由此而产生的悲剧已引起社会学家和政府部门的高度重视。《燕兮归来》关注的就是在这种社会背景下产生的留守儿童这一特殊群体，小说主人公黑丫就是这一群体中的典型。黑丫的父母也是南方城市里的务工人员，自从两年前回来大吵大闹之后，母亲一气之下就走了，后来父亲也走了，这一走就是两年，黑丫都六岁了，下半年就要启蒙读书了。没有父母关爱的黑丫在早春的季节里有很美的梦想，"屋前廊檐上，燕鸣啾啾，廊檐下，爸爸把她抛举高高，她兴奋极了，尖叫着，闭眼，又睁开，她看见，燕巢离她如此之近……"可是黑丫生命中的春天却迟到了，筑巢的燕子也迟到了。料峭的春寒中黑丫将一双手插进新拉的牛粪中，她太渴望温暖了！可是，当春天来临时，黑丫却永远地离开了，小伙伴纯洁的心灵挽救不了她，父母呼天抢地悔断肝肠也唤不回她了，黑丫永远留守在了村外那座小小而温暖的坟茔。这是个让读者无比哀伤又无奈的故事,因为这个生命太过弱小而又无所依靠,所以让人生出无尽的悲凉。作者将一腔热血冷却为平凡人的故事,将深深的悲悯融入平静的叙事,将现实提炼为艺术的典型,更能打动读者。

李晓海善于截取历史传说与现实生活最精彩的断面,将广阔的社会背景浓缩为精致的场景,并将历史和现实组接起来,从而传达出作者的创作意图。他的微小说开头往往劈空而来,有的结尾也能做到绝尘而去,利索不拖沓。

(原载于《武陵微小说评论集》,九州出版社,2018年7月出版)

虚实之间见功力

——凌鼎年小小说三题印象

虚实之论，源于先秦道家哲学中以虚无为本、有无相生的理论，所谓"大音希声""大象无形"，以及以此为基础产生传统文艺思想中的"大美无言"皆由此衍生，是我国古代传统美学观之一，并广泛运用于文学、绘画、书法，甚至园林艺术等各个领域的创作和评论。古往今来的文学艺术家莫不重视虚实之法的运用。清代叶燮在《原诗》中提出"虚实相成，有无互立"的观点。金圣叹认为："须知文到入妙处，纯是虚中有实，实中有虚。"文学创作过程中，应该虚者实之，实者虚之，有无相生，虚实互用，艺术形象才具有较高的典型性，而无固定刻板的模式，也才具有含蓄蕴藉、简练沉潜之美。在中国古代文论中，虚与实各具相对独立的内涵，又包含历代文艺创作实践积淀的二者之间辩证的丰富内容。同时，它还和有与无、心与物、形与神、情与镜、空灵与质实等审美概念存在着横向互渗的复杂关系。大致来说，在文学艺术创作中，所谓"实"指的是文学创作的对象、材料等，即生活中真实发生和出现的人和事；"虚"指的是艺术家想象和虚构的部分。但在具体的文学作品中，由于作家艺术造诣不同，虚实运用的技巧亦有别。由于篇幅的限制，微型小说更讲究虚实的处理，让读者在有形中领略言外之意，从有限中延伸至无限，获得广阔的艺术空间。

凌鼎年先生的小小说三题，题材各异，风格不同，却颇富张力，这完全得力于作品中虚实手法的巧妙运用。

设若以形象为实，其承载的意义则为虚。那么，《武松遗稿》则是以实写虚，虚虚实实，让人虚实莫辨。作家叙述的是一个考古发现中的一堆"牛屎"，在专家眼里却是"宝贝"，经过专家"处理"后变成"武松遗稿"并成为"国家一级文物"，进而引发"专家们"关于武松墓及"遗稿"真伪、武松观点的正确与否的"学术界"的激烈争论并由此波及社会大讨论的故事。这个故事虽然不一定已经发生，但绝对可能发生的。其中地址确切，人物武松历史上也实有其人，可谓"实"；但一堆"牛屎"变成"武松遗稿"明显带有艺术的夸张，可谓"虚"。经过漫长的地下岁月，古墓中的某种物件变成"牛屎"是完全可能的，而这堆牛屎经过专家处理变成"武松遗稿"也是符合逻辑的。因此，挖掘出的那堆"牛屎"和"武松遗稿"则为实，而"专家"究竟如何"处理"的过程则为虚。整个故事辐射到社会的方方面面，尤其是所谓的学术界，这也可以说是一场极其无聊、无中生有的学术论争。作家客观地叙述这个故事，意在讽刺了当前所谓专家学者不尊重历史、极其庸俗的学术态度，虚实互藏，含蓄婉转。

与此不同的是《国王、宰相与狮子》，这篇小说初看起来有点类似于寓言，故事明显是作家杜撰的，虽然世界上也曾有过暴戾的国王，但用这种方法来对付政敌微乎其微，是为虚。但读完小说，却让人恍然大悟，作品卒章显志，揭示了"民意难违"的主题，从而使这个虚构的故事又落到了实处。故事虽虚构，但描写却落实。开头一段描写："国王的权力已达到了巅峰状态，几乎所有的重要位置都安排了他最信得过的亲信，如皇宫侍卫队队长是他小舅子，宰相是他的二叔，财政大臣是他的表哥，吏部尚书是他的连襟，兵部尚书是他的侄子……"几笔就交代了这是个任人唯亲的国王。大臣与狮子决斗的血腥、宰相的规劝、宰相的出场、宰相与狮子的"决斗"以及观众迥然不同的情态，描写真实细腻，栩栩如在眼前,此为实;国王的心理、狮子饲养者私下的行为则为虚。这样的以虚代实、曲折有致刻画了一个昏聩、残暴典型的君王形象,表达了"民意"即"天意",民意难违的主旨。

与之比较,《走出牢房后》又是另一番景象。如果眼前为实,则过往为虚。眼前是走出监狱的朱浩任满腹屈辱和仇恨,只有一个念头,那就是"我要报复!我要报复!!一定要报复!!!"三个"报复",言仇恨之深,报仇之切。但是当他来到火车站候车时,出狱后遇到的第一件事却淡化了他的仇恨、"动摇了"他报复的决心。这是一件看似极其平常但对朱浩任来说又是极不寻常的事情:一个农村来的"满脸阳光"的打工妹因为内急竟将自己的所有物件交给朱浩任看管,这不是一些普通的物件,对朱浩任来说,这是一份责任,一份即使误了回家的车也不能辜负的沉甸甸的信任。尤其那女孩"你是好人,我一看就知道你是好人!"的声音一直在他脑海里回响。就是这句话使他感到"一股暖流温麐全身",并由衷地感叹:"信任真好!"在这些实笔之中作家穿插了一些回忆,这个有良知、有道德的好青年救人反被冤枉,并被判入狱,有冤无处申诉,拾金不昧反被人嘲讽,还有老乡带来的关于母亲的消息,这些虚笔来交代朱浩任仇恨的原因。这样的虚实相济,不仅交代了事情的来龙去脉,而且丰富了作品的内涵。其中警察的质疑、被救者家属的态度、法官的判决,赋予了作品纵深之感。

有人认为,微型小说受到篇幅的限制,很难写出深邃的思想,也显示不出什么高超的技巧。但是小小说的魅力来源于作家对内外世界的灵敏把握和传神表达,因此,在构思和技巧上最为讲究。凌鼎年小小说三题以形象为实,以意象为虚者有之,只凭想象展开者有之,以眼前之境为实,以回忆为虚者亦有之。皆能寄直于曲,寄锋于婉,寄显于隐,寄理于喻,兼具思想的纵深和现实的厚重。

(发表于《四川文学》2014年10月)

从生活到艺术

——蓝月小小说三题文本解读

众所周知，艺术来源于生活，但是生活离艺术究竟有多远的距离，则是个很复杂的问题。生活与艺术永远都是红高粱和高粱酒的关系，是郑板桥"眼中之竹"与"手中之竹"的关系。因此，哪怕是一样的红高粱，由于酿酒师不同、所采取工艺不同，其品味、纯度也不同。即使同一酿酒师，也不可能酿造出完全相同的高粱酒。就如同在和平的年代，我们大多数人过着平常的日子，接触着平凡的人群，经历着琐碎的人事。但是，由于作家个性、修养、经历有异及追求不同等原因，其作品会呈现出不一样的风采。

蓝月是一位追求艺术个性的作者。她的近作，即《阳光穿过的早晨》《霜白》和《一朵花儿的绽放》小小说三题，不仅将目光投向社会底层，观察、体会小人物的生存状态，更将笔触延伸至他们的精神世界、心灵世界，表现他们的无奈、他们的孤独——这种无奈和孤独既有社会性的，也有自然性的。

生老病死是不以人们意志为转移的自然规律，千百年来，人们就不遗余力地寻找能战胜这种自然规律的良方，可是在强大的自然力面前，人类认识到了自己的无能为力——这自然就成为文学艺术永恒的主题。蓝月小小说三题中涉及生、老、病三个方面，一个是生的家庭不对，由于孩子太多，无法养活，只得送人。最苦的是母亲明明知道了孩子的下落，却只能在霜繁露重的凌晨悄悄地看一眼；另一个是在如花的年岁却身患绝症的"弟弟"；还有每天清晨等待在老槐树底下买粉皮的老太太。

蓝月善于在琐碎的生活中提炼出艺术的精华。《阳光穿过的早晨》，作者将目光投向一个被人忽略的、每天清晨都在槐树下等着买粉皮的老太太。尽管在她跟前走过无数的人群，但他们无不步履匆匆，没有人会停下匆忙的脚步来听她述说，也没有人会认真地和她聊上一两句，一任她自言自语，自生自梦，即使是她的儿子、孙子，只有"一根和她一样乌漆麻黑的拐杖，一条毛快掉光的老黑狗不离左右"。因此，她只能沉入她年轻的梦境。这是无数衰老生命中的一个，但作者通过"这一个"生命的状态，通过她内心的孤寂和对生命衰败的无奈，写尽了人生的悲凉。

《霜白》讲述的同样是小人物的故事。因为生活所逼，三丫生下来就被送走了，可是却留给父母无尽的伤痛。相对于母亲的泪水，而将这种痛楚深埋的沉默的父亲则更让读者动容。

与以上二题不同的是，作者赋予《一朵花儿的绽放》某种象征的意蕴。作品中一株花朵与"弟弟"的命运交错起来，正值花季的"弟弟"突患恶疾，终日缠绵病榻，爸爸上班，姐姐上学，除了偶尔停在窗台上的小鸟，就只有姐姐为他捡来的那株花儿陪伴。可是，他突然发现有只虫子正在啃噬着那株带给他一丝期望的、含苞待放的花，他拼尽所能去除掉虫子，却进了重症监护室。这篇小说精彩的结尾也让人为之叫好，姐姐奔跑回家为弟弟抱来了那株即将绽放的花，而且虫子也不见了。可是弟弟呢？一个生命的绽放是否对应着另一个生命的陨落呢？作者不忍直接呈现这个悲剧的结果，留给读者以充分的想象的空间。

这三题小小说还有不少可圈可点之处，比如，《一朵花儿的绽放》的精巧构思,《阳光穿过的早晨》中的细节描写,但是对作品解读是不可穷尽的。

(发表于《小小说大世界》2016年1月)

跋

雪泥鸿爪　屐齿常新
——郭虹教授文学评论集《应似飞鸿踏雪泥》读后

郭虹教授的文学评论集《应似飞鸿踏雪泥》即将付梓，此前她将文集的电子版馈我，让我先睹为快。对此高情厚谊，感激莫名。我捧读再三，感念良多。

这个集子内容丰赡，既有对理论作品的理性评析，也有对各类小说的深入品鉴，还有对大量散文、诗歌的细赏慢析，几乎涵盖了文学艺术的各个方面。

集子中评及的作家，既有当代大家余光中，也有20世纪80年代即名闻全国的湘军七小虎之一的少鸿（陶少鸿），常德本土的知名作家戴希，以及初出茅庐的众多本土作者。郭虹是宇内余光中研究的专家，她对余先生的研究，达到了他人难以企及的高度。所以，在这个集子中，关于余先生的作品着墨最多。

郭虹不是以评论家的身段，站在理论的制高点，俯检作家作品，或理性解构，条块切割；或好为人师，指手画脚，让人望而生畏甚或望而生厌。而是以艺术玩家的姿态，用亲切的眼光，品评每一位作家，用清丽的语言，赏评每一篇作品，把文学评论做成了评论文学，读来觉得含英咀华，观之展齿常新。这或许是郭虹文学评论的最大特点。你不需要高深的理论知识，也不需深厚的文学功力，只需跟着她的指引，读几位作家的作品，就能体悟到文字的魅力。这大概就是文学评论的功用所在。

郭虹绛帐授徒四十载，课余笔耕不辍，广种博收，成绩斐然。中国文人自古追求立德立功立言三不朽，郭虹将众多大家和大量成长中的未来大家推荐给读者，引领愚钝如我辈者进入文学的门墙，将自己的阅读领悟形诸文字，润泽后世，是为立德立功立言。所以说，郭虹教授做到了三不朽。

是为跋。

刘云培

2020年6月18日